Jowal Lethesow

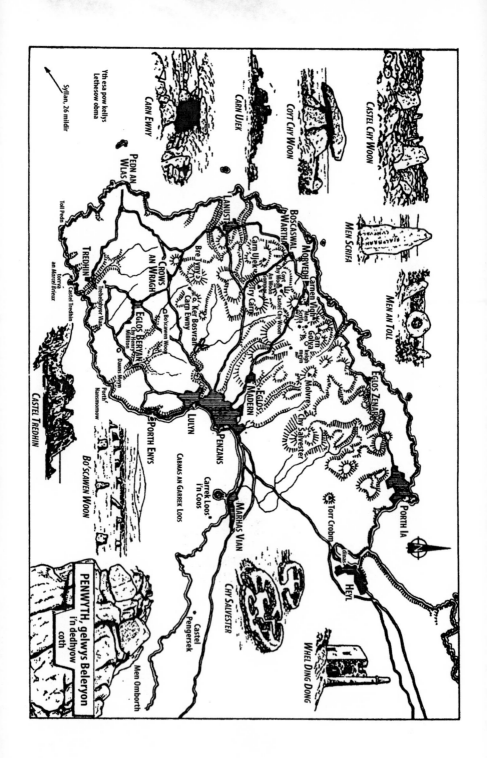

Jowal Lethesow

Whedhel a'n West a Gernow

Scrifys ha lymnys gans
Craig Weatherhill

Trailys dhe Gernowek gans
Nicholas Williams

evertype

2009

Dyllys gans Evertype, Cnoc Sceichín, Leac an Anfa, Cathair na Mart, Co. Mhaigh Eo, Éire / Wordhen. *www.evertype.com*.

Mamditel: *The Lyonesse Stone: A Novel of West Cornwall*, Tabb House, 1991.

Kensa dyllans 2009.

ISBN-10 1-904808-30-1
ISBN-13 978-1-904808-30-5

Olsettys in Fournier MT hag Imprint MT Shadow gans Michael Everson.

Cudhlen: Craig Weatherhill.

Pryntys gans LightningSource.

Rol an Lyver

Rol an Lymnansow

Dhe gov

Wella Bottrell

an Kelt Coth

(1816–1881)

Raglavar an Auctour

Yma *Jowal Lethesow* grondys wàr ertach coth ha marthys rych a hengovow an West a Gernow, kepar dell yw derivys in whedhlow heb nùmber, yn arbednek i'n lyvrow scrifys gans auctours an nawdhegves cansvledhen, rag y a selwys dhyworth coll radn vrâs a'n ertach-na. Res yw dhybm aswon kendon spesly dhe William Bottrell, "an Kelt Coth", a dhyllas y gùntellyans *Traditional and Hearthside Stories of West Cornwall* in try lyver inter 1870 ha 1880; dhe Robert Hunt, a veu y *Popular Romances of the West of England* gwelys rag an kensa prÿs in 1881; ha dhe Margaret Courtney, may tysqwedhas hy *Cornish Feasts and Folk-Lore* i'n vledhen 1890.

Namna veu ankevys yn tien an whedhel coth a dystrùcsyon Lethesow, kepar dell yw derivys awoles, ha nyns ywa campollys in tyller vÿth naneyl gans Bottrell, na Hunt na Courtney na gans an scolers arnowyth a whedhlow Arthur Mytern, kyn feu va gwelys in lyver An Rev. H.J.Whitfeld, *Scilly and its Legends* i'n vledhen 1852. Hèm yw an udn istory a lever Modres (Sir Mordred) dhe vewa wosa batel dhewetha Arthur in Camlan, ha rag an dra-na y honen an hen-whedhel yw a valew.

Pàn scrifys an lyver-ma, whensys en dhe dhysqwedhes pana dhâ ha pana alosek yw hengovow Kernow, ha na wrug an hengovow-na bythqweth dendyl an dyghtyans truflys ha cabm a wrussons sùffra dhyworth dywysyans an tourystyeth, neppyth na wrug tra vÿth ken ès shyndya ober dâ Bottrell, Hunt, Courtney ha Kefrysyans Cowethasow Kernow Goth.

Res yw dhybm godhvos grâssow dhe oll an re-na a ros cùssul ha colon dhybm ow scrifa an lyver-ma: yn arbednek Mêster ha Mêstres P. A. S. Pool, Treeve, Goon Conar; Nigel Tangye, Glendorgal, Towyn Plùstry, eus tremenys; David Clarke, Four Lanes; Hugh Miners, Penzans; ha tus erel re veur aga nyver dhe vos henwys obma. Yth esoma in kendon vrâs kefrÿs dhe Orseth Berdh Kernow dre reson y dhe alowa dhybm gwil devnyth a radn a solempnyta arnowyth an Orseth.

Pùb le campollys in Jowal Lethesow (marnas Trehelghyor Vian ha Lethesow) yw tyller gwir. Tus ow whedhel heb mar yw persons desmygys, saw teylu Trevelyan yw linyeth vrâs ha scùllys ales in lies tyller, ha'n scochon derivys i'n kensa chaptra yw in gwiryoneth an côta arvow ûsys gans esely an teylu.

Ny vÿdh gwithyas vÿth i'n Henep Carn Ewny i'gan dedhyow ny, saw me a dal omdhyharas dhe withysy an termyn eus passys, rag nyns o den vÿth kepar ha'n gwithyas portrayys genef awoles. Me a garsa omdhyharas inwedh dhe Brownter Eglos Beryan ha'n browntyryon êth dhyragtho, dre reson nag yw den vÿth anodhans an mab lien anfusyk i'gan kensa chaptras.

Yma persons Arlùth Pengersek ha Jack an Morthol tednys in mes a'n whedhlow coth, ha ny welys cheson vÿth rag aga chaunjya, marnas in manylyon bian dybos. Y hyll an keth tra bos leverys adro dhe Gasek Iffarnak Pengersek, kyn whrug avy ry hanow dhedhy. Yma trosnoten in cùntellyans Robert Hunt ow comparya Jack an Morthol dhe Weland Gov, ha hedna a'm kentrynas dhe gemysky an eyl gans y gela. An spyryjyon bò bùckyas yw bestas kefys in whedhlow coth Penwyth, saw dre vrâs ny vedhons y mar dhrog dell yns y paintys genef vy.

Nyns yw Corantyn ha Gawen kefys avell persons i'n whedhlow cov, saw y a veu desmygys dhyworth istorys an Bobel Vian, ha spesly an re-na usy trigys in pedntir Tredhin hag in dinas Tredhin, castel a veu derevys i'n Oos an Horn. Yth yw derivys Tredhin dhe vos kelmys kefrÿs gans Mytern Arthur ha gans Merlyn. Cresys yw Merlyn dhe vos an auctor a nebes profecys derivys i'n côstys-na, ha ny wrug avy ytho marnas gorra warbarth profecy nowyth. Me ow honen a dhesmygyas hanow Helghyor-yon an Nos, saw y yw grondys dre vrâs wàr versyons leel a'n Helghva Wyls—onen a whedhlow scruthus Carn Ujek—ha wàr deythy Arlùth Pengersek y honen.

Yth o Rialobran ha Selùs tus a vewas in gwir i'n wheghves cansvledhen ha'ga meyn cov a yll bos gwelys whath, poran kepar dell yw derivys awoles. Yma re ow cresy Selùs bò Selyf dhe vos mab Gerens, mytern Kernow, ha broder Ust Sans. Pàn veu fynsys y dhedhyow avell soudor, Selyf a veu den sans, Seleven.

Res yw styrya an hanow Beleryon. Nyns ywa kefys wàr vappys agan dedhyow ny, saw yth yw Beleryon an hanow cotha rag gorenys Pedn an Wlas. Hanow Keltek ywa hag yma campollys gans whythror tiryow Grêk i'n peswara cansvledhen dhyrag Crist. Y feu va ûsys whath gans Ptolemy peswar cans bledhen awosa. Nyns yw godhvedhys pana dermyn a wrug an hanow mos in mes a ûsadow.

Craig Weatherhill
Delinyor Hendhyscans, bardh a Orseth Kernow
Penwyth, Kernow, 2009.

Radn Onen

Jowal an Gùrun

Chaptra 1

Trehelghyor Vian

Hager-awel an hâv re bia genys in cres an Mor Atlantek. Hy a gerdhas gans godros brâs in udn gùntell toth ha venym tro ha'n north-ÿst, erna dheuth hy wàr an dyweth warbydn an let uthek a âlsyow Pedn an Wlas.

Tra nowyth yn tien rag Jowan Trevelyan ha'y whor Peny a veu an pÿth a wharva i'n tor-na. Yth esa an gwyns owth uja yn fol dres an pow noth in udn whilas tedna treven in bàn dhyworth aga gwredhyow, ha kynth esa ke uhel a ven growyn a bùb tu a'n vownder gabm, yth esens ow trebuchya warbydn nerth an gwyns.

"I'n gwella prÿs ny wrug an glaw agas cachya," yn medh aga ôwnter in udn elwel a-ugh scrij an awel. Den brâs o Bèn Trevelyan, saw yth esa an hager-awel worth y gronkya ev kyn fe. "Pecar ha sethow a horn o an glaw. Ny wrug codha, saw neyja strait in rag. Ass o tydn y big! Me ha Nèd, yth en ny glëbys bys i'n crohen, pàn wrussyn ny dry an buhas ajy rag godra. Saw ny wrussewgh whywhy y verkya. Yth esewgh whath ow cùsca avell babiow naw eur myttyn."

"Pleth eson ny ow mos, Bèn?" a grias Jowan orto.

"An keth sam tyller a wrussyn mos de. Saw ny vydnyn ny mos in mes wàr an pedntir. Re beryllys via hedna i'n gwyns-ma. Th'esen ow predery dell aljen dyswedhes mor ewn dhywgh why."

An jëdh de a hevelly dhedhans kepar ha ken bÿs. Y feu an jëdh-na an kensa jorna a dhegolyow Jowan ha Peny, leun a ebron las, a splander howl heb cessya hag a wynsow scav. An dhew anodhans o genys i'n west a Gernow, saw y êth in kerdh pàn êns whath bian, rag aga sîra, broder yonca Bèn, a gafas gober in Pow an Sowson. Reqwirys veu orto agensow mos in mes dhe'n Ÿst Cres dres teyr seython, ha'ga mabm a dhegemeras an chauns a vos ganso.

Pòr lowen o Bèn pàn veu govydnys orto a alsens y ostya ganso. Kyn whre y weresor coth, Nèd Hosken, ha Nellie, gwreg Ned, y attendya yn lel, den dygoweth o Bèn. Y wreg y honen a veu marow teyr bledhen alebma, pàn nag o hy marnas nebes dewgans bloodh, ha goly heb sawment o hy mernans dhe Bèn. Nyns esa flogh vÿth dhodho, ha rag hedna ely dh'y golon o cafos an dus yonk jolyf-ma ganso i'n bargen tir.

Jowan ha Peny a'n garas dhyworth an kensa mynysen, pàn wrug ev metya gansans wàr an cay in gorsaf Penzans. Ev o hanter-cans bledhen ogasty ha den galosek o va, whegh troshës in uhelder. Tew ha crùllys o blew du ha loos y bedn, hag ev a'n jeva boghvlew bojek. Y fâss o gorm tewedhak, ha bledhydnyow a lavur wàr vargen tir in dadn hager-awel an Mor Atlantek a worras lies crigh ino. Yth esa ges ow spladna in y lagasow tewl, y lev o kepar ha taran, hag ev a gôwsy yn crev in radnyeth an west a Gernow. Ev a wodhya kenyver tra adro dhe'n tireth-na, ha'n dus yonk a gefy plesour brâs ow coslowes orth y whedhlow.

Trehelghyor Vian, bargen tir Bèn, o haval dhe vargenyow tir erel i'n randir-na. Yth esa an chy settys yn pedrak warbydn awel wyls Kernow ha ev a dhuryas dres 250 gwâv. Y sevy an skyberyow, an crowyow ha penty teylu Hosken oll adro dhe'n chy, hag y oll o gwrës a'n keth men, ha ties gans lehednow scantel, golhys gans cyment.

Marth a's teva Peny pàn glôwas hy henwyn stranj oll an tylleryow i'n côstys-na, ha spesly marth o dhodho hanow bargen tir Bèn y honen. Hy a wovydnas orth Bèn adro dhodho an kensa gordhuwher.

"Hanow Kernowek yw hedna," yn medh ev. "Kepar ha'n radn vrâssa a'n henwyn adro dhyn obma. Tavas coth Keltek yw an Kernowek, kepar ha'n Kembrek ha'n Bretonek. Yma an Kernowek milyow bloodh coth. Styr Trehelghyor Vian yw 'Lesser Hunter's Farm' in Sowsnek. Yth esa Trehelghyor Veur unweyth obma, saw yma hodna gyllys yn tien bò ogasty. Yma nebes magoryow anedhy, peswar gwel tro ha Benbryhy, saw nyns yw an re-na mès fosow coth hag overdevys i'n gornel. Nyns usy an dus coth ow mos nes dhedhy. Y a laver bos an tyller ûsys, leun a spyryjyon ha taclow a'n par-na, saw me re beu obma oll ow bêwnans, ha ny wrug avy bythqweth gweles tra vÿth."

4

Kenyver gwel i'n bargenyow tir a'n jeva y hanow y honen, ha'n radn vrâssa a'n henwyn o Kernowek. An gwel mayth esa magoryow an dre goth o henwys Park Crellas, hèn yw, "park an drehevyansow shyndys."

Nyns esa Trehelghyor Bian mès teyr mildir dhyworth Pedn an Wlas, ha dhe'n north, mildir moy bò le, yth esa tour uhel Eglos Beryan ow lordya wàr bow gwastas heb gwedhen. Dyw vildir pella wàr an tu-na yth esa an pow ow talleth derevel rag gwil an kensa goon a geyn men growyn Penwyth, gorenys Pedn an Wlas, esa owth istyna dhe'n north-ÿst bys in Porth Ia.

Bèn a levery fatell esa cùntellyans brâs a daclow ragistorek i'n uheldir noth-na: dauncyow meyn, cromleghyow brâs dres ehen, meyn hir, dinasow, ha trevow, mar goth avell an Termyn y honen. An tireth o leun a henwhedhlow kefrÿs. Y fedha rûth vrâs a whedhlow ancoth—uthek traweythyow—derivys in Gorenys Penwyth.

Ternos Bèn a's dros dhe bedntir Tredhin, tyller a vedha meur a whedhlow derivys adro dhodho. Ny wrussons y bythqweth gweles tyller moy teg na moy marthys. An pedntir o rew a dourow ha pynaclys skethrys, esa dew cans troshes a-ugh todnow an Atlantek, ow terry mar wydn avell dehen warbydn an clegrow a ven growyn, ha wàr drethow Porth Cornow ha Pedn an Vownder. Obma hag ena yth esa todnen vian wer, breyth gans bryton, ow clena orth an carregy, hag yth esa gwylanas owth ola hag ow rosella i'n ebron a-ughtans.

An tiak a dhysqwedhas dhedhans an peder linen a dhefens esa ow resek dres an pedntir dhia glegar dhe glegar. An linen tro ha'n tir o brâs dres ehen: gwàl a dhor neb ugans troshes in uhelder. An defens-na, ev a leverys, re bia derevys dyw vil ha hanter-cans bledhen alebma gans an Geltyon, trigoryon an pow, hag yth o onen a gastylly âls tecka dhyworth Oos an Horn in oll Kernow. Warlergh henwhedhlow an dus, bytegyns, an dinas re bia derevys gans an gewry, hag y fedha lies tra derivys adro dhedhans. Y fedha leverys inwedh bos an Bobel Vian trigys i'n tyller whath, hag y dhe gemeres with a'n flourys wàr an lehow serth. Mytern Arthùr re bia obma ha Merlyn kefrÿs.

Yth esa onen a varthojyon naturek Kernow dhe weles wàr an pedntir-ma inwedh, men a deg ha try ugans tòn settys wàr glegar uhel, ha kesposys mar deg, may halla Jowan y honen er y lowena gwil dhe'n men brâs lesca yn lent. Men Omborth o hanow Kernowek an men, saw yth o

5

gelwys "Logan Rock" in Sowsnek. Yma "Logan" bò "Logging" ow styrya 'lesca' bò 'gwaya'.

Bèn a dherivas dhedhans fatell ylly an gwyns gwil dhe'n Men lesca i'n termyn eus passys, saw i'n vledhen 1824 Leftenant Goldsmith ha felshyp Gorhel y Vrâster *Nimble* a wrug dhe'n men codha in mes a'y le. I'n gwella prÿs, ny wrug an men brâs mès codha wàr y denewan—namna wrug codha dhywar an clegar aberth i'n mor. Y feu trigoryon an blu serrys brâs, ha res veu dhe'n leftenant settya an men in y dyller ewn arta. Yth esa pyctours in Tavern Men Omborth in Tredhin ogas dhedhans a jynys uthek brâs o othem anodhans rag settya an men wàr an dyweth in y le ewn. Y hylly bos gwelys i'n tavern inwedh recken an costow rag gwil an ober. Bèn a vinwharthas dhodho y honen pàn borthas cov a onen a'n taclow i'n recken.

"Yma derivys ino fatell wrussons y cafos try ugans den dhyworth Lanust, na wrug tra vÿth marnas eva coref a valew try sols deg ha whednar!"

Saw hedna a veu an jëdh de. Gyllys o ebron las an hâv dres nos, ha devedhys o an hager-awel sodyn in hy le. Solabrÿs, hag y ow kerdhes gans caletter brâs an vownder goth ahës, y a welas fatell o gwrës uthvil loos ha whethfys a'n Mor Atlantek. Y a ylly gweles spottys a ewon gwydn warnodho, ha clôwes taran an todnow ow terry warbydn an men growyn.

Peny a stoppyas mar dhesempys may herdhyas hy broder wàr hy fydn. "Mirowgh!" yn medh hy ow poyntya dhyrygthy. "Pÿth yw an golowys usy ow luhesy ena?"

"Kerry clâvjy," yn medh Bèn, "ha'n Creslu inwedh, me a grÿs. Pandr'usy ow wharvos?"

Chaptra 2

Torrva an *Marcel Brieux*

An côk pùscas Bretonek *Marcel Brieux* o covscrifys in St Malô, ha hy re bia ow cachya pùscas i'n mor dhe'n soth-west a Gernow, pàn dheuth gwarnyans dhedhy a hager-awel vrâs. Hy a drailyas ha fia dhe'n fo, in udn whilas sawder in porth Lulyn, mès sowthenys veu hy dre doth an hager-awel. Hy lew a veu sqwattys der an todnow crev ha hy a veu herdhys heb gweres vŷth warbydn an âls.

Eth eur an myttyn-na gwithysy âlsyow Toll Pedn a glôwas hy messach ow pesy gweres, hag a welas hy thanflabmow a anken udn vildir moy bò le dhyworth an âls. Yth hevelly wàr an dalleth y whre an hager-awel hy don dhyworth an âlsyow bys in dowrow cosel an Garrek Loos i'n Coos— saw ken tra o tôwlys gans an mor.

Qwarter wosa eth eur an hager-awel a's gweskys ha'y herdhya warbydn pedntir clegrek Tredhin.

Pàn welas Jowan ha Peny an dra, y a gemeras uth, ha'n own a ylly bos redys in aga fâss. Yth esa an lester grevys a'y groweth wàr hy thenewan cledh dew cans troshes awoles in dadn balogow men, ha hy dyweres yn tien dhyrag todnow uhel brâs an mor. Yth esa an cawr-dodnow ow rollya bys i'n tir, todn warlergh todn, kenyver onen anodhans ow cronkya an lester yn crûel, hag ena owth omdedna rag ry chauns dhe'n dodn wàr hy lergh. Lewgh tew a ewon a veu whyppys in bàn gans an gwyns, ha hèn o kepar ha poll tro a nywl adro dhe'n côk; der an nywl-na y hylly bos clôwys olva drist mùllak an Men Lewgh.

Scant ny ylly bos gwelys dre fenestry terrys chy ros an côk fâssow an felshyp ownek, a wodhya bos aga bêwnans ow powes in dewla an bagas rescous wàr an âls, hag in tro-askel vrâs an morlu, esa ow pargesy a-ughtans. Otta, pella dhe'n west, form las ha melenrudh scathow sawment

7

Porth Goonhyly ha Penlegh, hag y ow mos in mes a wel in cawn brâs, ha'n nessa mynysen owth ascendya yn hewel wàr griben an dodn.

Ny veu gesys meur a dermyn. Yth esa pùb todn wosa hy ben ow tôwlel an côk dhe voy ha dhe voy ogas dhe'n âlsyow esa worth hy gortos. Nyns o an lester i'n tor-na tra vÿth ken ès tegen flogh, ha pàn vedha an mor sqwith anedhy, ev a vynsa hy thôwlel in kerdh dhyworto, ha hy mar sqwattys ha mar derrys na alsa hy bos aswonys.

An flehes a glôwas an pÿth a leverys gwithyas an âlsyow dhe Bèn: "Ymowns y in caletter brâs. Ny yll an dro-askel aga drehedhes dre reson a'n balogow, ha re vas ha re arow yw an dowr obma rag an scathow sawment. Duw a wor, ny a garsa goheles tra kepar ha'n *Jeanne Gougy* arta."

Ny vynsa tus an morrep-na nefra ankevy an *Jeanne Gougy*. Côk pùscas dhyworth Breten Vian o hy kefrÿs, a weskys âlsyow Pedn an Wlas mis Du 1962. Skentoleth marthys an bagas rescous a sawyas pymp den a'n felshyp, mès y feu marow udnek den aral, an capten in aga mesk.

Scant ny veu clôwys sownd an fusen a-ugh uja an mor ha whetha an gwyns. Mès tôwlys veu hy bys i'n tyller ewn, ha'n linen neb o kelmys dhe'n fusen a godhas dres chy ros an lester. Ena an dus wàr an âls a welas dorn istynys in mes yn uskys rag sêsya an lovan, kyns ès an nessa todn dhe dhehesy hy lien a dhowr glasloos ha gwydn dres an gorhel trogh.

Bèn a viras orth gwithyas an âlsyow hag yth esa qwestyon in y vejeth.

"Bey carya? Yth esen ow cresy y dhe vos kemerys in mes a servys."

An gwithyas a vinwharthas yn wherow. "Yns, ymowns y in mes a servys yn sodhagyl. Yth esa radn ahanan ow predery agan bos nyny furra ès an den fol a gomondyas aga remuvya. Yma an câss-ma ow prevy yth o gwir agan tybyans. Nyns eus fordh vÿth aral rag kemeres a'n re-na dhywar an côk."

Y feu an bey carya desedhys heb let, hag yth esa an kensa den a felshyp an lester wàr y fordh bys in top an âls ha dhe sawder. Bèn ha'n flehes a glôwas an gwithyas ow covyn orth an pùscador, "*Combien des hommes sur le…* Ô, rag kerensa Duw, pygebmys den eus wàr a lester?" Yth esa ev ow troyllya y dhywregh rag gwil dhe'n den aral y gonvedhes.

An Breton, glÿb ha diegrys hag ow crena rag ewn yeynder, a woslowas ha wàr an dyweth ev a gonvedhas.

"*Quatorȝe*, ea, *et moi*, pymthek." Y feu ledn tôwlys adro dh'y dhywscoth ha ledys veu in kerdh bys in carr an clâvjy.

Yth esa taclow erel ow wharvos awoles. Felshyp an *Marcel Brieux* a gramblas, den warlergh y gela, dre fenestry heb gweder chy an ros. Ena pùbonen wàr y dro a golmas y honen aberth i'n bey carya, hag y a veu tednys dew cans troshes in bàn dhe sawder. Herwyth tradycyon an mor y feu an capten an den dewetha dhe forsakya y lester. Kepar ha'y gowetha, ev a gramblas dre fenester chy an ros, sêsya an lovan ha tra vÿth aral a ylly ev sensy, ha kelmy y honen aberth i'n bey carya. Todn uthek brâs a dorras dres an lester, ha rag pols ny ylly den vyth gweles an capten. Ena er joy pùbonen, ev a omdhysqwedhas arta kelmys yn crev i'n bey carya. Ev a wevyas yn lowen ha'n dus rescous a dhallathas y dedna yn lent bys in top an âls.

Yma radn ow leverel bos an seythves todn brâssa ès todn vÿth aral. Mars yw gwir hedna, ena an dodn esa ow rollya tro ha'n lester i'n very prÿs-na o henvabm pùb seythves todn. Felshyp an scath sawment a welas an dodn-na solabrÿs pàn esa hy ow cùntell, hag yth esens y ow mos in mes dhyworth an tir dhe'n dowr downha rag bos parys rygthy.

Bas yw dowrow Porth Cornow ha dell esa an dodn owth entra i'n bai, hy a dherevys bys in dywweyth hy uhelder ûsys—fos wer ha brâs dres ehen a-ugh an gorhel terrys. Yth esa an capten i'n tor'-na hanter-fordh an âls in bàn, hag ev a hevelly bos mes a beryl.

An dodn gawrus a dorras gans tros brâs, in udn herdhya an lester dhe'n tir in dadn an clegar. An lovan a veu lowsys, ha pùbonen a dhienas, pàn welsons an den dyweres ow codha deg troshes warn ugans, ha stoppya yn sodyn gans jag uthek. An dus wàr an âls a strivyas dhe greffa rag y dedna in bàn scaffa gyllens.

An dodn a scubyas dres an lester ha gweskel an âls stowt gans bobm brâs. Tardh a ewon gwydn a shakyas an dor, hag ena omdedna in udn dhry an lester ganso.

Ny alsa lovan vÿth i'n bÿs sevel orth an tardh-na. An dus a welas yn tiegrys kepar dell dorras an lovan, ow tôwlel an capten in kelgh ledan wàr nans dhe vernans certan; ev a godhas yn serth peswar ugans troshes aberth in lonklyn iffarnak.

Jowan a'n jeva govenek na veu an pÿth a welas ev marnas hunros uthek; hag y whre va dyfuna ha cafos an howl ow spladna dre fenester y jambour. Peny a drailyas in kerdh in udn ola. Mar ny wrug an capten merwel pàn godhas, gweskel an mor ha'n carregy lybm a vynsa y ladha heb let.

Jowan a viras in bàn ha cria in mes, "Yma an dro-askel ow tos ajy!" An jyn brâs a wayas yn lent tro ha'n âls. Yth esa an hager-awel ow whilas dehesy an dro-askel warbydn an clegar, saw marthys coynt o an lewyor, hag ev a gesbosas an jyn warbydn pùb wheth. Y feu prejyow bytegyns ma nag esa eskelly an jyn marnas mesva bò dyw dhyworth an carregy, ha'n eskelly a alsa sqwattya aga honen warnodhans.

Den ha dyllas melenrudh adro dhodho a dhallathas skydnya wàr lovan gul, iselhes gans meur rach dhywar an jyn. Yth hevelly an gwyns dhe wodhvos an den dhe vos ow mellya gans taclow pryva, hag a dhallathas whetha dhe greffa, ernag esa an den ow lesca kepar ha polsor. Wheth sodyn brâs a wrug y dhehesy warbydn fâss balak an âls, saw an airednor o eqwal dhodho, hag ev a droyllyas in y hernes ha herdhya y honen dhyworth an garrek.

Ev a viras in bàn dh'y gowetha ha ry sin coneryak dhedhans. Colon kenyver onen a godhas. "Yma va re ogas in dadn an clegar," yn medh Bèn. "Ny yllons y dhrehedhes." An den wàr an lovan a veu tednys in bàn aberth i'n dro-askel, ha'n jyn air a dherevys dhyworth an clegar ha bargesy yn uver in y ogas. Nyns o lowr naneyl skentoleth an lewyor na coraj den an lovan. Corf an Breton, be va bew bò marow, o pÿth an mor brâs. Y jerkyn sawder melenrudh, esa worth y sensy in bàn i'n fordh ewn mars o va whath yn few, o spot trist in caudarn an mor. Hag ena, kepar ha pàn ve an bÿs ow qwil ges crûel anodhans, splattys a ebron las a dhysqwedhas pell dhe'n soth-west. Yth esa an hager-awel ow spavenhe.

Nyns o gesys marnas udn chauns bian: fordh rescous tradycyonal, a via pòr beryllys. Y feu clôwys cry, "Dewgh in rag! Sewyowgh vy wàr nans. Gwrewgh chain a dus." Bèn Trevelyan a gowsas, hag ev ow swaysya y dhywvregh hag ow ponya bys in amal an clegar. Ev a remembras fordh dhe'n dor ogas dhe'n tyller-na. Serth o an fordh ha peryllys, saw fordh wàr nans o hy bytegyns. Ev a aspias merk tir coth hanter-ankevys, ha dalleth in rag. Jowan a dhallathas y folya. "Kê wàr dhelergh, a Jowan!" a grias an tiak yn uhel. "Gorta ena. Hèm yw re beryllys." Bèn êth in mes a wel dres an clegar, hag yth esa dewdhek den wàr y lergh.

Awoles an dus a formyas chain, kenyver onen anodhans ow sensy codna bregh y gela. Bèn o an den uhella hag ev a dednas yn uskys y votas dhywar y dreys, ha settya y honen orth pedn an dus. An chain a dhallathas batalyas warbydn an todnow, in udn gerdhes in mes i'n mor. An dowr a gudhas an tiak arta hag arta; ev a gerdhas in rag yn colodnek bytegyns, kynth o y dreys pòr dhiantel wàr an veyn vrâs in dadno. Saw apert o i'n tor'-na bos an assay heb rach yn uver. Re got o an chain.

Pàn o va devedhys mar bell, ny vynsa Bèn predery kyn fe a omry. An secùnd den i'n chain a dednas bregh Bèn rag gwil dhodho stoppya ha trailya wàr dhelergh, saw an tiak a'n shakyas dhyworto yn serrys. Ev a dowlas y honen aberth in bryjyon an todnow, heb goslowes orth croffal uhel an re erel.

Yth esa an mor ow qwerrya wàr y bydn, ha re boos dhodho o y dhyllas, mès wàr neb udn fordh, ha'n re erel ow tiena, y strocosow muscok crev a'n dros nes dhe'n pùscador. Ny ylly Bèn leverel o an Breton marow bò nag o, saw drog-arweth dhodho o fâss an pùscador. Ev a sêsyas bônd y jerkyn sawder, ha'y drailya rag y sensy, hag ena ev a dhallathas y dedna bys i'n treth. Y garnsy a wlân ha'y lavrak cordalûr o pòr boos adro dhe Bèn, hag yth esens worth y dedna wàr nans. Ev êth in dadn an dowr, ha derevel arta in udn drewa hyly. Bohes o y nerth i'n tor'-na, hag yth esa remnant y nerth worth y forsakya. Brew ha clâv o y dreys hag yth esa y bedn ow rosella.

Ev a slynkyas in dadn an dowr yn lent. Yth esa ev ow tiena rag tedna anal, hag anella a wrug ev in dadn an dowr. Troyllyow gwer a apperyas dhyrag y lagasow, golowys spladn a dardhas in y bedn, hag ev a glôwas cloud tewl ow talleth worth y gudha.

Dorn garow a'n sêsyas ha'y dherevel in bàn. Y droos a gnoukyas wàr bydn men brâs wàr woles an mor hag ev a godhas in udn drebuchya. Moy a dhewla a dheuth dhe wil gweres dhe'n kensa dorn, hag ev a gonvedhas y dhe vos orth y dhry bys i'n tir sëgh. Ev a sensys dalhen i'n Breton wàr neb udn fordh, kynth o crobm y dhewla. Res veu dhe'n dus erel lyftya pùb bës warlergh y gela rag gwil dhodho relêssya y dhalhen.

"Kebmer with, Bèn," a leverys lev heb anal. "Yth esta mes a beryl lebmyn. Yth eson ny worth dha sensy." Breghyow a'n gedyas dhia an dowr, hanter worth y hùmbronk, hanter worth y dhon, bys in men brâs wàr an treth. Ena y a wrug dhodho esedha, ha gwil dhodho settya y bedn inter y dhewlin. Pàn wrug ev passa, painys a'n sêsyas, hag ev a drewas hyly, saw yth esa y skians ewn ow tos wàr dhelergh dhodho. "Ywa marow?" a wovydndas ev, crek y lev.

"Yma va ow pewa, Bèn, ha gromercy dhyso rag hedna," yn medh pùscador yonk, melen y vlew. "Yma an medhek ow predery ev dhe lenky hanter an porth, hag yma nebes a'y asow terrys inwedh, saw ev a vÿdh

11

saw. Me a lever hebma dhis, sos, ny wrug avy byscath gweles tra moy colodnek… na moy muscok naneyl."

Bèn a bassas unweyth arta, ha dry y dhorn bys in y anow. Pàn wrug ev gwil indella, ev a welas bos neppyth in y dhorn, na wrug ev merkya kyns. "Pandr'yw hebma?" yn medh ev. Yth hevelly an dra bos kelgh a olcan, ha cresten dew warnodho, kepar ha pàn ve a'y wroweth in dadn an mor dres lies cansvledhen.

"Me ny'm beus tybyans vÿth," yn medh Bèn. "Me a'n dora tre martesen rag godhvos an dra."

Yth o nowodhow an rescous oll an cows in Eglos Beryan, pàn wrug Bèn ha'n flehes vysytya an shoppa an nessa dëdh. An prownter, den uhel, loos y vlew, a stoppyas Bèn aves dhe'n gwerthjy, ha Bèn a woslowas gans hirberthyans orth y brais, a hevelly bos heb dyweth.

Pàn gafas ev an chauns, Bèn a jaunjyas mater an kescows ha presentya Jowan ha Peny dhe'n prownter, hag ev a shakyas aga dorn. "Why ha Jowan yw pòr haval an eyl dh'y gela, Bèn," yn medh an prownter. "Ev a vÿdh uhel kepar ha why, me a grÿs."

"Martesen," a leverys an tiak in udn vinwherthyn. "Yma Peny yonk obma moy haval dh'y thas hy, ow broder, Frank. Yth esowgh why ow perthy cov anodho ev. Me o brâs ha du pùpprÿs, saw melen o y vlew ev ha nyns o va mar uhel avellof…"

Ev a dewys pàn glôwas ev carnow margh ow qweskel tarmac an fordh. "Me a grÿs bos hebma agan cothman, Mêster Milliton."

An prownter a gowsas in udn hanaja. "Mars yw ev, me a vydn dyberth. Why a wra gava dhybm, ha scant nyns yw Cristyon an preder, saw dhe le a vedhaf vy owth omdava gans an den jentyl-na, dhe lowenha me a vÿdh."

"Me a grÿs nag eus den vÿth i'n côstys-ma na via acordys genowgh ena, a revrond, be va Cristyon bò sort vÿth aral," a leverys Ben. An prownter a vinwharthas orth Jowan ha Peny ha kerdhes tro ha'n eglos.

An cheson a'ga anes o den barvek ow marhogeth wàr gasek dhu pòr deg. Apert o dhyworth hy fedn cabm yth esa goos Arabek inhy. Du o hy yn tien marnas adamant gwydn wàr hy thâl. Pòr goynt o an marhak y honen. Cler o y dhyllas dhe gostya shower a vona, saw ev o gwyskys heb rach, hag yth hevelly ev bos mostys plos. Ny veu cribys y vlew dres termyn pell hag yth esa semlant an pollat coynt dhodho. Cales o leverel pygebmys bloodh ova. Ev a alsa bos a oos vŷth inter deg warn ugans ha hanter-cans.

Yth esa jerkyn du a'n gis coth in y gerhyn a-ugh cris owrlyn crigh, hag yth o y lavrak marhogeth trùssys yn tygempen aberth in y votas uhel lether. Yth o tegen cregys adro dh'y godna, form goynt dhedhy a steren ha kelgh in hy herhyn.

"Dùrda dhywgh why, a revrond," a grias ev hag ev ow passya very ogas. Cortes veu gorthyp an prownter ha pòr gosel.

War udn labm cosoleth an dre a veu sqwattys. An gasek a dednas hy scovornow flat dh'y fedn, ha heb gwarnyans moy, hy fedn a lescas, hy lagasow a rollyas, hy a dhysqwedhas hy dens in udn spladna i'n howl, ha hy a herdhyas hy honen warbydn an prownter.

An prownter a dherevys y dhorn, ha cria in mes in pain hag in own, ha codha wàr dhelergh aberth in ke lowarth. Bèn a wayas yn uskys, ponya an fordh in bàn ha miras yn serrys orth an marhak.

"Mollatuw warnas, Milliton!" ev a armas. "Prag na ylta jy controllya an best-na?"

Fâss Milliton o nebes diegrys mes ny wrug ev gortheby. Ev a drailyas tro ha'n prownter hùrtys. "A revrond wheg," yn medh ev yn smoth, "Gevowgh dhybm me a'gas pŷs. Ny wrug avy bythqweth predery y whre an gasek tra a'n par-na. Sqwardys yw agas côta." Ev a worras y dhorn aberth in y jerkyn. "Degemerowgh hebma, me a'gas pŷs. Attal vŷdh rag an damach."

An pors a grohen a weskys an fordh gans tynkyal sogh. Ny wrug Bèn y verkya. "Na vŷdh gocky, Milliton," yn medh Bèn hag ev serrys brâs. "Te a wor yn tâ ass yw crowsek an best-na. Now, dro hy tre kyns ès hy dhe assaultya nebonen aral."

Milliton a bendroppyas heb leverel ger ha trailya y vargh in kerdh. Edrek o scrifys wàr y fâss, hag ev o shamys tawesek—erna dheuth ev nes dhe'n gornel. I'n tor'-na yth o y vejeth kelys dhyworth Bèn ha dhyworth an prownter, saw Jowan ha Peny a'n gwelas yn cler. Y a gemeras marth pàn welsons y fâss ow chaunjya. Yth esa lowena dres ehen dhe redya warnodho. Yth esa dywscoth an den coynt ow crena gans wharth, hag ev ow chersya codna an gasek. Ena ev a drailyas adro dhe'n gornel ha gyllys o.

Bèn a weresas an prownter ow sevel wàr y dreys. Yth esa an den truan ow trembla, loos y fâss, hag ev a viras yn ownek orth an tiak.

"Now, dro hy tre!"

"Hy dewlagas, Bèn. A wrusta aga gweles. Pàn wrug hy omsettya orthyf, yth esens ow colowy. Yth esens ow lesky kepar ha tan iffarn!"

"Bÿdh cosel, lebmyn, a revrond," yn medh Bèn worth y gonfortya. "Hy a wrug agas ownekhe yn frâs. Sqwardys yw agas côta hag yth hevel hy dhe wil dhywgh devera goos inwedh. Gwell via me dh'agas dry dres ena dhe jy an medhek."

An prownter a wrug anella yn town, owth assaya controllya y honen. "Why yw pòr dhâ, Bèn, saw yth hevel dhybm nag yw mar dhrôg dell usy owth apperya." Ev a dewys in udn verkya an pors crohen orth y dreys. Ev a'n kemeras in bàn ha lowsya an gorden. Y lagasow a egoras yn ledan pàn godhas an taclow in mes a'n pors aberth in torr y dhorn.

"Re Dhuw a'm ros!" a leverys ev yn sowthenys.

15

Chaptra 3

Jowal an Gùrun

"Scant ny yllyn cresy dhe'm lagasow," yn medh Bèn an gordhuwher-na. Res yw bos an bathow-na talvedhys a lies mil a bunsow. Y oll o pòr goth, kenyver onen anodhans. Sovrans, grôtys, ea, ha doblouns kyn fe. Pùbonen anodhans o kepar ha nowyth flàm ha nyns o bath vÿth i'ga mesk le ès pymp cans bloodh coth. Coynt yw, saw yth esen ow cresy pùpprÿs bos mona dhe Milliton."

"Pyw ywa?" a wovydna Peny.

"Henry Milliton? Well, hèn yw an dra goynt. Ny wor den vÿth tra vÿth adro dhodho marnas y hanow ev. Ev a dheuth dhe driga i'n côstys-ma try bò peswar mis alebma, hag ev a brenas crellas a growjy ryb fordh Nans Mornow avell trigva. Yma va ow sensy y honen dh'y honen dhe'n moyha, saw y wharva taclow coynt bytegyns. Hautyn ha prowt yw y gisyow, ha nyns usy ow plegya dhe'n dus ader dro ha nyns ywa dhe drestya. Te dha honen a leverys fatell esa ow wherthyn pàn wrug y vargh ev brathy prownter an blu."

"Why re gafas drog-lùck agensow," yn medh Nellie Hosken, esa owth ewna copel a lodrow Bèn, "oll agas try ha spesly Bèn."

"Ea," yn medh Nèd, "saw ny veusta campollys wàr an nowodhow."

"Meur ras dhe Dhuw rag hedna," yn medh Bèn. "Me a's braggyas y whren aga ladha ogasty, mar teffens ha campolla ow hanow vy dhe'n paperyow nowodhow."

Jowan a viras in bàn dhyworth an lyver in mes a lyverva Bèn esa ev ow redya. "Pandr'o an dra-na a wrusta cafos i'n mor?"

"Ankevys o genef adro dhe hedna. Yma whath i'n *Land Rover*. Gesowgh ny dhe gafos in mes pandr'ywa, mar callama trovya neppyth dhe remuvya dhywarnodho oll an gresten-na. Me a vydn mos rag y gerhes, ha ny a vydn y wil wàr vord an gegyn."

16

Ev a dhros an dra goynt ajy ha trovya morthol coth dororieth in trock tedna. Pùbonen a gùntellas adro dhe Bèn ha gans meur a rach der an morthol ev a gemeras in kerdh an gresten gales a gregyn esa wàr an kelgh.

"Olcan ywa, hèn yw certan," yn medh Bèn hag ev a dhysqwedhas an aswy vian o gwrës ganso i'n gresten, le mayth etha olcan ow spladna. Ev a besyas gans hirberthyans, mesva warlergh mesva, erna veu an dra glan hewel yn tien.

Kelgh tanow a olcan melenrudh o, adro dhe dhyw vesva in uhelder ha brâs lowr dhe vos settys in kerhyn pedn nebonen. In udn le i'n kelgh yth esa an form a adamant hag yth o desedhys in hedna udn jowal brâs, lies fâss warnodho, ha mar wer avell downder an mor, may whrug ev dos in mes anodho.

Peny a dhysqwedhas part a'n dra adro dhe'n jowal. "Yma scrif warnodho," hy a leverys.

Bèn a whythras glew an dra, in udn dherevel an dra ha'y drailya tro ha'n golow. "Gwir a leverta, yma scrif warnodho, saw cales yw desmygy an lytherow. Yma va ow talleth gans A… N… yma aswy wosa hedna. Jowan, gwra scrifa an lytherow. Te a gav paper i'n scrifdhesk. Y codhvia bos gweder whedhy ino kefrÿs." Ev a wortas erna wrug Jowan dewheles. "C… V… nyns yw hedna ewn, me a grÿs. Me a grÿs bos R an nessa lytheren. Ha V warlergh hedna ha H bò N martesen."

Jowan a blegyas y dâl. "Nyns eus styr vÿth ino."

Bèn a besyas, ow redya an lytherow yn uhel an eyl wosa y gela, ena ev a gemeras an folen. Jowan a dherevys y dhywscoth. Yth o an geryow-ma scrifys ganso wàr an paper:

CVRVN ARLVIDI LETHESOV

An goos a forsakyas fâss Bèn. "Yma styr ino, te vaw gocky! Nyns yw Sowsnek na Latyn naneyl. Kernowek yw. Yth yw V scrifys rag U." Ev a savas in bàn ha dewheles hag yth esa lyver tew in dadn y gasel.

"Hebma a vydn gwil an ober: Gerlyver Kernowek Coth," yn medh ev in udn whilas i'n lyver.

"Â, hèm ywa. CVRVN yw an spellyans coth rag 'cùryn'."

Ev a sedha serth in bàn hag anella yn town. "Yma va kefys genef! A Dhuw, a Dhuw, pandr'yw kefys genen? Ny allama cresy… an dra-ma a vydn chaunjya istory!"

17

Yth esa Peny ow trailya obma hag ena rag fowt perthyans. "Deus in rag, Bèn. Lavar dhyn pandr'usy ow leverel."

"Ny allama leverel whath. Mirowgh, yma moy scrif obma, ha nyns yw an lytherow mar vrâs. Yma va ow mos an fordh oll adro bò ogasty." Ev a aspias glew der an gweder. Yma henwyn obma. Lies onen anodhans. RIMALYN ARLUID... TRISTAN ARLUID... martesen hèn o Tristan whedhlow Mytern Arthur."

"A nyns o tas Tristan gelwys Rivalyn?" a wovydnas Jowan, saw nyns esa Bèn ow coslowes orto.

"Mirowgh! Mirowgh orth hebma. Hèm yw an hanow dewetha anodhans. A yllowgh why y weles. ARLUID TREMILIAN. Arlùth Trevelyan yw hedna!"

Y a viras orto heb convedhes. "A nyns esowgh why ow convedhes? Heb mar, ny alsewgh why godhvos. Dewgh genef vy." Ev a's ledyas aberth i'n stevel esedha ha dysqwedhes dhedhans côta arvow yn uhel wàr ven an chymbla. Yth esa linednow todnek a las hag a wydn ha margh gwydn ow terevel in mes anodhans. In dadn an scochon yth esa an lavar Sowsnek: TYME TRYETH TROTH.

"Côta arvow Trevelyan yw hedna. Y fÿdh leverys an margh gwydn dhe dhon agan hendas dhyworth an liv a loncas Lethesow, an tir coth esa, herwyth an henwhedhel, inter Pedn an Wlas ha Syllan. Yma an whedhel pymthek cans bledhen coth, hèn yw an prÿs may whrug Mytern Arthur omlath y vatel dhewetha warbydn Modres traitour. Warlergh an vatel, pàn esa Arthur a'y wroweth marow, ost Modres a jassyas an remnant a soudoryon Arthur dres Kernow wàr nans bys in Lethesow. Porposys o Modres dhe ladha pùbonen anodhans. I'n eur-na spyrys Merlyn a omdhysqwedhas dhodho, ha settya hus uthek warnodho. An mor a dherevys ha lenky pow Lethesow bys nefra, hag y feu budhys Modres hag oll y dus. Sawys veu tus an mytern, rag y a dhrehedhas top an menydhyow, ha'n re-an yw enesow Syllan i'n jëdh hedhyw."

Ev a dewys pols. "Now, pàn wrug an dodn vrâs fysky aberth i'n pow, den wàr gourser gwydn a veu gweles ow marogeth dhia jif-cyta Lethesow, esa i'n tyller may ma an Seyth Men lebmyn, hag ev ow mos tro ha'n tir meur. Namna wrug fyllel dhe dhrehedhes dy, rag an dodn a'n kemeras in bàn ha'y settya wàr an vre in dadn Senen, ogas dhe Bedn an Wlas.

"An den-na o genesyk a Lethesow, hag ev a veu an den udnyk dhe vos yn few wosa an liv. Trevelyan o y hanow, heg ev o hendas teylu Trevelyan. Now, yma an geryow CÙRUN ARLYDHY LETHESOW scrifys warnedhy. Yma henwyn Rivalyn ha Tristan wàr an gùrun inwedh... yma leverys y aga dew dhe dhos dhyworth Lethesow... ha'n hanow dewetha... Arlùth Trevelyan. A wodhowgh why convedhes lebmyn?"

Ev a dherevys y dhywscoth hag a besyas, "Heb mar yma an arbenigoryon ow leverel nag yw hedna oll mès flows ha gockyneth. An dra-ma usy genen obma yw an prov!"

"Coynt yw an gùrun dhe vos dyskevrys gans nebonen a deylu Trevelyan," yn medh Peny. "Saw marthys yw an mater. Agan hendas ny, arlùth a bow nag usy i'n bÿs na fella."

"Y coodh dhyn predery yn town adro dhe hebma," yn medh Bèn. "Certan oma na yllyn ny gwitha an gùrun. Yma hy re goth ha re vrâs yw hy valew. Res vÿdh hy danvon dhe withva; Gwithva an Conteth, martesen. An Withva Vretednek a vydn whilas hy hafos, saw me a vydn aga stoppya. Ny goodh dhyn alowa dhedhy gasa Kernow. Yma hy ow longya dhe Gernow, adar dhe Loundres. Me a vydn gelwel Trùrû wàr an pellgowser avorow. Y a vÿdh ow whilas hy dedhya, saw mars yw gwir an whedhel coth, hy a veu gwrës i'n wheghves cansvledhen."

"Cotha yw an gùrun ès hedna, a nyns yw?" yn medh Jowan. "Hèn yw dhe styrya bos ogas dhe hanter-cans hanow warnedhy. Mar qwrug an arlydhy rewlya dres ugans bledhen dre vrâs, nena..." ev a dewys rag pols rag gwil an ars metryk, hag ena ev a whybanas. "Nena an gùrun a veu gwrës adro dhe bymp cans bledhen dhyrag Crist!"

Nellie a savas in bàn. Hy o mar vovys avell pùbonen, saw hy a whilas cafos geryow a vynsa gortheby dhe'n dyscudhans, saw ny leverys hy marnas: "Me a vydn gwil hanaf a dê." Hy êth dhe'n gegyn, ha hy hanter ow hunrosa.

"Yth esowgh why owth ùnderstondya," yn medh Bèn, "na alsa den vÿth gorra prîs vÿth wàr an..."

Y teuth cry sowthenys in mes a'n gegyn hag y feu clôwys an son a lestry pry ow terry. Y oll a savas in bàn ha fystena ajy rag gweles pandr'a wharva. Yth esa darnow a sowcer terrys a'ga groweth wàr lehow an leur; saw nyns esa Nellie ow miras orth an re-na. Yth esa hy ow miras sowthenys brâs orth bord an gegyn, le mayth esa an gùrun kyns.

19

Gyllys o Cùrun Arlydhy Lethesow. Nyns o gesys marnas kelgh a dhoust melen hag in y gres yth esa an jowal gwer, an udn dra o gesys a'n gùrun. Yth esa an jowal ow miras in bàn ortans hag ow colowy heb drog.

"Ny allama convedhes prag y whrug an gùrun hedna," yn medh Jowan hag ev ow whythra downder lisak y goffy.

"Pandr'a wrug hy gwil?" yn medh Peny ow trailya dhyworth an vu. Yth esa fenester an goffyva ow miras in mes orth porth Penzans ha dres an treth orth tecter marthys an Garrek Loos i'n Coos.

"Prag y whrug hy browsy ha mos in kerdh indella?"

"Ny worama. Martesen, pàn dheuth oll an gresten-na dywarnedhy, re grev o an air rygthy. Hy re bia in dadn an mor dres an osow."

Jowan a wrug pors a'y wessyow yn tyscryjyk. "Saw pana sort a olcan a vynsa gwil hedna? Nyns o hy gwrës a horn. Nyns esa gossen vÿth warnedhy. Bèn a leverys inwedh nag o sten a Gernow naneyl. Semlant arhans a vÿdh dhe sten."

"Esowgh why whath ow whilas y dhesmygy?" a wovydnas Bèn, pàn wrug ev omjùnya gansans.

"Te o gyllys termyn pell," yn medh Peny worth y acûsya.

An tiak a viras orth y euryor. "Nyns oma saw deg mynysen holergh."

"Ha me a yll clôwes an fler a goref warnas," yn medh hy ow pesya.

"Tavasoges vian osta," yn medh Bèn in udn vinwherthyn. "Ny gefys saw udn dewas. Dâ yw genef vysytya Tavern an Morhogh pàn vyma in Penzans. Ha pella me re beu ow qwil ken taclow inwedh." Ev a worras y dhorn in y bocket down ha tedna in mes lyver bian.

"Dhyso jy, Jowan. Cowethlyver bian parys ywa rag an pow-ma. Nowyth dyllys yw ha polta gwell ès an re erel. An lyver-ma a vydn derivas moy dhis adro dhe'n west a Gernow ès dell aljen vy, hag yma nebes mappys dâ ino kefrÿs. Lebmyn, ragos jy, Peny, neppyth nebes moy specyal ragos dhe worra adro dhe'th codna."

Hy a dednas anal scav pàn dhros ev in mes an degen. Ena, in torr y dhorn yth esa jowal an gùrun, in settyans nowyth ha cregys wàr jain tanow.

"Coweth coth dhybm a wrug hedna," Bèn a dheclaryas. "Jowellor ywa. Ha tra goynt, an jowal a'n ancombras yn tien. Ny wodhya pandr'o va poynt. Nyns yw emerôd, certan ywa a hedna, ha nyns ywa ehen vÿth a jowal aral a wrug ev gweles bythqweth. Wàr an tu aral, ev a lever nag yw fâls. Yth esen ow predery, pàn wrug an gùrun browsy, ny a gollas pynag oll brov a'gan beu yth esa Lethesow bythqweth i'n bÿs. Nyns usy an jowal y honen ow prevy tra vÿth, rag hedna yth hevelly gwell dhybm y sensy i'n teylu ha gasa an gwiryoneth dhe vos kevrin bian intredhon."

Peny a worras an jowal adro dh'y hodna, ha delit a's teva pàn welas fatell esa ow terlentry i'n golow. "Ass ywa teg," yn medh hy. "Me a vydn y wysca rag nefra. Ny worama ry lowr a rassow dhis, Bèn."

"Dhana na wra y assaya," a worthebys ev in udn vinwherthyn. "Lowr dhybm yw fysmant dha fâss. Deun, gesowgh ny dhe vos tre. Fordh an vuys teg an termyn-ma."

Yth o fordh an vuys teg kepar dell sew: y êth i'n carr rosva hir Penzans ahës bys in porth pùscas Lulyn. Bèn êth an fordh-na kyns, pàn wrug ev aga metya orth an gorsaf, saw an prÿs-na ev a drailyas a dhyhow, Com Lulyn ahës, bys in fordh Pedn an Wlas. An prÿs-ma ev a drailyas an porth ahës, esa oll an cûcow pùscas ino, radn anodhans dhyworth Grimsby ha dhyworth Aberdeen. Yth esa an fordh ow ledya dhe'n soth dhyworth Lulyn, in udn sensy dhe'n morrep pùpprÿs, ow passya dres hacter mengledh Penlegh in dadn y dhoust, hag owth entra in tre Porth Enys. "An tyller-ma yw gelwys Mowzel in Sowsnek," yn medh Bèn.

Idn ha cabmys yn uthek o an strêtys, saw ny veu pell ernag esa aga harr in mes a'n tyller, hag owth ascendya bre serth Ragenys. Alena y a welas an bendra ha'y borth munys coth gyllys in gron adrëv an enys gwastas. Y a welas pella oll bai an Garrek Loos i'n Coos—onen a'n baiys tecka oll in Ewrop.

I'n tor'-na Bèn a lewyas an carr aberth i'n pow, hag a omjùnyas gans an fordh esa ow ledya dhe'n dor bys in Nans Mornow delyowek, esa melyn goth an ros brâs ino. Ev a lent'has ogas dhe dop an vre adâl Nans Mornow ha dysqwedhes dhedhans dhew ven hir brâs adhyhow dhe'n fordh. Yth esa an men uhella a'n dhew pòr ogas dhe jy tiak. An men o nebes inclinys kepar ha cawr breselus, pymthek troshes in uhelder. Yth esa an men aral, troshes bò dew isella, neb cans lath pell dhyworth y goweth.

"Bloodh an veyn-na yw neb peder mil," yn medh Bèn dhe'n flehes, "hag y yw gelwys Pyboryon Bo'legh. Warlergh an henwhedhel y feu an byboryon trailys dhe ven dre reson y dhe vos ow colya hag ow sportya de Sul. Yth esens ow cul menestrouthy rag mowysy an Dauns Meyn. Ny a vydn aga gweles y yn scon."

21

Wosa trailya nebes cornellow cul ha warlergh lewyas dres Crows Keltek a oos brâs ryb an fordh, Bèn a stoppyas an *Land Rover*. Ev a skydnyas ha Jowan ha Peny a'n sewyas dhe drap a ven growyn, hag ena y a aspias golok o gerys brâs dres an osow.

Yth esa nawnjek men hir a'ga sav in kelgh efan perfeth in cres an pras. "An re-na yw mowysy jolyf an Dauns Meyn. In gwiryoneth kelgh men dhyworth Oos an Brôns yns y, saw mar pleg an henwhedhel dhywgh— why a wel men hir aral i'n ke wàr du aral an fordh. Ev o an Crowdor, hag ev a veu gwrës men kepar ha'n Byboryon ha'n Mowysy. Ha men a vŷdh gwrës ahanaf vy inwedh," yn medh ev, "mar teuma ha sevel orth cafos torthow bara rag Nellie. Porposys en y wil in Penzans, rag hedna gwell via dhyn mos dhe'n shoppa in Eglos Beryan."

Y a stoppyas in cres an dre, adâl an eglos. Bèn ha Jowan a entras an shoppa, ha Peny êth dhe viras orth an grows coth a ven ogas dhe fos an gorlan.

Hy a glôwas an sownd cosel lent a garnow margh ow tos adro dhe'n gornel. Peny a drailyas ha gweles Henry Milliton, esa ow marogeth y gasek dhu, dell o ûsys. Ev a wrug dh'y vargh sevel ryb Peny.

"Henep varthys, a nyns ywa?" yn medh Milliton in maner guv.

"Yw, in gwir," a worthebys Peny. Hy a viras orth an margh esa a'y sav yn uvel in dadn rewl hy ferhen. "Ass yw hy teg. Yw hy Arabes?"

Milliton a vinwharthas yn prowt. "Arabes a woos glân, saw coynt yw hy linyeth. Me a vynsa leverel nag usy hy far in tyller vŷth."

"Pŷth yw hy hanow?"

"Leila," yn medh Milliton. "Hanow Arabek, dell yw ewn. 'Myrgh an Nos' yw styr an hanow."

"Ewn yw an hanow rygthy," yn medh Peny ha hy a istynas in mes hy bregh rag chersya an codna nobyl cabmys. An gasek a wrug serthy, gorra hy scovornow wàr dhelergh, dysqwedhes gwydn hy lagasow ha ledry hy dewfrik yn maner escarus. An vowes a dednas hy dorn in kerdh, ha Milliton a inclinyas in rag ha whystra nebes geryow angonvedhadow in scovarn an margh. An gasek a wrug lowsel hy honen heb let. "Why a yll hy chersya lebmyn."

Peny a dherevys hy dorn in udn hockya ha dry hy besyas an codna smoth wàr nans. An gasek a rùttyas hy honen warbydn scoodh an vowes, kepar ha pàn ve hy ow tysqwedhes nag o drog vŷth intendys gensy.

22

"Yth esowgh why ow qweles," yn medh Milliton in udn vinwherthyn. "Casek udn den in gwiryoneth. Tebel-vargh nyns yw hy in gwir." Pàn wrug ev minwherthyn, ev a dhysqwedhas dens heb nàm, ha Peny a leverys dhedhy y honen, y fia y semlant teg lowr, mar teffa va ha kemeres an trobel a restry y honen nebes.

"A wor an prownter hedna?" hy a wovydnas in udn wherthyn.

Milliton a wharthas nebes. "Ny gresaf y dh'y wodhvos," yn medh ev. "Rag bos sevur rag pols, drog o genef an dra-na a wharva. Yma own dhybm bos certan tus ow plesya Leila ha nyns eus tus erel worth hy flesya poynt. Rag neb udn reson, na allama convedhes, yma an prownter in mesk an re-na nag usy ow plegya dhedhy, saw ny wrug avy bythqweth predery y whre hy mos mar bell.

"Ha nyns yw gweres i'n mater nag oma den wordhy in opynyon an prownter. Ev a wor martesen nag oma Cristyon. Cas yw genef eglos an Gristonyon nans yw lies bledhen." Ev a jaunjyas mater an kescows ha poyntya y vës tro ha'n jowal adro dh'y hodna. "Ass yw teg an degen-na adro dh'agas codna. Yth hevel an jowal bos gwiryon i'n golow-ma. Tra goynt, tra ancoth. Yma hy worth agas desedha."

"Me a grÿs y halsa an jowal bos pòr goth..." Peny a viras aberth in y dhewlagas ha hy a gonvedhas na ylly hy miras in kerdh. Y dhewlagas tewl a sensys hy golok, ha dystowgh hy a omglôwas pednscav. Hy a drebuchyas. Tour an eglos ha'n treven adro dhe'n eglos a hevelly bos ow rosella yn fol. Yth esa hy owth anella yn cales, ha'n goos a forsakyas hy fâss hag uja in hy scovornow..."

"Mêster Milliton!" An lev lybm a drohas der an lonklyn diantel. Peny a drebuchyas hag ena heb let hy fedn a veu glân. Hy a blynchyas hag ot ena an prownter ow fystena dres an fordh, ha'n pors a lether in y dhorn. Ny wrug Milliton vry vÿth anodho saw inclinya tro ha Peny, hag anken dhe redya wàr y dâl.

"Owgh why yn ewn? Why a veu pòr wydn rag pols."

"Me a grÿs ow bos yn ewn. Me a omglôwas pòr wadn rag tecken. Martesen me re gachyas re a'n howl."

"Mêster Milliton!" Lev an prownter veu hedna unweyth arta. Yth esa ev ow sevel pell lowr dhyworth an margh, hag yth esa an gasek ow miras orto avell escar apert. "Res yw dhybm côwsel orthowgh why adro dhe'n bathow-ma."

Milliton a drailyas tro ha'n prownter nebes serrys. "Pÿth adro dhedhans?" yn medh ev in maner yeyn. "Y o attal rag an damach a wrug an gasek. Anfusyk o an pÿth ha ny godhvia dhodho wharvos."

"Saw aga valew, a dhen! A wodhowgh why pygebmys yw aga valew? Taclow coth a bris meur yns yn kettep pedn, hag y oll yw nowyth flàm. Y a dal fortyn brâs!"

Milliton a dorras ajy. "Nyns yw aga valew a vry vÿth dhybm. Yma meur moy anodhans i'n tyller may teuthons y anodho. Nyns yw collva vÿth."

"Saw ny allaf vy aga degemeres," a leverys an prownter in udn besya. "Ny veu gwrës damach vÿth marnas dhe jerkyn, dhe gris ha trogh munys wàr ow bregh. An bathow-ma a alsa perna hanter an dreveglos. Drog yw genef, a Vêster Milliton, saw res vÿdh dhywgh aga hemeres wàr dhelergh."

"Ny vanaf vy gwil hedna," yn medh Milliton yn cot. "Gwrewgh gansans pynagoll dra a vydnowgh. Certan oma y hyll mab lien cafos tra wordhy dhe wul gansans."

"Saw…"

"Mar pleg, a revrond, an mater yw deges." Milliton a drailyas wàr dhelergh tro ha Peny, in udn asa an prownter ow sevel i'n fordh ha'y anow owth egery hag ow tegea heb sownd vÿth, kepar ha pysk wàr an treth. "A arlodhes yonk, yma agas cothmans worth agas gortos," yn medh ev. "Agan kescows bian a'm plesyas, saw yth owgh why whath nebes gwydn. Me a vynsa agas cùssulya dhe vos tre ha growedha pols."

"Pandr'esa ev ow tesirya?" yn medh Bèn, hag ev ow miras stag orth keyn Milliton esa ow ponya yn stâtly in kerdh.

"Tra vÿth in gwiryoneth," a worthebys Peny. "Nyns esa ev saw ow kescôwsel. Ow jowal a'n plesyas."

"A wrug? Rag côwsel yn onest, me a via moy lowen mar teffewgh why sensy dhyworth agan cothman Milliton. Bydnar re wrello y gortesy agas tùlla. Yma neppyth pòr dhrog adro dhodho, heb campolla an margh crowsek-na. A pe ow mergh vy kepar ha hodna, me a vynsa bos ryddys anedhy pell alebma."

"Ny wodhyen te dhe sensys mergh," yn medh Peny.

"Yth esof ow soposya na wrusta aga gweles whath. Ymowns y i'n park awoles aga feswar. Yma ow helvargh brâs ena, casek dhenethy ha copel a vergh peswardhek dorn. An merhygow o pÿth ow gwreg; hy a's cara yn frâs, in gwir. Rag hedna, pàn veu hy marow... ny yllyn bos dyberthys dhywortans. Hy a's magas hag a's deskys. Y o part anedhy, mars esowgh why worth ow ùnderstondya." Ev a hevelly pell dhywortans rag pols.

"Wàr neb cor," ev a besyas, "esowgh whywhy agas dew ow marhogeth?"

"Eson, agan dew," yn medh Jowan, "Gwell yw Peny agesof vy, saw y fÿdh hy ow marhogeth moy menowgh."

"Ny alsa hedna bos gwell. Ny a dhora an merhygow in bàn hedhyw dohajëdh, ha ny a well fatell vedhowgh why. Ny gefowgh why trobel vÿth. Y yw pòr dhoth. Dell yw ùsys y fÿdh copel a flehes dhyworth an dreveglos worth aga marhogeth, hag orth aga dry dhe bonyansow ebylyon ha dhe daclow a'n par-na. Yma an merhygow yagh lowr. Yth esof vy ow cresy fatell yw gwell dyscudha an randir-ma wàr geyn margh ès in fordh vÿth aral, yn arbednek wàr an gonyow."

Chaptra 4

An Gallos ha'n Kelgh

"Eus kelgh meyn vÿth aral ogas dhyn obma?" a wovydnas Peny prÿs haunsel.

"Yma kelgh pòr deg neb udn vildir dhe'n north a'n dreveglos," yn medh Bèn, in udn istyna y vregh in rag dhe gafos pot kefeth owraval. "An tyller yw gelwys Bosscawen an Woon. Nyns yw an kelgh kepar ha mowÿsy an Dauns Meyn poran, dre reson bos men hir in y gres. Y tal y weles heb dowt vÿth. Gorseth Kernow re beu sensys ena moy ès unweyth."

"Pandr'yw Gorseth Kernow?" yn medh Jowan.

"Cùntellyans an verdh ywa. Tus neb a wrug ober brâs rag Kernow a vÿdh gwrës berdh. Why a wel, in spit dhe'n pÿth usy nebes tu ow predery, nyns yw Kernow radn a Bow an Sowson, namoy ès Kembra nag Alban. Kernow yw pow Keltek, ha ny yw Keltyon, hag yth eson ny obma milyow a vledhydnyow pella ès an Sowson. Ny a'gan bedha agan myterneth i'n termyn eus passys, hag yma lies onen a'n hengovow gwithys obma pùpprÿs. Ny a'gan beus agan tavas agan honen inwedh, dell wrug avy leverel dhywgh. An tavas a veu kellys dyw gansvledhen alebma saw yma va ow tewheles nebes. Yma lowr a dus worth y glappya i'n tor'-ma.

Gorseth Kernow yw tra a dal y weles. Oll an verdh i'ga fows hir las, dew can anodhans martesen, y oll in kelgh efan. Y fÿdh telyn i'n Orseth ha cledha brâs rag mos in le Calesvol, cledha Mytern Arthur. Y fÿdh oll an solempnyta gwrës in tavas Kernowek: *Nyns yw marow Mytern Arthur.*" Ev a leverys an geryow dewetha-ma yn stâtly.

"Pandr'yw hedna ow styrya?" a wovydnas Peny.

"Hèn yw an grejyans coth. Na wrug Mytern Arthur merwel bythqweth."

26

"Mars usy ev ow pewa, ev a dal bos auncyent heb dowt vÿth," yn medh Jowan.

An tiak a wharthas. "Ev a dal bos pymthek cans bloodh. Yma an istoryoryon ow predery yth esa an Arthur istorek ow pewa orth dalleth an wheghves cansvledhen. Yma radn anodhans ow cresy nag o va mytern vÿth, saw neppyth moy haval dhe hembrynkyas marghlu, hag ev dhe worfedna avell comonder a'n gorthsaf Brethonek warbydn an Sowson. Nyns esa marhak vÿth ow mos adro in udn selwel damsels; nyns esa naneyl Tabel Rônd na Greal. An re-na a veu addys dhe'n whedhel moy adhewedhes. Yth hevel fatell spenas Arthur an radn vrâssa a'y dermyn cudhys gans lis ha gans doust an fordh, hag ow flerya a whes hag a vergh."

"Gwell via genama predery a'n Tabel Rônd ha'n varhogyon golodnek," yn medh Peny in udn frigwhetha.

"Gwell yw genama an pyctour aral," yn medh Jowan. "Hembrynkyas marghlu dygempen ow ponya obma hag ena hag ow conqwerrya in batalys, yma hedna ow sowndya liesgweyth gwell. Yth esof vy ow menya ev dhe vos lymnys i'n lyvrow avell sans bian. Ass yw sqwithus hedna! Yth esof ow qwystla ev dhe vos gosek in gwiryoneth."

"Gwell via dhybm Mytern Arthur an lyvrow," yn medh Peny nebes serrys.

"Me a grÿs y fia gwell dhyn chaunjya mater an cows, kyns ès ny dhe dhalleth gwerrya obma," a leverys Bèn yn uskys. "Lebmyn, adro dhe'n kelgh a veyn. Why a vydn mos in bàn dhe'n dreveglos ha kemeres an kensa trailyans agledh ryb an eglos… dre lycklod yma mappa i'n lyver-na a wrug avy ry dhis, Jowan. Te a yll y worra in dha bocket. Gwrewgh why dry an merhygow genowgh, saw bedhowgh wàr a'n kerry tan."

N
yns o Jowan re varthys ow redya an mappys, hag yth o an dohajëdh devedhys kyns ès an flehes dhe dhos wàr an dyweth bys in kelgh meyn Bo'scawen an Woon. Ass o coynt golok an veyn auncyent! Wàr an eyl tu a'n nans yth esa kelgh ledan a nawnjek men loos. Adro dhedhans yth esa ke a veyn, hanter-cudhys gans dreys ha gans reden. Kenyver men in kelgh o peswar troshes in uhelder hag ogas dhe gres an an kelgh yth esa men hir aral, dywweyth uhella es an re erel hag inclinys yn tydn.

An dus yonk a golmas aga merhygow ha kerdhes der aswy i'n ke rag entra i'n kelgh. Y savas Peny rag tecken heb leverel ger, ha hy ow miras orth an veyn goth adro dhedhy.

27

"Yma sort a... airgelgh coynt i'n tyller-ma." Isel o hy lev kepar ha pàn ve hy in eglos. "A wrusta y verkya?"

Jowan a sensys y brederow dhodho y honen, rag ny vydna ev avowa tra vÿth a'n par-na. Ev a glôwas ino y honen bytegyns cosoleth ha sansoleth arbednek an tyller. Yth esa taw dres natur ena. Yth esa an gorwel ow terlentry in dadn an howl ha ny ylly bos clôwys tra vÿth marnas buwgh gontentys ow pedhygla in gwel ogas dhedhans. Marthys coynt o tra aral inwedh; y codhvia dhe'n air bos leun a vilyow a gelyon ow sia, mès nyns esa sownd vÿth.

"Me a garsa godhvos pygebmys yw oos an kelgh," yn medh Peny.

"An lyver a lever bos an kelgh a veyn peder mil bledhen coth."

"Ywa mar goth avell hedna? In pana vaner a vedha ûsys?"

"A ny wrug Bèn leverel neppyth adro dhe grejyans ragistorek?"

"Gwrug." Peny a gerdhas bys i'n men brâs in cres an kelgh. "An chif-prownter, bò pynag oll den o ev, martesen y fedha ev a'y sav obma." Hy a settyas hy dorn wàr enep garow an men hir, in udn miras in bàn orth an cappa a gewny.

Lebmyn, hèn o stranj. Hy o certan fatell wrug an men brâs gwaya in dadn hy dorn. Hy a vinwharthas orth hy desmygyans hy honen. An minwharth êth in kerdh. An men a wayas arta. Y feu hy certan an prÿs-ma.

"Jowan." Hy lev a hevelly pòr wadn, pòr danow. "Yma an men ow qwaya."

Ev a drailyas y fâss dhedhy in udn blegya y dâl hag a leverys, "Na vÿdh gocky. Y fia res a neppyth moy ès agan dew ny dhe wil dhe'n men-na gwaya."

"Saw yma va ow qwaya. Me a yll y glôwes. Yma va ow crena!"

"Na lavar gow! Nyns yw possybyl..." Jowan a dewys in cres y lavar in udn dhiena. "Peny! An men! *Mir orth an men!*"

Hy a viras in bàn heb let ha codha wàr hy dewlin rag ewn uth.

Nyns esa cappa a gewny melen wàr an men na fella. Cudhys o top an men gans golow. Yth esa pel a dan gwydn-las esedhys wàr an pyllar, hag yth esa an tan ow polsa. Clâv o aga lagasow ow miras orto. Peny a viras orth an jowal coth adro dh'y hodna, ha sowthenys veu. Yth esa an jowal yn few, ow tyllo golow glew gwer esa ow polsa hag ow cortheby dhe'n tan wàr dop an men hir coth.

Yth o aga scovornow leun a'n sownd a whyrny. An air y honen a dhallathas lebmel ha polsa kepar ha jyn brâs, ha'n dor in dadn aga threys a wayas, ow qwil dhedhans trebuchya. War an tu aves dhe'n kelgh yth esa an merhygow ow cryhias rag ewn own, hag y ow tedna in maner wyls orth aga lovonow.

Y feu clôwys crack uhel sherp ha gwelys veu luhesen spladn; y a drailyas in kerdh dhyworty, dallhes rag tecken. Pàn dhewhelas an syght dh'aga lagasow, y a welas bos y gappa y honen a wolow spladn wàr genyver men. Yth esa gwryhon brâs ow tardha dhia ven dhe ven, hag ow troyllya ajy tro ha'n men hir i'n cres. Yth esa crohen pedn an flehes ow lesky gans an tredan, ha linednow a wolow a resas der an dor ha lesa in mes a'n kelgh a bùb tu, kepar ha pàn ve an men hir brâs an voth a gawrros vew.

Coselhes o an merhygow i'n tor'-na hag yth esens y a'ga sav adâl an kelgh a veyn, aga fedn derevys ha'ga scovornow in bàn. Yth esa aga felour ow terlentry ha'ga lagasow o golowys spladn.

"Kê in mes!" a grias Jowan a-ugh an tros uthek ha crackya an tredan. "Kê in mes a'n kelgh!'

"Ny allama! Ny allama gwaya!"

"Gwra assaya! Deus, res yw dhis assaya!"

Y a omglôwas kepar ha pàn ve lonklyn ow whilas yn crev aga sùgna aberveth. Res veu dhedhans strivya yn fen gans corf hag enef, saw y a settyas aga dens warbarth, hag in udn gramyas hag in udn dhiena, y a spedyas dhe waya ha dhe dhos nes dhe amal an kelgh.

Peny a viras in bàn orth an gwaregow a luhes ow lebmel dhia ven dhe ven, ha hy holon a fyllys. "Nâ! Ny allama y wil!"

Jowan a's sêsyas er an bond ha'y draggya inter an veyn. Yth o aga blew sevys yn serth wàr aga fedn, hag yth esa an tredan ow pyga aga crohen. Ena y fowns in mes: frank a'n kelgh hag a oll y vrawagh. Y a remainyas a'ga groweth heb anal wàr an gwels.

"Ny a'n gwrug!" a leverys Jowan yn ronk. "Saw prag—?" Y eryow a cessyas pàn viras orth an kelgh yn tyscryjyk.

Yth esa kelgh a nawnjek men ow sevel dhyragthans, hag yth esa men hir uhel inclinys in aga mesk, hag ev in dadn gappa a gewny owrek. Saw tawesek, cosel o an veyn, coth ha leun a vystery.

"Ny allama convedhes," yn medh Peny, gwadn bian hy lev, "Ny allama convedhes."

Y a welas bos y gappa y honen a wolow spladn wàr genyver men.

"Ny allaf vy convedhes naneyl," arsa lev garow, esa nebes sorr ino. "Prag y fÿdh res dhe'n dus mellya gans taclow na vern dhedhans?"

Sowthenys fest, Jowan ha Peny a savas in bàn, in udn viras yn pednsogh orth an stranjer esa ow tos. Bythqweth ny wrussons y gweles den vëth mar goynt. Berr ha crev o va, rag scant nyns o va uhella ès meyn an kelgh. Y dhyllas o gwrës a grohen medhel gell; jerkyn, lavrak ha botas uhel. Yth o mantel, a lyw delyow kydnyaf, cregys dhywar y dhywscoth, hag yth esa bool asper lybm dewvin ow powes adrëv y wrugys. Yth o basnet crev cornek a vrons settys wàr y bedn, hag yth esa blew ha barv leun dhu adro dh'y fâss sad tewedhak.

"Pyw owgh why?" yn medh Peny in udn hockya.

"A nyns oma hedna a godhvia govyn hedna worthowgh whywhy?" a worthebys ev yn ronk. An corr a dewys pàn welas ev an jowal ow telentry heb dregyn vÿth wàr y jain hir. Ev a worras y dhorn in mes ha dos udn stap nessa dhe Peny.

"Na set unweyth dorn warnedhy!" a grias Jowan. Ev a gerdhas in rag avell godros, hag ena rewy in y olow.

An corr a wayas dhe wortheby an godros gans toth dygresadow. Ev a drailyas ha plattya wàr an dor, parys dhe omlath. An vool o devedhys in neb udn fordh aberth in y dhorn, hag yth o hy derevys ha parys dhe weskel.

"Bydh fur, a vaw!" yn medh an corr gans lev garow. "Clôw pyw yw an den esta ow codros. Me yw Gawen mab Gwalghmay, ha pednow brâssa ages dha bedn jy re godhas dre vool Gawen corr. Lebmyn," yn medh ev in udn sevel in bàn hag ow medhelhe, "gwra yeynhe an pedn tobm usy wàr dha dhywscoth. Ny vanaf gwil drog vÿth dhe dhen vÿth ahanowgh."

Ev a drailyas y vool wàr hy cron a lether ha'y gorra arta in dadn y wrugys. Ev a drailyas arta dhe Peny, hag a gemeras an jowal yn clor in y dhorn ha'y whythra yn clos.

"In pana vaner a wrussowgh why cafos hebma?" a leverys ev, ow casa an jowal dhe godha in mes a'y leuv. Peny a viras orth hy broder rag cùssul, saw ny wrug ev marnas derevel y dhywscoth heb leverel ger. An corr a wolsowas yn freth, pàn esa hy ow terivas dhodho adro dhe dorrva an lester ha'n gùrun a veu kefys.

"Indella," yn medh ev yn cosel, "Jowal Cùrun Lethesow. Warlergh oll an termyn-ma, yma va ow tewheles in mes a'n mor. Yma hedna ow styrya lies tra, ha nyns yw an lyha anodhans an pÿth a welys vy obma." Ev a swaysyas y dhorn tro ha'n kelgh a veyn. "Aberth i'n degen semly-na yma power crev, settys ino termyn pell alebma gans an pystryor brâssa in Lethesow. Y fedha an jowal ûsys rag lies tra, ha'n radn vrâssa anodhans yw ankevys lebmyn, saw yth o defens Arlydhy Lethesow onen a vertus an jowal.

Ken power auncyent, cotha ha brâssa ès oll pystry an dus, a veu deges aberth i'n kelgh-ma. Jowal an Gùrun re'n relêssyas, be va rag dâ bò rag drog ny wòn vy leverel. Martesen rag an dhew. Ny a'n gelow Anal an Dhragon ha hèn yw kevrin a Vabm an Dor hy honen. Nyns usy dâ na drog ow styrya tra vÿth rag an gallos-na, rag ny wra va decernya intredhans.

"Ass yw hedna flows!" a grias Jowan. "Prag yth esowgh why ow whilas gorra own inon ny gans oll an whedhlow-na?"

An corr a viras glew orto pols, ena ev a dhysqwedhas an kelgh gans y vës. "Pàn wrylly y weles, te a wra cresy, a vab. Yma tus an bÿs-ma gwandrys pell dhyworth an skians coth! Y a vÿdh ow scornya hag ow naha in dadn an dra a vÿdh dhyrag aga lagasow aga honen, ha whath ny wodhons gweles. Well, a vab, yth eson nyny ow qweles, hag yth eson ny ow perthy cov inwedh. Dre reson a hebma, pàn vo mab den gyllys qwit in kerdh, ny a wra remainya."

Jowan a viras orto yn anes.

"Lebmyn me re wrug dysclosya ow honen dhywgh why," yn medh Gawen, "ha pyw owgh whywhy?"

Ev a gemeras marth pàn wrussons derivas aga henwyn dhodho. "Trevelyan!" a grias ev. "O, prag na wrussowgh why y leverel kyns? Yma reson i'n mater: kepar dell o Arlùth Trevelyan an den dewetha dh'y wysca, indella an dra re whilas ha re gafas y issyw. Lebmyn pàn yw kefys Jowal an Gùrun, yma neppyth aral a glôwys vy hag a welys vy agensow a yll bos styrys... hag yma ken taclow usy orth ow throbla. Wosa cans-vledhydnyow yma Arlùth an Tebel-art ow kerdhes adro i'n pow-ma arta, ha nyns yw res dhybm desmygy praga. Yth esof vy worth agas gwarnya: bedhowgh war a'n den-na. Ev y moy peryllys dell yllowgh why nefra convedhes."

"Mirowgh," yn medh Jowan yn serrys, "pandr'esowgh why ow meny dre hedna? Pandr'yw oll an cows-ma adro dhe... pÿth o an hanow... Arlùth an Tebel-art?"

"Na wra ges ahanaf an secùnd treveth," yn medh an corr, saw heb sorr y'n tor'-na. "Yth esof vy worth agas gwarnya der oll sevureth, saw me ny wòn pùptra adro dhe'n dra. Res yw dhybm côwsel orth nebonen yw furra i'n maters-ma agesof ow honen. Ny wodhvyth den vÿth ahanan a pÿth usy dhyragon, erna wryllyf indella.

"Ow hùssul dhywgh why y hebma: dewhelowgh tre ha na wrewgh gwandra in mes a'y fosow bys vyttyn. Na gôwsowgh a'n dra-ma orth den vÿth, ha perthowgh cov a'm geryow: na wrewgh gwandra ales i'n tewolgow. Dhyworth an jëdh avorow, metyowgh genef vy wàr bedntir Tredhin ryb an Men Omborth."

Ev a drailyas, crambla dres an ke ha mos mes a wel.

"Gorta pols!" yn medh Jowan.

"Perthowgh cov, dhyworth an jëdh avorow," a leverys an lev, ena gyllys o an corr. Ev a wrug keles y honen mar godnek in udn vos in kerdh, na wrussons y weles arta.

Peny a dhebras hy soper heb leverel ger vÿth. Yth hevelly hy dhe vos gyllys in prederow down, ha Jowan a verkyas fatell wre hy besyas gwandra yn fenowgh bys in hy jowal, saw tra vÿth ny leverys ev.

"Pÿth yw an mater gans Peny?" a whystras Bèn in y scovarn.

"Tra vÿth, mar bell dell worama. Yth esof ow qwetyas hy dhe vos sqwith. Ny a wrug marhogeth nebes pella ès dell veu porposys genen." Ev a vinwharthas, methek y fâss. "Nyns oma re dhâ ow redya mappys."

Bèn a wharthas yn scav. "Me a wel. Tu aves dhe vos in stray, a wrussowgh why enjoya agas dëdh?"

"Gwrussyn in gwir. Ny êth an bryn-na in bàn, Chapel Carn bò neppyth."

"Chapel Carn Bre," a leverys Bèn.

"Ny a gafas vu gorwyw dhyworth an tyller-na. Ny a welas Syllan alena. Wosa hedna ny a whilas an kelgh a veyn."

"A wrussowgh why y gafos?"

" Gwrussyn, wàr an dyweth." Jowan o whensys dhe gôwsel moy, saw ny leverys marnas, "Stranj yw an tyller-na, a nyns yw?"

Wosa soper Peny a erviras mos dhe gerdhes adro i'n bargen tir. Porposys o Jowan dhe dhos gensy, saw ev a gonvedhas na wre y gompany ev plegya dhedhy.

Ass o plesont gwandra der an parcow in air fresk an gordhuwher! An
buhas a viras orty heb bern, hag y ow tasknias yn syger. Yth esa an howl
ow sedhy, hag yth esa skeuslyw rudh wàr bùptra. Dhe'n north golow an
howl dhyworth an west a ros dhe dour Eglos Beryan an lyw a gober. Saw
ny wrug Peny y verkya. Yth esa ken taclow wàr hy brÿs.

Hy a settyas hy frederow adenewan rag pols, may halla hy godhvos
pleth esa hy. Y hylly chymblas an chy bos gwellys peswar park dhyworty.
In cornel an pras mayth esa hy ow sevel, yth esa magoryow overdevys an
dre goth, Trehelghyor Veur, dyscler i'n tewlwolow. An park-ma ytho o
Park Crellas. A ny leverys Bèn neppyth adro dhodho, y vos troblys gan
spyrysyon?

Hy a dherevys hy dhywscoth ha trailya in kerdh, hag y teuth hy
frederow du dhedhy arta. Yth esa geryow an corr worth hy ankenya, ha
ny vynsens hy gasa. Hy a remembras y eryow arta hag arta... yma Arlùth
an Tebel-art ow kerdhes ales... bedhowgh war a'n den-na. Pÿth o y styr?
Pyw yw an pystryor-na, Arlùth an Tebel-art? Yma Arlùth an Tebel-art
ow kerdhes ales... Arlùth an Tebel-art.

"Pyw yw Arlùth an Tebel-art?" a grias hy, uhel hy lev. Hy cry brâs a
worras own inhy, ha hes briny a ascendyas gans tros uhel i'n air.

"Arlùth an Tebel-art?" a leverys an daslev. "Arlùth an Tebel-art... an
Tebel-art."

An daslev a dewys, hag yn sodyn poos gensy o cosoleth an gordhuwher.

"Pyw yw Arlùth an Tebel-art?"

An geryow a dheuth wàr an air dhedhy, ha'y holon a veu yeyn, rag an
treveth-ma ny veu daslev a glôwas hy. Whystrans yeyn veu, worth hy
mockya, tebel-whystrans crûel dres ehen.

Chaptra 5

Helghyoryon an Nos

Peny a rewys. An goos in hy gwythy a hevelly bos ow fystena bys in hy threys, worth hy helmy dhe'n plâss, ha hy a savas kepar hag imaj i'n tewlwolow. Scant ny vedha hy anella.

Yth esa taw leun i'n tyller; gwacter tewl dynatur, erna hûas ûla in downder an valy awoles. Peny a blynchyas. Yth esa hy holon ow qweskel yn uhel rag ewn own.

A wrug lev ges anedhy in udn whystra? Bò a wrug wharvosow an jëdh, an tewlwolow, an magoryow in cornel an park orth hy heyn omjùnya dhe wil prattys warnedhy ha tùlla hy brÿs, neb o kemyskys soladhëdh?

Hy a folwharthas ha trailya wàr dhelergh tro ha'n chy. An wharth a verwys in hy briansen. Hy a garsa scrija; an sownd a dherevys inhy kepar ha baloun, saw ny dheuth in mes marnas ronk tegys.

Wàr an tu aral a'n park, dhyrag an magoryow overdevys, a sevy seyth marhak; linen gasadow a skeusow cosel. Tewl o aga mergh, tewl aga mentylly hir, ha down o an cùgollow ow keles aga fysmant. Yth esa an fygùr i'n cres a'y sav nebes dhyrag an re erel. Ev a dherevys y bedn ha golowylyon a spladnas adhan y gùgol. An varhogyon a dheuth in rag warbarth, in ordyr ha heb fystena.

Own a voghhas dhe vrawagh. Peny a drailyas ha fia dhe'n fo. Yth esa an varhogyon ow sevel inter hy ha'n chy, saw ny wodhya hy poynt pleth esa hy ow ponya, ha nyns o hedna bern dhedhy, mar kylly hy unweyth cafos sawder.

Hy a gramblas dres yettys ha dres keow men, saw yth esa an varhogyon, dell hevelly, whath ow tos wàr hy lergh heb fystena. Pùpprÿs, pàn wre hy miras adro, yth esens y hës udn park pell dhyworty, hag y ow ponya yn lent. Hy a glôwas wharth crûel. Helgh o, porposys ha dybyta. Yth esens y

35

ow qwary gensy, kepar dell vÿdh cath ow qwary gans logosen kyns ès hy ladha.

Yth o cales an tarmac in dadn hy threys pàn labmas hy dhywar vanken uhel. Hy a fias an vre wàr nans, in dadn an gwÿdh awoles, aga delyow ow whystra, ha hy a ascendyas an vre wàr an tenewan aral. An vre a sùgnas hy nerth in mes anedhy, hag yth o sqwithter hag own kepar ha plobm poos wàr hy dywarr. Yth esa hy ow tiena ha'y anal kepar ha hanajow. Hy a stoppyas tecken cot. Hy a glôwas carnow mergh ow seny wàr an fordh i'n stras. Hy a drebuchyas in rag, ow qwetyas martesen hy dhe gafos trailyans dhywar an fordh vrâs. Hy fejadow a veu grauntys, rag fordh agledh a dhysqwedhas. Hy a welas treven, saw hy a wodhya na alsa hy cafos sawder dhyworth an varhogyon-ma in chy kebmyn vÿth. Yth esa arweth tavern ow qwil gwigh i'n gwyns scav. Hy a viras in bàn ha gweles an pyctour warnodho: den ow herdhya men brâs dhyragtho rag y dhysevel. Hedna a dhros cov dhedhy, ha hy a viras stag orth an pyctour ow whilas remembra. Adhesempys hy a redyas hanow an tavern in dadn an pyctour: An Men Omborth.

Govenek ha joy a's sêsyas. Yth esa hy in treveglos Tredhin, hag yth esa dinas coth Tredhin in hy ogas. Fâss Gawen corr, ha'n geryow garow a leverys ev, a dheuth aberth in hy fedn: "Metyowgh genef wàr bedntir Tredhin, ryb an Men Omborth... onen furra agesof vy..."

Hy a gonstrinas hy honen dhe bonya der an dreveglos ha bys i'n trûlergh esa ow ledya wàr nans dhe'n âlsyow. Orth an kensa trap hy a viras wàr dhelergh hag a welas an kensa marhak ow tos in mes inter an treven.

Peny a labmas wàr nans dhywar an ke, ha pàn wrug hy indella, hy a aspias golow stranj uthek orth hy brodn. Kepar dell wrug in kelgh meyn Bo'scawen an Woon, Jowal Lethesow a dhallathas spladna gans golow gwer glew. An treveth-ma nyns esa ow polsa, saw terlentry crev heb labma. Ena, heb gwarnyans vÿth, golowyn a wrug luhesy in mes a'n jowal bys i'n dor, ha'n trûlergh idn dhyrygthy o gwydn gans golewder; yth esa milyow a vlewednow munys a wolow owth omjùnya an eyl dh'y ben rag dhysqwedhes an fordh dhyrygthy. Hy sqwithter a godhas dhywarnedhy, hag ena hy a gresy bos eskelly wàr hy threys. Hy a omglôwes mar scav avell hasen dans lew, hag a bonyas in rag dhe voy uskys heb caletter vÿth.

Y feu levow tanow hastyf derevys in sowthan hag in sorr adrëv hy heyn, ha gweskel sur carnow an vergh a drailyas dhe bonya muscok. Y a forsakyas an trûlergh, in udn spredya ales a bùb tu. Yth o an varhogyon crobmys yn isel wàr godna aga stedys, ha'n vergh aga honen a labmas keow uhel gans scafter kevrinek. Gorfednys o an gwary. An helgh gwir re dhallathas, hag yth esa Ancow in company an varhogyon. Peny a bonyas in rag, in udn dhiena arta rag ewn own. Hy a gramblas wàr an trap dewetha. Dyfudhys veu an golow stranj. Yth esa gwal crev aves an dinas ragistorek ow sevel pols dhyworty, ha hy a welas gans uth ha dysper bos an porth ajy lettys gans fygùr. Yth esa lantern in y dhorn ha'n fygùr a sevy heb gwaya, skeus cul tewl wàrbydn ebron an tewlwolow.

Peny a hanajas ha codha yn fethys wàr hy dewlin. Yth esa carnow ow taredna oll adro dhedhy. Bregh in dyllas crohen a sêsya hy scoodh in dalhen, crev avell horn, ha'y thedna yn harow wàr hy threys. Pàn glôwas hy an pain tydn ha yeyn, hy a grias in mes, ha hy fàss a veu rew.

Voys a veu clôwys a-ugh an tros. Cler ha leun a auctoryta hag awos oll hy fain, an lev a's cheryas. Yonk saw mil vloodh coth, yth o an lev a'n golow, a dhelyow, a'n hâv. An lev a vyctory.

"Dybarth alebma, te debel-spyrys! Ny wra Arlùth Castel Tredhin grauntya dhis dha bray. Dor sans yw hebma le na'th eus cubmyas dhe entra. An vowes re dhendylas sentry. Gwra hy relêssya. Dewhel lebmyn dhe'n nywlow may teuthys in mes anodhans."

Gorthyp an marhak a veu asper ha hautyn. "Na wra wastya geryow, a Arlùth an Castel Sans. Me a wor yn tâ pyw ota ha pÿth ota: an den dewetha a'th ehen in oll Beleryon. Kebmer with na vo Beleryon ryddys a'th ehen rag nefra. Te dha honen a yll bos ledhys dre vin cledha. Ny a wor an tyller na yllyn ny passya dresto, saw nyns eson ny whath aberveth i'n castel. Ny's teves dha eryow jy gallos vÿth warnaf. Molleth warnodhans! An pÿth a wrug avy clemya, hedna me a vydn sensy!"

Pòr gales o rag Peny perthy cov yn cler a'n pÿth a wharva wosa hedna. Pàn esa nebonen worth hy draggya in kerdh yn harow, cry sherp a bain êth der hy fedn, ha'n dalhen yeyn a veu relêssys. Nyns esa pain inhy na fella, saw yth esa gwydnrew in hy scoodh, ha hy ow codha warlergh hy fedn in udn viras gans uth gorhenys aberth in downder dywoles.

Yth esa ryver a wolow ow frosa dhyworth an yet a gastel an âls, ow tremena der an dor y honen bys i'n tyller mayth esa hy ow crowedha. Hy a omglôwas kepar ha pàn ve hy ow miras dhe'n dor orth an keynvor, leun a wydnflam glas. Yth esa ryvers a rew ow resek an eyl aberth in y gela, radn anodhans ow qwaya kepar ha goverow cosel, radn aral kepar ha frosyow gwyls, ow troyllya hag ow tardha avell ewon a wolow dywodhaf. Yth esa formys erel i'n tyller inwedh, saw dyscler êns. Dhe greffa a whila hy dh'aga aspia, dhe voy gohelus vedhens, hag y owth entra moy down aberth in downder ancoth hag anwhythradow.

An golow a dhyfudhas kepar ha pàn wrug nebonen clyckya sqwychel, ha Peny a gafas hy honen ow miras orth doust, meyn ha gwels gwedhrys. Orth hy heyn yth esa mergh ow renky hag ow stankya aga threys yn amuvys.

Wàr an dyweth Peny a viras wàr hy lergh. Yth esa seyth margh du dhe weles i'n tewlwolow. Yth esens ow trembla hag y mostys gans ewon, saw nyns esa ol vÿth a'ga marhogyon.

"Gorfednys yw rag an nos haneth," yn medh an stranjer. Y feu tonyans nebes coynt in y lev, kepar ha na ve va ûsys dhe gôwsel Kernowek arnowyth. Ev a gemeras stap in rag ha'n lantern in y dhorn.

Uhel o va, mes tanow. Yth esa mantel a grohen davas adro dhodho, ha scant ny wrug y eskyjyow scav sownd vÿth pàn gerdhas. Ev a dhegy gwarak hir, hag yth o goon a sethow cul pluvwydn cregys wàr y wrugys. Y fedha golow y lantern dastewynys dhyworth y sùrcot gwrës a'n olcan moyha fin, hag ow qwary in y vlew hir spladn, a hevelly bos par termyn a arhans ha par termyn a owr. Elydnek o y fâss, y dhewfrik strait ha fin, hag eskern y dhywvogh o uhel hag inclinys in bàn. Strait o y anow ha cosel y jer; saw yth esa nebes a'n whans dhe wodhvos ino.

Pàn esa ow tos nes, ev a dherevys an lantern dhe voy uhel, ha'n golow wàr an dyweth a dhysqwedhas y dhewlagas, neb re bia kelys i'n skeus kyns ena.

Peny a dhienas hag omdedna yn tiegrys.

Yth o y lagasow brâs, gwer ha nebes ledrek, saw pella yth êns gwag yn tien, pollow down a lyw gwer heb mir vÿth, heb gwydn na mab an lagas inhans.

I'n kensa le Peny a brederas y vos dall. "Saw i'n câss-na prag yma lantern ganso?" Hy a gerdhas yn lent wàr dhelergh, ow sensy an keth hës inter hy hag ev. Yth esa neppyth tobm ha medhel worth hy lettya ha hy a drailyas ha miras strait in lagasow onen a'n vergh. Avallow tewl an lagasow a viras wàr dhelergh orty. Peny a gachyas hy anal, ha trailya arta tro ha'n stranjer, mayth o y lagasow kepar ha lagasow an margh.

An golow wàr an dyweth a dhysqwedhas y dhewlagas.

"Te yw yonk," yn medh ev yn cosel, "te yw a gynda mab den, ha te re welas meur a daclow ownek dres dha gonvedhes. Bÿdh a gonfort dâ, nyns yw tra vÿth pella dhe worra own inos." Heb let ev a gemeras hy dorn in y dhorn ev, ha dystowgh hy a omglôwas cosel ha heb own.

Ev êth dresty bys i'n vergh. "Kyns oll res yw dhybm attendya an bestas trist-ma, rag y hyll myshevya aga brÿs ynsy liesgweyth moy esy ès dha vrÿs tejy. Mergh a'n norvÿs yw an re-ma, glân a bùb drog, hag y re sùffras yn frâs in dewla an helghyoryon. An tyller ewn ragthans yw an prasow may fowns y kemerys in mes anodhans."

Y vir coynt a's gasas hy hag ev a whythras, meur y breder, an bestas frobmys. Pàn esa ev ow côwsel ortans, y lev o cosel ha medhel, hag ev a gowsas geryow ortans in tavas nag o aswonys dhe Peny. Ev a davas tâl pùb margh yn scav, hag y a drailyas in kerdh an eyl wosa y gela, ha ponya trûlergh an âls ahës aberth i'n nos. Dew vargh a remainyas, y frank a oll own ha dowt.

Scant ny ylly Peny cresy an pÿth a welas hy. "Y a gonvedhas agas geryow!" yn medh hy in udn hanaja. "An vergh a gonvedhas pùb ger a wrussowgh why leverel dhedhans. Hèm yw kepar ha... pystry!"

An abransow ledrek a jùnyas warbarth. "Pystry?" yn medh ev. "Ny vynsen leverel indella. Ny allama gwil nygromans vÿth. Ow fobel vy re gowsas bythqweth orth ëdhyn hag orth bestas, kepar dell wre dha bobel jy kyns lebmyn. Saw kepar dell bassyas an osow, indella mab den re gollas an skians."

"Mar ny yllowgh why gwil pystry vÿth," Peny a besyas, "pandr'a rewlyas an golow coynt-na i'n dor? Why a wrug controllya hedna, a ny wrussowgh?"

Ev a bendroppyas in udn agria gensy. "Hèn yw gwir, me a'n avow," yn medh ev, "saw y feu hedna neppyth cotha whath ès pystry, ha nyns o kepar ha nygromans. An golow a welsys yw kevrin a'n dor y honen, ha car nessa yw dhe Anal an Dhragon, a veu relêssys hedhyw in Bo'scawen an Woon—ha te a'n relêssys, mar nyns oma cabmgemerys. Dyffrans a vry yw hebma: an gallos obma a dhora painys tydn dhe greaturs an drog. Indella y feu prevys gans helghyoryon an nos. An gallos re wrug aga herdhya wàr dhelergh bys i'n Tireth an Skeusow. Saw ny vÿdh hedna saw dres an nos-ma yn udnyk. Ny yll an gallos aga dystrêwy.

Yma gwithjy a'n power-na obma in Castel Tredhin, ajy dhe'n Men Omborth y honen. Ha dre reson me dhe vos arlùth obma, grauntys dhybm yw y sensy bò y relêssya. Hèn yw oll."

Peny a viras orth an fygùr cosel gans meur rach ha gans nebes own. Yth esa lev inhy ow whilas hy hebaskhe bos pùptra ewn, bos cothman an denma, saw hy a's teva kebmys qwestyons.

"Why a gowsas adro dh'agas pobel," yn medh hy. "Pyw yw an re-na? Pyw owgh why agas honen?"

Ev a viras stag orty rag teken yn prederus. Ena ev a shakyas y bedn. "Ny via fur dhybm dha wortheby erna vo moy godhvedhys genef a'th part jy i'n mater-ma. Mar teu an mater ha wharvos kepar dell usy ow holon ow teclarya dhybm, ena martesen te a gav gorthebow dha gwestyons. Saw me a wor nag yw perthyans hir kefys yn fenowgh in mesk mebyon tus."

Ev a dhysqwedhas dhedhy onen a'n vergh esa ow cortos. "Ny wreta sùffra uth vÿth moy an nos-ma, saw y hyll brÿs an den yonk kemeres own a daclow nag eus i'n bÿs. Rag hedna me a vydn dos genes bys in sawder dha jy. Me a'th pÿs bytegyns a sevel orth govyn qwestyons moy orthyf. Own a'm beus na alses perthy ow gorthebow."

Hy a gemeras marth a'y nerth, pàn wrug ev hy derevel heb caletter vÿth ha'y settya wàr geyn an margh nessa dhedhy. Ena ev a labmas yn scav wàr an margh aral.

Chaptra 6

Linyeth Ankevys

Scant ny dhallathas golow hornloos an myttyn sygera aberth i'n ebron, pàn scolkyas Jowan yn cosel in chambour y whor. Yth esa hy a'y groweth wàr hy gwely yn tyfun, ha hy ow miras yn sogh orth an fenester.

"A ny godhvia dhis derivas dhybm pandr'a wharva newher?" a wovydnas Jowan in udn sensy cosel y lev.

"Ny worama pÿth esta ow styrya," yn medh Jeny yn crev.

"Sh! Na gôws yn uhel. Mir, te a'n cav esy lowr dhe dùlla Bèn, saw te yw aswonys gwell dhybmo vy. Y feusta in mes i'n tewolgow, kyn feu cùssulys dhys remainya i'n chy. Nena te a dheuth tre maga whydn avell lien gwely, ha te a scolkyas bys in dha jambour heb côwsel udn ger ogasty orth den vÿth. Nyns yw hedna dha omdhon ûsys. Now, a pes jy i'm le vy, pandr'a vynses predery a'n mater? Lebmyn, lavar dhybm bos pùptra ewn ha dâ. Ytho, pandr'a wharva?"

Peny a dednas anal down. "Nâ, ny allama. Ha pella me re beu a'm groweth obma ow covyn orthyf ow honen, mar qwrug an dra hapnya in gwiryoneth."

Jowan a blegyas tâl ow remembra an taclow a wharva an jorna de, kelgh an veyn, an corr. "Derif dhybm in câss vÿth," yn medh ev. "Preder a'n jëdh de in Bo'scawen an Woon. Ny allama denaha an taclow a wharva ena, a allama?"

Hy a dherivas dhodho oll a'y anvoth adro dhe'n helghyoryon, an helgh uthek ha'y dhyweth marthys ha stranj.

Marth hy broder a encressyas gans pùb lavar dhyworty, hag ev êth dhe voy sad. Pàn o hy whedhel derivys, hy a whythras y fâss ev, meur hy fienasow. "Esta worth ow cresy, a Jowan?"

"Esof, esof. I'n kensa le ny alses tejy dha honen desmygy whedhel a'n par-na. Res yw y vos gwir. Nyns o aneth te dhe vos mar wydn. Pyw o an pollat-na a dheuth rag dha sawya?"

"Ny worama. Ny vynsa ev leverel nameur. Ev a wrug goheles oll an qwestyons a wovydnys vy." Hy a worras dans in hy gwelv. "Nyns oma certan naneyl ev dhe vos a gynda mab den."

I'n tor'-na Jowan a dherevys y voys. "Pywa? Nyns ywa a gynda mab den? Pÿth esta ow menya?" Ev a viras stag orty.

"Y lagasow—kyns oll yth esen ow cresy ev dhe vos dall, saw nyns yw màn. Rag leverel an gwiryoneth, me a grës ev dhe weles gwell ageson ny. Y lagasow ev yw gwer, gwer tewl, in kettep part. Ny's teves gwydn vÿth. Te a wor pÿth yw semlant lagasow an margh? Well, ymowns y kepar ha hedna, saw gwer yns."

Jowan a dewys pols hir. Ena "Deus in rag," yn medh ev, "Gwysk dha dhyllas adro dhis."

"Prag? A wodhesta py eur yw?"

"Me a wor yn tâ. Ny a'gan beus apoyntyans dhe vetya gans nebonen. Esta ow perthy cov? Gans an corr. Me re beu ow tyspûtya genef ow honen a godhvia dhyn mos dhe vetya ganso, bò na godhvia. Saw warlergh an pÿth a wrusta derivas namnygen... res porres yw dhyn whythra oll an mater."

Le ès deg mynysen wosa hedna y fowns y tu ves a'n chy hag in hanter-golow an myttyn."

"Ass owgh why sevys abrÿs!" yn medh Bèn dhedhans. Yth esa ev ow sevel in daras crow an godra hag y a glôwas whyrny cosel an jynys godra.

"Myttyn dâ dhis, Bèn," yn medh Jowan yn scav. "A yllyn ny marhogeth nebes dhyrag haunsel?"

"Res yw why dhe vos muscok!" yn medh an tiak in udn wherthyn. "Mirowgh orth an our! Bytegyns th'eroma ow soposya bos kenyver tra hewul pàn eus nebonen wàr y dhegolyow. Saw why a dal cachya an merhygow agas honen. Na vedhowgh holergh dhe'n haunsel, boken Nellie a vÿdh ow croffolas. Saw," yn medh ev ow miras orth y euryor, "why a'gas beus dew our leun. Muscok yns!" Ev a omdednas aberth i'n crowjy godra ow shakya y bedn rag ewn dyscrejyans.

Y a wrug marhogeth an fordh gosel dhe Dredhin ha wosa hedna bownder lisak wàr nans bys in trûlergh an âls. Yth esa castel tewl Tredhin ow sevel yn stâtly dhyragthans a-ugh an mor amuvys, hag in dadno yth o gwrek an *Marcel Brieux* terrys solabrÿs inter dyw radn. Yth o atal a bùb sort spredys wàr an treth: plankys, grugysow sawder ha mebyl terrys.

Y a golmas aga mergh ajy dhe fos aves castel an âls, le mayth o an gwels rych lowr rag an vergh dhe bory warnodho, hag y a gerdhas an leder serth wàr nans bys in codna cul an pedntir. Pàn wrussons passya dre yet men gwal aberveth an dinas, y a gramblas der an aswy idn inter an âlsyow brâs. Ena y a gafas tyller dhe esedha in goskes dhyworth gwyns yeyn an myttyn. Alena y a ylly miras dhe'n dor orth an Men Omborth.

Pàn esens ow cortos, an howl a dherevys a-ugh an gorwel, an mor loos a drailyas adhesempys dhe arhans, hag y feu oll an bÿs golhys in golow nowyth. Golok hudol o hag y aga dew a hanajas ow qweles hy thecter.

"Prÿs a splander gwir," yn medh an lev solem a-ughtans, "ha golok yw na vedhama nefra sqwith anedhy." Gawen a gowsas, hag ev ow plattya wàr garrek, y dreys crowsys an eyl dres y gela.

"Pana dyller a wrussowgh why dos in mes anodho?" a grias Jowan, meur y varth.

An corr a wharthas in y vriansen, saw ny wrug ev gortheby. "Yth owgh why adermyn," yn medh ev worth aga fraisya. "Dewgh, ytho. Yma lies tra genen dhe gôwsel anodhans, ha herwyth ow recknans vy, nyns eus mès our ha hanter, erna vo agas haunsel genowgh."

Y a viras orto heb convedhes. "Fatell a wodhesta hedna in oll a bÿs?" a wovydna Peny.

An corr a wharthas yn frâs. "Y feuma i'gas bargen tir pàn wrussowgh why dalleth agas fordh," yn medh ev. "Me a'gas sewyas obma."

Ev a's ledyas dhe'n dor dhe woles an carn esa an Men Omborth warnodho, hag ena kemeres trûlergh cul in dadn y denewan dhe'n ÿst. Wàr an eyl tu yth esa an âls ow codha yn serth wàr nans dhe'n mor, ha wàr y gela yth esa clegar warlergh clegar ow terevel a-ughtans in formys stranj hag uthek. An trûlergh o hens dall hag y a dheuth warbydn fos serth a ven. An corr a stoppyas ha herdhya y dhorn dyhow wàr an men garow. Radn dhygompes a'n garrek a lescas wàr dhelergh yn cosel, hag y a welas tremenva dhyscler owth hùmbronk aberth i'n tewolgow.

Gawen a gowsas yn cosel pàn wrug Jowan ha Peny hockya, meur aga own. "Ny dal dhe dhen vÿth perthy own a helow Castel Tredhin, marnas an re-na yw drockoleth porposys gansans. Why a vÿdh saw owth entra, ha saw vedhowgh ow tewheles. Hèn yw promys solem Gawen mab Gwalghmay."

Y a'n sewyas ajy, saw trailya a wrussons yn ownek pàn dhegeas an daras a ven wàr aga lergh heb gwil son vÿth. An corr a wrug aga hebaskhe arta, ha'ga ledya aberth in colon an pedntir.

Nyns o an dremenva mar dewl avell esens ow cresy i'n kensa le, rag yth esa faclow anowys fastys dhe'n fosow. Ena an dremenva a egoras ha gwil cav pòr vrâs, le mayth esa an trûlergh owth hùmbronk dres pons idn uhel a ven. Nyns esa clether dresto, saw Gawen a gerdhas dres an pons heb bern, in udn whybana yn cosel dhodho y honen.

Jowan ha Peny a's folyas, meur aga fienasow. Pell in dadnas y fedha clôwys an mor ow lappya hag ow sùgna yn uthek i'n downder du, saw ena y o gyllys dresto, hag y whrussons entra in ken tremenva.

Ena y a glôwas cân. Yth esa an canor pell dhywortans hag yth esa y gân ow tasleva yn coynt der an cavyow. Re dhyscler o geryow an gân dhe glôwes, saw yth esa an melody owth ascendya bys in top an menydhyow rag ewn lowena hag ow codha dhe nansow down an dysper.

"Pyw usy ow cana?" a wovydnas Peny in udn whystra. "Ass yw teg yw gân!"

Gawen a viras orth Peny, hag yth esa an hynt a wharth wàr y vejeth barvek. "Nyns yw stranjer dhis an canor, a vaghteth."

"An den neb a'm sawyas dhyworth an helghyoryon? Ena yma va trigys obma in gwir?"

"Trigys obma? Corantyn mab Farinmail yw Arlùth Castel Tredhin. Yma radn worth y henwel Nadelyk, rag ev a veu genys i'n jëdh-na. Saw cabmgemerys osta, mar qwreta y elwel Den."

"A nyns ywa Den?" a grias Jowan.

"Yth yw Corantyn Nadelyk an dewetha a'y linyeth dhe vewa in Beleryon—hèn yw an hanow coth rag an tireth-ma i'n west a Gernow. Auncyent yw y linyeth ev, linyeth ankevys, an bobel gotha in oll an poblow. Herwyth sqwirys mab den ev yw coth dres ehen, saw herwyth scantlyn y bobel y honen, yma va whath yonk.

Me a dherivas dhywgh fatell veu va genys dëdh Nadelyk, ha me a lever dhywgh in gwiryoneth, ev dhe vos genys an very dëdh may tednas Crist y honen y kensa anal."

Y a viras orto heb y gresy. "Yth esowgh why ow leverel y vos ev dyw vil bloodh ogasty?" yn medh Peny. "Ny yll hedna bos gwir. Me re'n gwelas. Ev yw yonk lowr."

"Bohes y fÿdh y gynda ev ow chaunjya dres an osow. Y fÿdh an mernans worth aga gortos in cleves bò in gwerryans. Saw ny vedhans y marow dre reson a henys, kepar ha why. Ea, kepar ha nyny, corras. Nyns yw ow bloodh vy marnas an tressa radn a'y oos ev, ha me yw moy ès hanter-fordh der ow bêwnans."

Yth esa an dremenva, golowys dre faclow, ow mos in rag, ow trailya hag ow cabma der an men growyn erna wrug hy egery wàr an dyweth aberth in cav efan, esa golow an howl owth entra ino dre dell vian yn uhel i'n fos adhyhow. Yth o cledhydhyow, guwow ha scosow cregys wàr fosow an cav-ma, hag y oll ow terlentry kepar ha pàn vêns nowyth flàm, saw apert o dhyworth aga form y dhe vos a gothenep brâs.

Yth o tapit cregys wàr onen a'n fosow, nag o haval dhe dra vÿth gwiys gans mab den. Yth hevelly an fygùrys ha'n vuys ino dhe vos bew ogasty, rag yth esa oll aga lywyow owth elvedny; hag yth esa whedhel gwiys ino in lytherow ancoth ha kevrinek.

Ottobma wàr an dyweth fenten an gân. I'n pedn pella a'n cav yth o trehys legh, cudhys dre belour bestas. Yth esa an canor hanter-esedhys, hanter a'y wroweth wàr an legh. Onen a'y dhewlin o tednys in bàn ganso ha wàr y bydn o settys telyn vian deg dres ehen, hag yth esa an canor worth y seny gans besyas hir, jentyl ha fin. Yth o pedn an canor crobmys in rag a-ugh an delyn mayth o y fâss kelys adrëv croglen a vlew arhansekowrek. Yth esa va ow cana in tavas na glôwas Jowan bythqweth kyns, saw Peny a aswonas an vogalednow hir ha'n poslevow coynt dhyworth an nos newher, pàn gowsas ev an tavas-na rag coselhe ha rag confortya an vergh vrawehys.

Y teuth dyweth an gân ha'n canor a wrug seny nebes notys moy kyns ès settya y delyn adenewan. Ena, ow qwaya yn esy hag yn smoth, ev a dherevys in bàn dhywar an esedhva hag a savas dhyragthans. Kyn feu gwarnyans lowr rës dhe Jowan, ny ylly ev sevel orth crena nebes pàn welas an lagasow tewl ha gwag-na.

"Wolcùm owgh why dhe helow Castel Tredhin," yn medh an canor. "Certan oma Gawen dhe dherivas dhywgh ow hanow vy, heb leverel moy. Me a vydn leverel dhywgh fatell wrug avy gwerrya gans ow honsyans dres oll an nos passys, rag bohes reson a's teves ow fobel dhe gara kynda mab den. Y re bosnyas an gwelyow ha'n ryvers ha'n air eson ny owth anella kyn fe, hag indella y re wrug dhe'm pobel vy lehe. Yma ow linyeth vy ow merwel. Mar vohes on ny ha mar spredys ales, may whrug mebyon tus agan henwel an Bobel Vian. I'n jëdh hedhyw y re ancovas styr an hanow y honen, hag ymowns y ow cresy agan bos ny munys in form. Ny a omdednas dhyworth aga golok a'gan bodh agan honen, ha lebmyn ymowns y ow tyspresya an cov ahanan hag ow tenaha agan bos i'n bÿs. Nyns on ny saw whedhel marthys rag flehes.

Bytegyns, res yw porres dhybm agas gweres in pynag oll fordh a allama, dhe'n lyha dre reson a'gas devedhyans. Ow tùchya dhybm ow honen: me yw Corantyn, hag yma radn worth ow gelwel Nadelyk, Pensevyk an Goraneth, hèn yw dhe styrya pobel an faiys wàr agas lergh why. Ha me yw an dewetha a'm linyeth in Beleryon."

Chaptra 7

Arlùth an Tebel-art

An stranjer a drailyas dhe Peny. "Nyns o bysmer vÿth ervirys genef, pàn gôwsys vy mar vohes orthys newher gordhuwher, saw yth o lies tra dyscler dhybm i'n tor'-na. Ena Gawen a dheuth dhybm, ha ny a gescowsas dres an nos. An kescows-na a styryas meur a daclow dhybm." Yth esa legh cudhys dre belour ryptho, haval dh'y esedhva y honen; ev a's dysqwedhas dhedhans, may hallens esedha warnedhy. "Apert yw hebma dhybm," a besyas ev. "Yma brÿs skentyl owth obery wàr agas pydn, an brÿs a dhen, uthek y allos. Ev yw Marhak, Arlùth Pengersek, hag yth esen ny ow cresy ev dhe verwel pell alebma."

An fai uhel a dewys, pàn wrug Gawen ry dhedhans dewosow teg in hanavow afinys. Ena Corantyn a dhewhelas dh'y esedhva, owth istyna hag ow pyga corden y delyn yn prederus.

"Yma whedhel adrëv pùbonen i'n bÿs," yn medh ev, hag indella yth yw gans an den-ma. Me a vydn y wil mar got dell allama, rag hir yw an whedhel yn tien, leun dell yw a draitury, a'n tebel-art hag a dhenlath; drog-oberow moy uthek ès dell alsewgh why desmygy. Saw y coodh derivas an whedhel, rag why a res aswon agas escar.

"An whedhel a dhallathas lies cansvledhen alebma in Cabmas an Garrek Loos. In nans delyowek ryb treth Porth Wragh yma Castel Pengersek. An castel i'n tyller-na hedhyw yw an secùnd dhe sevel ena. Yma an whedhel-ma ow longya dhe'n kensa castel.

"Tas agan escar o gylty a dhrog-oberow mar hager, may fÿdh an golon ow trembla ow perthy cov anodhans. Saw y vab ev, Marhak, a devys in bàn avell den yonk dâ y nas ha teg y semlant. Ev o wordhy a'y hanow, rag ev o marhak ha helghyor pòr skentyl. Bohes in nùmber o an sportys na ylly ev tryhy pùbonen inhans, hag ev o dâ dres ehen ow cana hag ow

48

telynya. Ev o an sort a dhen yonk, pàn vedha res, a vynsa peryllya yn lowen y vêwnans y honen, rag sewya marners in gorholyon terrys.

"Aberth in lowarth y vêwnans serpont a entras, in dadn an form a Engrina, arlodhes a deylu Godholcan. Kerensa fol dhe Varhak a's sêsyas, ha hy a garsa cafos rycheth y erytans inwedh. Saw hy o meur a vledhydnyow cotha es Marhak hag ev a's sconyas yn cortes saw yn tyblans. Hy a besyas ha gwil devnyth a debel-art rag y vagledna, saw hy ny's teva mès meschauns in oll hy thowlow.

"Ny vydna hy bos gorrys dhyworth hy forpos, ha hy a veu demedhys dhe'n arlùth coth, o y wreg y honen marow nans o lies bledhen. Yth o Engrina parys dhe wil tra vÿth i'n bÿs rag cafos erytans, stât, ha fortyn Pengersek, ha nyns esa tra vÿth worth hy lettya. Rag hedna hy a dhallathas posnya brÿs an den coth warbydn y vab.

"Hy a spedyas yn tâ i'n towl-na, ha'n den coth a wrug tylly morladron may whrellens dalhedna Marhak ha'y wertha avell kethwas. Saw y feu an dra derivys dhodho adermyn, hag ev a scappyas ha fia in mes a Gernow. Ev êth dres an mor ha dos wàr an dyweth dhe Bow an Sarsyns. Ev a glôwas i'n tyller-na a dus fur trigys in meneth pell; ha'n dus-na o mêstrysy in oll tebel-artys. Yth esa ev gansans dres lies bledhen ow tesky oll aga artys, ha wàr an dyweth ev a wodhya kebmys nygromans, mayth esa an dus fur aga honen ow perthy own anodho.

"Nebes bledhydnyow wosa hedna, pàn glôwas ev a vernans y sîra, Marhak a dhewheles dhe Gastel Pengersek, pàn nag esa den vÿth worth y wetyas. Ev a dhros ganso y wreg, Sarsynes nobyl, ha dew servont. Yth esens y oll ow marhogeth wàr vergh worwyw a Araby, flehes a wyns an soth, hag y oll a gôwsy tavas ancoth. Steda Marhak o gasek a'n duder downha; ha hy o mar wyls na ylly den vÿth hy rewlya marnas Marhak y honen. Yth esa nebes tus ow cresy nag o hy margh vÿth a'n nor-ma, mes tebel-spyrys in form a vargh, cowethspyrys kelmys dhe servya an pystryor.

"Pàn dhewhelas tre, Marhak a gafas Engrina in selder an castel. Chaunjys uthek o hy form, dre reson hy dhe anella a'n draghtys hudol, a vedha hy ow qwil kenyver jorna dre dhrogatty. Pàn welas hy Marhak dhe vos dewhelys, hy a dhienkys in mes a'n castel ha hy a dowlas hy honen dhywar an âlsyow.

An arlùth nowyth-ma o pòr dhyfrans dhyworth Marhak an dedhyow coth. Martesen an chaunj a dheuth dhyworth y debel-dhyghtyans orth dewla y sîra ha'y lesvabm. Martesen gallos an pystry re bia deskys ganso a gabmas y golon; martesen drockoleth y das re bia ino pùpprÿs, parys dhe dhysqwedhes y honen pàn vedha ewn an termyn. Dre lycklod yth o radn a'n try i'n chaunj, saw y feu Castel Pengersek tyller uthek rag an dus ader dro. Y fedha Arlùth an Tebel-art owth omlath hag owth omdôwlel in y dour gans an dhewolow conjorys ganso in mes a'n pyt, may halla ev cafos arlottes warnodhans, hag ev ow whilas egery kevrinyow an alchemy.

Ev a dhyskevras lies tra, ha'n pÿth a'n moyha valew martesen o Tyntour Bêwnans, a vedha ev ha'y arlodhes ow consûmya yn rewlys."

An fai a dherevys y fâss ha miras orth Jowan ha Peny, esa ow sewya an whedhel coynt-ma heb leverel ger vÿth.

"Yth yw an radn-ma a vêwnans Pengersek ha'n tyntour-ma, dell eson ny, Gawen ha me, ow cresy, an reson rag an taclow usy ow wharvos i'n tor'-ma. Saw goslowowgh orth remnant an whedhel kyns ès me dhe styrya taclow pella.

"Gwithys dell o rag mernans ha rag cleves dre dyntour-ma an bêwnans, Pengersek ha'y arlodhes a vewas pell dres bledhydnyow naturek mab den, saw y teuth an termyn mayth o arlodhes Pengersek sqwith a weles hy flehes ha flehes hy flehes ow merwel dhyrygthy. Ny evas hy badna vÿth moy a'n ely bewek, hag yn scon hy a gafas an mernans o whensys gensy.

"Pengersek y honen a drailyas dhe gy coneryak, fygùr uthek hag ev ow whilas dyskevra gallos nowyth, rychys nowyth ha dres pùptra aral cowethes nowyth. Pàn esa ev ow whilas hedna, ev a vetyas gans an udn den a spedyas bythqweth dh'y overcùmya, gwandryas ha whelor mûn. Yth esa an den-na trigys gans chyften i'n tyller, hag yth o va whensys dhe dhemedhy myrgh an chyften. Saw an vowes-na o hodna desirys gans Pengersek y honen. Ny wrug ev gwil vry lowr a'n whelor mûn—saw hèn yw ken whedhel rag ken termyn. Wàr nebes lavarow Pengersek a veu fethys, hag ev a veu fesys wàr dhelergh dhe sawder y dour.

"Termyn cot wosa hedna y feu gwelys stranjer in tre Marhas Vian, adâl an Garrek Loos. Yonk o va ha howl-lywys o y grohen. Ny wodhya den vÿth pana bow may teuth ev dhyworto. Ny gowsas ev orth den vÿth, ha ny whilas naneyl boos na gwin, ostyans na company. Saw radn a levery fatell ylly ev bos gwelys in golow an loor esedhys wàr garrek hag ev ow miras wàr nans orth Castel Pengersek.

"Ena, udn nos a hager-awel y feu clôwys bobm brâs ha gwelys golow tan i'n ebron. Yth o Castel Pengersek gans tan, ha pàn dheuth an myttyn,

an castell o leskys dhe'n dor. Ny veu ol vÿth kefys bythqweth a gorf
Arlùth an Tebel-art, ha ny veu gwelys an stranjer yonk bythqweth arta.

"Yth esa lies huny ow cresy an den yonk dhe vos Satnas, an Tebel-
spyrys, in form mab den, hag ev dhe dhos dhe reqwirya an pÿth o
dendylys ganso nans o termyn hir: enef Pengersek. Yth esa pùbonen ow
cresy Pengersek dhe vos gyllys bys venary, ha dell leverys vy kyns, yma
ken castel a'y sav i'n tyller-na. Yma an bobel ow remembra an pystryor,
rag y a elwys Porth Pengersek 'Porth Wragh'—porth an pystryor—saw
y fÿdh an hanow leverys *Praa* in Sowsnek lebmyn.

"Lebmyn apert yw dhyn na veu Pengersek marow an nos uthek-na.
Martesen ny veu an tansys marnas prat gwaries ganso y honen rag
confùndya an Tebel-spyrys, rag yma Arlùth an Tebel-art whath ow pewa.
Me a wor hedna, dre reson me dh'y weles."

Peny a esedhas in bàn yn sherp. "Whath ow pewa? In pana vaner a yll
hedna bos?"

Corantyn a grùllyas y wessyow nebes orth an cornellow. "Abàn wrug
ev bewa mar bell dre vayn y dyntour, me a vynsa desmygy ev dhe lùrkya
bys lebmyn in menydhyow an Sarsyns, le may whrug ev desky oll y artys,
saw yma va dewhelys lebmyn dh'y bow genesyk y honen. Neppyth a'n
dros ev tre."

Ev a settyas y delyn wàrbydn an fos, lesca y dhywarr hir dhywar an
esedhva ha kerdhes yn lent an cav brâs wàr nans. Ev stoppyas orth hanter
an fordh ha dysqwedhes gans y vës both bedrak a ven esa ow tos in mes
a'n fos.

Enep an men balak re bia gravys i'n shâp a scochon kelhek, hag yth esa
cledha gravys i'n men mayth esa carn an cledha ha poynt an cledha ow
sevel in mes avàn hag awoles. Y feu lytherow gravys wàr an men, hag y
ow kepar ha'n geryow wàr an tapit dhyragthans. Yth esa an lytherow ow
qwil dew wers, hag in dadnans yth esa an dhyw lytheren M A gwiys
warbarth.

"Hèm yw scrifys i'n yêth coth," yn medh Corantyn, "hag y feu gravys
pymthek cansvledhen alebma gans onen a'n brofusy ha'n verdh moyha a
vry in enys Breten. Yth o va trigys unweyth obma in Castel Tredhin.

"Hèm o an profecy rag an poynt pella-ma in Kernow, ha rag hedna
gelwys yw Profecy Beleryon. Why a yll bos certan Arlùth an Tebel-art
dh'y aswon yn tâ, rag me a grÿs bos an profecy-ma an cheson rag ev dhe
dhewheles tre. Yma an profecy ow leverel in Kernowek arnowyth:

'In dedhyow stranj dhe'n corn ha'y gân
Bÿdh kemyskys osow, dywy'wra Men.
In seson Golowan dyw golon pòr lân
Owth egery darasow a gav cov an dus hen.
Bÿdh tan dhyrag howl, Bran gelwys abrÿs;
In Tewlder Du Pystry bÿdh an taclow-ma gwrÿs.'

"Indella yth yw an kensa gwers a'n bardhonek. Tewl yw geryow heb
mar, saw an Men neb a wra spladna yn certan yw an jowal adro dhe'th
codna."

Peny a worras hy dorn wàr an jowal gwer wàr y jain. "Jowal an Gùrun,
saw praga?"

"A ny wrussowgh why dyscudha solabrÿs bos meur moy in Jowal an
Gùrun ès dell hevel? Kepar dell o y allos defens rag Arlydhy Lethesow,
indella yma va ow qwitha aga issyw, ha rag hedna an Jowal a wrug gweres
dhis pàn veu othem. Ha pella, yma gallos Jowal an Gùrun heb y dempra,
kepar dell veu gwelys in kelgh Bo'scawen an Woon.

"Perthowgh cov a'n geryow scrifys obma: 'dywy'wra Men. In seson
Golowan dyw golon pòr lân owth egery darasow a gav cov an dus hen.'
A nyns yw hedna an pÿth a wharva de. A ny vÿdh trenja Golowan?

"Ny wrug an jowal dysqwedhes dhywgh marnas radn vian a'y allos
gwir, gallos yw kefys anvenowgh hedhyw i'n jëdh. Hèn yw an dra usy ow
tedna Pengersek. Yma va ow whansa an power deges i'n men drûth-na,
hag esy yw desmygy y borbos ev.

"Dres an cansvledhydnyow, y dyntour re'n gwithas yn few hag yn crev,
saw ny yll y vêwnans durya marnas mar bell dell yll ev trovya
devnydhyow an draght. An pÿth usy ev ow whansa yw anvarwoleth gwir.
Pàn vo hedna dhodho yn udnyk, y hylla bos mar alosek dell vo dâ ganso,
i'n bÿs-ma ha dres an bÿs-ma inwedh. Certan yw y hyll gallos Jowal an
Gùrun bos trailys dhe'n porpos-na, mar pÿdh an fordh ewn aswonys gans
den. Ha dowtys oma creft Arlùth an Tebel-art dhe vos abyl dh'y wil."

Gawen, neb o lowen dhe woslowes bys i'n tor'na, a jersyas y varv
codhys in prederow. "Nyns yw dyw nos passys abàn omglôwys bos
drockoleth ow kerdhes arta adro i'n pow-ma," yn medh ev. "Yth esen vy
dhe'n north alebma ryb an Carn Ujek. Ny veu an vre-na haval dh'y
hanow dres termyn hir, saw an nos-na yth esa oll hy levow ow carma

warbarth, kepar hag i'n dedhyow coth. Orth terry an jëdh, an vre a dewys arta, ha me a gresys y vos saw mos dy, rag dyscudha an cheson. Gorthyp vÿth ny gefys, naneyl ny gefys vy hynt vÿth. Wosa hedna an keth myttyn me a vetyas dre jauns gans an stenor, hag ev a leverys dhybm fatell o dewhelys Arlùth an Tebel-art. Gans hedna me a dheuth tro ha'n soth rag côwsel orth Corantyn adro dhe'n mater. Dhyworth Carrek Tâl me a welas kelgh Bo'scawen an Woon, hag Anal an Dhragon yn few—ha'n re gylty—an re gwergh ow scolkya in kerdh."

"Ha dre reson a hebma yn udnyk," yn medh Peny in dadn hy anal, ow sensy an jowal in hy dorn. "Martesen gwell via, mar teffen ha'y dôwlel aberth i'n mor arta, le may teuth an jowal in mes anodho."

"Ha pana assoylyans a via hedna?" yn medh Corantyn. "An jowal re wrug agas trovya unweyth. Ev a wrussa agas trovya arta. Mar ny wrussa hedna, ev a vynsa trovya agas flehes, bò flehes agas flehes. Pengersek a vynsa gortos, mil vledhen moy kyn fe. Ny yllowgh why y dhystrêwy, naneyl ny yllowgh why y dhanvon in kerdh, rag pynag oll fordh y whrussa an jowal mos, Pengersek a vynsa y sewya."

"War verr lavarow," yn medh Peny, "ny allama bos ryddys anodho."

"Dêwys nag yw dêwys," a worthebys an fai, "saw ny vedhys dha honen oll pàn dheffa peryl. Gawen ha me inwedh re bromysyas agan gweres, ha dre reson dâ. Ny a garsa gwitha Arlùth an Tebel-art rag cafos anvarwoleth."

"Ny worama convedhes prag yth owgh why parys dh'agan gweres ny," yn medh Jowan. "Why agas honen a leverys nag esa mebyon tus worth dha blesya. Prag yth on nyny dyffrans?"

Corantyn a viras ortans aga dew an eyl wosa y gela. "Dre reson bos goos ow fobel vy ow resek der agas gwythy why. A gynda mab den o Arlùth Trevelyan der y sîra, saw fai o y dhama. Rag hedna why agas honen yw goos an Hanter-Faiys."

Res o tecken ragthans dhe gonvedhes styr an geryow-na, ha Jowan a veu an kensa dhe dhaskemeres y honen. "Arlùth an Tebel-art, an Pengersek-ma," yn medh ev, "Fatell alsen ny y aswon, mar teffen ha metya ganso?"

"Why re vetyas ganso solabrÿs. Prederowgh, pyw a dhysqwedhas whans dhe wodhvos adro dhe'n Jowal? Yw den aswonys dhywgh a vÿdh ow marhogeth wàr gasek mar dhu avell an glow?"

53

Ganow Peny a godhas yn egerys. "Henry Milliton! Yth esa va ow covyn orthyf adro dhe'n Jowal i'n dreveglos, ha me a dhallathas omglôwes gwadn. Hèn o pàn wrug ev argya gans an prownter."

"Ha!" yn medh Gawen yn ronk. "Yw hedna an hanow usy ev worth y elwel ganso? Me a grÿs, a Corantyn, nag eus tybyansow nowyth dhe'n pystryor. Ny wra fug-hanow kyn fe y geles dhyworthyn."

An fai a styryas y eryow. "Pengersek re gudhas y honen adrëv hanow a gemeras ev dhyworth y das, Henry Pengersek, ha dhyworth Jowan Milliton, an den a vyldyas an castel usy ow sevel i'n tyller i'n jëdh hedhyw."

"Pandr'a yllyn ny gwil adro dhodho?" a wovydnas Jowan.

"Ny yllowgh why gwil nameur agas honen oll," a worthebys an fai, "marnas y woheles gwella gyllowgh. Yma othem dhyn a nebes termyn rag desmygy towl dh'y gonfùndya. A via an stenor plesys dhe wil gweres dhyn, Gawen? Pÿth esta ow tyby?"

Ancombrys veu Jowan ha Peny der an qwestyon-na, saw Gawen a'n gorthebys, "Bia, martesen. Martesen na via. Ev yw y vêster y honen, saw dâ via govyn orto. Hèn yw, mar kyllyn ny y drovya."

Corantyn a bendroppyas yn scav ha trailya wàr dhelergh dhe Jowan ha dhe Peny. "Ytho hedna a dal bos an kynsa tra rag Gawen ha ragof vy dhe wil. Pàn vo nowodhow genen, ny a's dora dhywgh why. Kemerowgh with bys i'n prÿs-na, ha bedhowgh ajy inter howlsedhas ha howldhrevel. Ny a wor bos Helghyoryon an Nos ow servya Arlùth an Tebel-art, saw ny vëdhons y ales marnas i'n nos. Poos vÿdh gans Pengersek gwil tra vÿth y honen oll, hag ev a vÿdh war. Ev a wor adro dhe allos scodhya Jowal an Gùrun, hag ev yw mar dhowtys anodho dell ywa whensys.

"Lebmyn res yw dhywgh dewheles dhe Drehelghyor Vian kyns ès an dus ena dhe gemeres fienasow adro dhywgh. Remembrowgh, pàn vo nowodhow genen, why a glôwvyth dhyworthyn."

Ev a dhallathas aga ledya wàr dhelergh an cav ahës, saw Jowan a savas dhe viras unweyth arta orth an profecy kevrinek gravys i'n men hag orth an lytherow gwiys in dadno.

"M.A.," yn medh ev, ow redya yn uhel. "O an re-na lytherow dalleth hanow an profus?"

"Êns yn certan," a worthebys Corantyn, "ha why moy ès den vÿth aral a'gas beus an gwir a weles an brâssa kevrin in Castel Tredhin. Dewgh genef."

Ev a's ledyas aberth in tremenva adenewan, neb o trehys in mes a gres an garrek. Yth esa croglen boos a lyw glas tewl cregys orth pedn an dremenva. An fai a istynys y vregh ha tedna an ledn wàr dhelergh. Adrëv an groglen yth esa kilvagh vian, golowys dre beder cantol wàr goltrebydnyer uhel. In cres an gilvagh yth esa bedh men a ven growyn gravys. Plain ha heb afinans o an bedh men y honen, marnas wàr an enep adâl dhedhans. In cres an enep-na yth esa fâss gravys yn teg.

Fâss den coth o, leun y varv ha crobm y dhewfrik, ledan y dâl. Yth esa lanwes a vlew, rewys in mes, ow codha dhywar bedn blogh uhel. Deges o an dhewlagas. Yth esa skentoleth ha tristans i'n fâss ha cosoleth down. In dadn an gravyans yth esa an keth lytherow gwiys warbarth: M.A.

Corantyn a gowsas yn cosel solem: "Ot obma dhywgh bedh men a den brâs: pystryor, prydyth ha profus, neb a veu prysonys kyns lebmyn i'n cavyow-ma dre golyoges wyly. Wosa hedna ha der y artys y honen, ev a dhelyvras y honen, saw ev a wodhya bos gorfednys y soodh i'n bÿs-ma. Yth esa y golon obma in Castel Tredhin, hag ev a vydna bos trigys obma dres y vledhydnyow dewetha i'n norvÿs. Hèn o gwir a wrug avy grauntya dhodho yn lowen, rag me o arlùth obma i'n oos-na kyn fe, kyn fedhen in le aral yn fenowgh. Ass o drog dhe Vreten an bledhydnyow-na, ha me a spenas meur a dermyn owth omlath ryb ow sîra ha ryb myterneth an Vrethonyon warbydn an Sowson, devedhys i'n pow.

"An den, neb yw encledhys obma, a vewas bys in oos pòr vrâs, ha'n nerth ha'n gallos a'y vrÿs o kebmys may halla va bewa bys venary. Y gorf bytegyns o gwadn ha sojeta ancow, ha ny ylly ev overcùmya mernans. Ny a'n ancledhyas obma ha'y ven cov o an Men brâs Omborth usy a-uhon.

"I'n tavas coth an den-ma o henwys *Merdhyn Ambrys*. Gerys dâ ywa i'n jëdh hedhyw kyn fe hag aswonys der an hanow 'Merlyn'."

Chaptra 8

An Men Scrifa

Yth esa jynjy gwag an whel wàr an vùjoven uhel ow qwardya pow noth. Yth esa pyttys ha crygyow adro dhodho, taclow gesys gans ober a dhewedhas termyn pell alebma. Yth o an natur dewhelys, in udn lenwel an pyttys, hag ow cudha an crugyow dre dhreys, kepar ha pàn ve ow whilas keles an dyfâcyans.

An drehevyans gwag y honen o gwrës a ven growyn, hag yth esa chymbla cul ryptho ow poyntya bys i'n ebron. Yth esa fenestry gwag ow miras in mes orth an vu noth, ha dres gwelyow ha dres cosow bys i'n Garrek Loos i'n Coos in cres an mor. Yth esa gwyns ow whetha yn cosel der an henjy forsakys hag ëdhyn ow cana wàr dop an fosow. Cosel o an tyller.

Jowan a wrug gwydylya yn fyslak i'n dyber ha whilas y gowethlyver. Hèm yw Jynjy Atalglas a Whel Ding Dong," ev a dheclaryas. "Ytho res yw dhyn mos tro ha'n north alebma."

Peny a blegyas tâl yn towtys. "Pandr'yw dha dowl?"

Ev a vinwharthas yn kepar ha bùcka. "Th'esoma ow whilas taclow henwys 'carnow'."

"Pÿth yw an re-na in gwiryoneth?"

"Carregy balak wàr dop an breow, kepar ha *tors* wàr *Dartmoor*. Y a yll bos gwelys wàr âlsyow kefrÿs. Me a wovydnas orth Bèn. Esta ow perthy cov pàn esa Corantyn ha Gawen ow côwsel myttyn hedhyw? Well, Gawen a gampollas tyller henwys Carn Ujek, neb le dhe'n north a Dredhin. Ny allama trovya tyller a'n hanow wàr an mappa. Martesen yma ken hanow dhodho, hag yth esen ow predery y hyllyn ny miras adro."

Peny a drailyas dhodho serrys brâs. "Yw hedna an praga te dh'agan ledya oll an fordh in bàn obma? Jowan, te yw gocky! Gawen a leverys bos Carn Ujek tebel-dyller!"

"Gwellha dha jer, Peny. Yth eson ny in golow an jëdh," yn medh Jowan, ow tyffres y honen. "Ny whyrvyth tra vÿth dhyn in golow an jëdh. Y a leverys indella, na wrussons?"

"Nâ, ny wrussons. Y a erhys dhyn heb mos in mes i'n nos, saw nyns yw hedna ow menya y hyllyn ny bos dybreder termydnyow erel. Ha pella, yth esta ow remembra Bo'scawen an Woon. Hedna a wharva in golow an jëdh, a ny wharva?"

"Ea, saw ny veu drockoleth vÿth i'n pÿth a wharva. Ny wrug an dra agan shyndya. Ny wrug hedna tra vÿth marnas gorra nebes own inon, hèn yw oll."

"Saw te a glôwas an pÿth a leverys Gawen. Y feu powers dâ ha tebelnerthow somonys." Peny a rollyas hy dewlagas in dysper. "Ha pella, abàn osta mar skentyl, in pana vaner a wodhesta mars usy Carn Ujek wàr vre bò wàr âls?"

"Apert yw nag eses ow coslowes," yn medh Jowan, plesys brâs ganso y honen. "Gawen a leverys dyblans Carn Ujek dhe vos wàr vre." Ev a omglôwas ev dhe wainya an dhadhel-na, ha Jowan a dhysqwedhas tro ha'n north gans y vës, mayth esa an top a vre owth herdhya try harrek dhynsak aberth i'n ebron. "Yma nyver a dylleryow gelwys Carn neppyth wàr an mappa. Hèn yw Carn Golva, ha nebes dhe'n ÿst anodho yma Carn Honybal. Ny wra va drog vÿth dhyn, mar teun ny ha miras ortans... neb pellder dhyworto, wàr neb cor."

Yth o nebes fienasow dhe redya wàr fâss Peny. "Well, dâ lowr... neb pellder dhywortans."

Yth esa trûlergh ûsys yn tâ ow ledya dhyworth hens an whel ryb an jynjy, bys i'n garrek valak vrâs neb mildir alena. An trûlergh a asas an tyller defolys gans whel sten an shaftys down ha drehedhes goon lân, esa lies men brâs warnedhy. Yth esa an tireth-ma owth ascendya, hag apert o wàr an dor medhel fatell wrug mergh passya an fordh-na yn fenowgh.

Peny a viras dres an vu noth, ha merkya aray coynt a veyn, kelys ogasty i'n pow garow ader dro. Hy a grenas a'y anvoth, ha yeynder êth dredhy.

"Jowan," yn medh hy, marow sogh hy lev. "Mir, yma ken kelgh a veyn obma."

"Otta va ytho," yn medh ev in udn sewya hy golok hy. "Assa veu coynt gwil kelgh meyn in mes obma, pell dhyworth pùptra." Ev a drailyas ha gweles an fienasow wàr fâss y whor. "Gwellha dha jer, ny a vÿdh saw. Mir orto, crellas yw. Yma hanter an veyn dhe'n lyha kellys yn tien. Mar peu gallos vÿth gans an kelgh-ma kepar ha'n power a welsyn ny in Bo'scawen an Woon, res yw an power-na dhe vos gyllys lies bledhen alebma."

Rag leverel an gwiryoneth, pòr dhrog o stât an kelgh. Nyns o gesys marnas udnek men in mes a nawnjek, martesen, hag yth esa peswar men anodhans a'ga groweth plat ha forsakys wàr an dor. Ow tùchya an seyth men erel, yth esa dew bò try inclinys in mes yn uthek. Onen an veyn, neb esa whath a'y sav, o uhel dres ehen; seyth troshes in uhelder ogasty.

"Nyns usy an tyller-ma worth ow flesya bytegyns," yn medh Peny yn cosel. "Yma an keth airgelgh obma dell esa in kelgh Bo'scawen an Woon, kynth yw an kelgh-ma shyndys dre vrâs." Heb predery anodho, Peny a viras dhe'n dor orth Jowal an Gùrun. Esa dewyn bian in colon an jowal; flàm munys a emerôd yeyn? Nag esa, hy a brederys. Nyns o hedna mes golow an howl ow tastewyny.

Ny gonvedhas hy i'n prÿs-na bos hy fâss trailys tro ha'n north. Yth esa Jowal an Gùrun in hy skeus.

Y a wrug marhogeth in rag in udn bonya yn crev, dres kelgh an veyn ha dres an stock a ven hir terrys, bys i'n radn uhella a'n vùjoven. Yth esa i'n tyller-ma ryb an trûlergh linen a grugyow coth. Dew anodhans o bothow gwelsek wàr an dor. Saw an tressa crug o brâssa, ha terrys yn tien, mayth o gesys kelgh a veyn inclinys aberveth; an re-na re bia part a'n fos esa ow sensy in bàn an crug ancladhva. Y a stoppyas aga mergh ryb an crug-ma, ha miras dres an woon bys in tourow top Carn Golva dhe'n soth.

"Nyns yw hedna dha Garn Ujek jy," yn medh Peny. "Nyns eus tebel-airgelgh adro dhodho."

Jowan a brederys fatell wrussa va ges a lavar kepar ha hedna dew dhëdh alebma. "Nag eus," yn medh yn acordys, "nyns eus tebel-airgelgh ino."

Ev a drailyas y bedn may halla va miras unweyth arta orth kelgh an veyn orth aga heyn. Ena ev a viras arta orth reawta Carn Golva. Ev a blynchyas wosa tecken dre varth ha miras arta orth an kelgh, saw yth hevelly nag esa tra vÿth coynt ino. Saw ev a wrussa tia pàn viras ev kensa an kelgh dhe sevel leun ha dien, ha'n nawnjek men dhe vos i'ga le ewn hag ow sevel serth in bàn. Ev a shakyas y bedn: yth esa an taclow wharvedhys agensow worth y ania. Ev a viras an tressa treveth, may halla va bos certan, mès ny welas marnas kelgh ùnperfect ha terrys, hag yth o an veyn, esa a'ga sav, inclinys ha kellys.

Saw neppyth a wrug scolkya aberth i'n tyller, neppyth dywel dygorf. Cosel o an air hag yth esa an ebron ow tewlhe a-ugh an woon. An skeusow a fias dhyrag an cloudys ow scubya in mes a'n west. War aga thu cledh, neb peswar cans lath abell hag in cres gwel tryhornek, yth esa men hir a rowyn garow. An men-na o gelwys an Men Scrifa, rag yth esa lytherow warnodho.

Pàn esa an cloudys ow cruny, lev a dherevys in mes a'n dyvethter gwag adro dhedhans, in udn whystra yn toll. Ny wodhyens ableth esa ow tos, hag yth hevelly an lev dhe vos radn a'n cosoleth dynatur. Cân o, gwersyow uthek, esa ow troyllya i'n air kepar ha hôk ow neyja. Cler o an geryow a dheuth dh'aga scovornow, geryow re bia clôwys gansans unweyth solabrÿs:

> "In dedhyow stranj dhe'n corn ha'y gân
> Bÿdh kemyskys osow, dywy'wra Men.
> In seson Golowan dyw golon pòr lân
> Owth egery darasow a gav cov an dus hen.
> Bÿdh tan dhyrag howl, Bran gelwys abrÿs…"

An lev a dewys rag pols heb fynsya an gwersyow, ena an lev a gowsas arta yn uhel ha gans auctoryta. Yth esa an lev worth aga gelwel, ha yeyn veu eskern aga heyn worth y glôwes.

"Rialobran… Rialobran, Brân Rial, mab Cùnoval Mytern. Yma gwersyow an profus worth dha elwel kepar dell veu scrifys lies bledhen alebma. Gwra dyfuna, Rialobran! Deus in mes a'th ven, a Bensevyk brâs ha galosek an werroryon!"

Y feu taw hir. Ena an secùnd lev a worthebys an kensa, lev rych ha bryntyn, a hevelly dos in mes a'n dor y honen.

"Yma Rialobran mab Cùnoval yn tyfun, hag yma va ow cola worth galow an profus. Yma Tewolgow ow codha unweyth arta wàr Beleryon. Me a vydn derevel warbydn an Tewolgow, ha'n Skeusow a wra fia dhyrag ow sorr!"

Ancothvos an dra a worras own inhans, saw an flehes a gonvedhas na yllens gwaya poynt. Yth esa tavoryon a nywl gwydn ow talleth dos in mes a'n dor adro dhe'n men hir, ha'n tavoryon a wias warbarth owth omdewhe, erna veu pel adro dhe'n Men Scrifa coth, hag in y gres yth esa shâp ow formya. Margh dywel a wrug gryhias yn crev, meur y joy, ha'n cry-na a dhaslevas adro dhe'n breow tawesek. Merhygow an flehes a dherevys aga fedn orth an son, sevys aga scovornow ha'ga lagasow ow spladna, hag y a ros gryhias avell gorthyp.

Tarosvan in form marhak wàr geyn margh a dheuth in mes a'n nywl. I'n pellder kyn fe hag in cloud tewl y a welas ev dhe vos wàr vargh gwydn pur. Yth esa mantel a bùrpur, lyw an vyterneth, adro dh'y dhywscoth. Otta mail ow tewyny in dadn blegow y vantel. Yth esa garlont adro dh'y dâl, y vlew du o hir ha gwyls, hag yth esa minvlew brâs wàr y fâss bys in linen y jalla. Martesen nynso marnas prat a'n golow, saw ev ha'y steda a hevelly bos brâs dres ehen.

An margh brâs a savas wàr y dhywarr delergh rag wolcùbma an bÿs, hag i'n keth prÿs an marhak a aspias an flehes ow miras orto wàr an vùjoven. Pàn dednas ev y gledha, golowyn a howl a spladnas wàr an lawn ledan hag ev a dherevys an carn dh'y wessyow avell cortesy. I'n eur-na ev a worras an cledha in y woon arta, hag in udn gwayans smoth, ev a gentrynas y vargh in kerdh.

Y a besyas ow miras orto heb leverel ger vÿth, ha'n gwerryor êth in kerdh tro ha'n ÿst, in udn sewya an hens a drûlergh ankevys an vùjoven ahës. Ev a bassyas inter an flehes ha'n garrek dewl henwys Golva Vian, kyns ès skydnya aberth in Nans Bosporthenys. Nebes mynys wosa hedna ev a omdhysqwedhas arta pell dhywortans, ogas dhe vedh men trogh a Oos an Men wàr dop Molvre. Ena ev êth mes a wel dres tâl an vre, ha ny'n gwelsons na fella.

Jowan ha Peny a viras stag an eyl orth y gela, heb leverel tra vÿth. Ena dhesempys Jowan a gentrynas y verhyk in rag, y lagasow ow miras pùpprÿs orth an Men Scrifa. Peny a hockyas rag tecken, hag ena hy a'n folyas yn prederus. Yth esa an cloudys i'n ebron a-ughtans ow talleth terry ha scùllya ales.

Glân o an Men Scrifa arta a'n gudhlen a nywl, nag o ol vÿth anodho gesys. Y a skydnyas dhywar aga mergh hag entra i'n gwel mayth esa an Men Scrifa ow sevel. Jowan a dhallathas whythra an men. Pyllar garow a ven growyn o, mar uhel avell den brâs, saw settys fast i'n dor. Yth esa an keth mystery coth adro dhodho a wrussons y clôwes i'n dhew gelgh a veyn. Jowan a gerdhas adro dhodho in udn dherevel y dhywscoth.

"Nyns eus tra vÿth arbednek obma…" Ev a dewys ha plegya dhe'n dor, ha'y vesyas a istynas in mes dhe dava neppyth gravys wàr enep dygompes an men.

Tarosvan in form marhak wàr geyn margh a dheuth in mes a'n nywl.

Prederus o fâss Peny. "Pÿth ywa? Pÿth yw kefys genes?"

Jowan a viras yn lent in bàn. "An lev-na—a grias hanow in mes. Esta ow perthy cov pandr'ova?"

Hy a blegyas tâl, ow whilas remembra. "Hanow coynt o. Neppyth kepar ha... Rialobran? Ea, hèn ywa, Rialobran... ha neppyth adro dhe Vran Rial, mab neb udn mytern. Cùno- neppyth, me a grÿs. Prag yth esta ow covyn?"

Jowan a savas in bàn ha dysqwedhes an men gans y vës. Peny a dheuth adro rag miras. Yth esa ow resek enep north an men hir ahës, in dew rew, try ger gravys:

RIALOBRAN

CUNOVAL-FIL-

"Nâ, nâ!" a grias Peny yn uhel. "Ny ylly an marhak-na bos ev!"

Jowan a viras orty yn ferv. "Prag na? Ny dheuth ev dhyworth tyller vÿth. Te a welas y dhyllas ha'y semlant! Ha'n cledha-na!" Apert o dhyworth y lagasow ev dhe berthy own brâs. "Pandr'eus ow wharvos dhyn? Corras kensa, ena faiys, ha marhogyon worth dha jassyas i'n nos. Lebmyn spyrysyon in golow an jëdh!"

"Nâ, Jowan," yn medh Peny yn cosel, ha hy ow miras orth an dor. Yth esa yeynder in hy horf arta. "Ny veu ev spyrys. Pynag oll dra a welsyn, spyrys ny veu màn." Hy a dhysqwedhas gans hy bës, esa ow trembla.

Ena wàr an gwels orth troos an Men Scrifa, hag ow ledya in kerdh tro ha'n ÿst yth esa lergh a olow down, gwrës gans an carnow a vargh brâs.

Chaptra 9

Carn Ujek

"Ho!" Cry sodyn Jowan a sowthanas Peny, esa ow predery adro dhe daclow erel. "Ottobma i'n lyver-ma." Ev a lowsyas y dhorn dhyworth frodn an margh, worth y alowa dhe gafos y fordh y honen an trûlergh meynek wàr nans, hag ev y honen ow whilas dre folednow y gowethlyver.

"Pÿth esta ow menya?" yn medh Peny, hag yth esa fienasow ow trembla in hy lev. "Ny wrusta cafos an Carn Ujek-na, a wrusta? Na wra mellya ganso. Lowr yw agan trobel solabrÿs."

"Nâ, nyns yw hedna," yn medh ev. "An men esa an scrif warnodho. Goslow. Gelwys yw Men Scrifa, hag yma geryow warnodho usy ow leverel: 'Rialobran, mab Cùnoval'. Herwyth an lyver-ma an re-na yw henwyn Keltek hag ymowns y ow styrya 'Bran Rial' ha 'Chyften Galosek'. Henep ywa a'n wheghves cansvledhen dhe dhen crev a'n pow-ma, pensevyk ha soudor, 'neb a veu ledhys ogas dhe'n tyller in omlath udnyk gans escar ancoth. Yma an henwhedhel ow leverel bos hës an men hir, moy ès eth troshes, eqwal dhe uhelder an pensevyk ledhys'."

"An wheghves cansvledhen?" a wovydnas Peny. "A nyns yw hedna an prÿs may feu Lethesow dystrêwys, ha pàn veu gwrës an profecy?"

Hy broder a blegyas tâl. "Yma an gwir genes. Me a garsa godhvos eus colm vÿth inter an dhew dra."

"Na fors mars eus," a worthebys Peny. "Nyns oma whensys saw a udn dra—mos mar bell alebma dell allama. A wodhesta wàr neb fordh pleth eson ny?"

"Rag leverel an gwiryoneth, me a wor yn tâ, dre reson bos an Men Scrifa merkys wàr an mappa. Mar teun ny ha pesya an vownder-ma wàr nans, ha mos dres an fordh awoles, ny a vydn dos dhe gastel—a dal dhyn y whythra kyns ès dewheles tre."

"Ha ny a gav moy a ancombrynsy, yth esoma ow soposya."

"Mars osta porposys dhe viras orth taclow indella," yn medh Jowan, "ny a alsa cafos ancombrynsy in le vÿth, a ny alsen?"

Cudhys o an vre gans grug ha gans eythyn meneth, saw yth esa trûlergh ûsys, merkys dre ven brâs gwydngalhys, ow ledya dhe'n top.

"Ny welaf vy castel vÿth," yn medh Peny in udn acûsya hy broder. "Sur oma te dhe vos cabmgemerys arta."

"Nag ov. Ny wrug avy mos in stray whath. Ha pella yth esa avisyans i'n bargen tir awoles ena ha 'Castel Chy Woon' scrifys warnodho!" Ev a esedhas yn serth in y dhyber. "Saw gorta pols! Pÿth yw hebma?"

Yth esa fos overdevys, adro dhe seyth troshes in uhelder, ow terevel in bàn in mes a'n eythyn wàr dop an vre. Y hylly menweyth bos gwelys obma hag ena der an reden. Y a gafas an remnant a borth ajy, hag ow casa an merhygow dhe bory, y a gerdhas dredho ha cafos fos vrâs dres ehen dhyragthans. Scant nyns esa tra vÿth tevys warnedhy, ha kynth o an secùnd fos-ma gwrës a veyn cawrus, nyns o hy uhella ès an fos aves. An entrans dredhy o yet, mon y vleyn, esa dew ven a bùp tu anodho. Inter an fosow yth esa ken magoryow, hag yth esa hedna ow styrya fatell veu an porth ajy restrys yn skentyl avell igam-ogam. An fos aberveth o marthys tew; pymthek troshes bò moy, saw apert o meur a'n veyn dhe vos carys in kerdh, dhe wil skyberyow ha fosow. Nyns o lebmyn marnas kelgh brâs a veyn growyn codhys dhe'n dor, ha ny ylly bos gwelys meur a'y facyans serth. Yth esa toknys a vyldyansow ajy dhe'n fos vrâs, hag yth esa fenten i'n tyller, leun a veyn, ha dowr ow terlentry ino awoles. Y a wely fatell esa an dhew gelgh a veyn ow mos oll adro dhe wartha an vre, ha fatell o an dra yn tien ogas dhe gans lath dhia denewan dhe denewan.

"Yw hebma an castel?" a wovydnys Peny yn tyscryjyk. "Nyns yw haval dhe gastel, me a grÿs."

Jowan êth wàr dhelergh dh'y lyver. "Castel Chy Woon... ea, otta va obma." Ev a whybanas yn cosel. "Nyns yw marth y vos mar dhomhelys. A wodhesta pana goth ywa?"

Peny a shakyas hy fedn. "Ny'm beus tybyans vÿth."

"Byldys veu i'n tressa cansvledhen Kyns Crist. Dinas yw a Oos an Men ha..."

"Ha pandra?"

"Devnydhys veu arta i'n—"

"Wheghves cansvledhen." Peny a worfednas an lavar ragtho. "Hèn yw lowr ragof vy. Th'esoma ow tyberth!"

Jowan a's folyas wàr dhelergh dhe'n tyller mayth esa an merhygow ow tebry gwels cot an trûlergh. "Pÿth yw hedna?" yn medh ev yn sodyn. "An dra a ven dres ena?"

Yth esa tra goynt ow sevel wàr denewan an vre udn cans bò dew gans lath dhywortans. Yth esa kyst arow gwrës a beder legh, y oll adro dhe bymp troshes in uhelder, hag y oll inclinys ajy tro ha'y gela, ha warnodhans oll yth esa men cappa brâs dres ehen, deg troshes ogasty a bùb tu. Yth o goles an dra vrâs oll settys yn fast in remnant a grug meynek. Yth hevelly kepar ha scavel cronak isel brâs.

"Coyt Chy Woon," yn medh Jowan, ow tysqwedhes an tyller i'n lyver gans y vës. "Yma an lyver ow predery y hyll bos kebmys ha pymp mil vloodh in oos."

"Pandr'o va?" a wovydnas Peny. "Usy an lyver ow leverel?"

"Usy, bedh men a Oos an Men ywa."

Peny a wrug mowa. "Trueth yw me dhe wovyn."

Saw nyns esa Jowan ow coslowes orty. Ev a verkyas neppyth wàr an mappa ha miras in bàn orth an ebron i'n west. Deges ajy gans breow wàr an try thenewan yth esa mùjoven leven ow terevel dres gwastas i'n woon, hag yth esa formyans brâs dres ehen warnedhy. Yth esa godros in hy semlant in golow an jëdh kyn fe; uthek ha leun a beryl. Jowan a whilas i'n venegva, cafos an folen ewn ha redya adro dhe'n dra.

"In udn dherevel a-ugh spâss gwastas i'n woon, henwys an Woon Gompes," a redyas ev, "yma carregy Carn Ujek. Hèm yw carn drog-gerys an whedhlow coth, tyller a spyryjyon hag a omdowloryon gans dewolow, le may fÿdh an Jowl ow marhogeth wàr vargh du prÿs hanter-nos in udn whilas enevow kellys." Anowys o lagasow Jowan hag ev ow corra an lyver aberth in y bocket arta.

"Deus in rag!" a grias ev, ow lebmel wàr y verhyk hag ow talleth ponya in kerdh.

"Pandr'esta ow qwil lebmyn? Jowan, gorta!"

"Ena!" a grias Jowan dres y geyn, ow tysqwedhes yn amuvys an carregy i'n pellder. "Hèn ywa. Carn Ujek!"

Peny a herdhyas hy margh yn uskys wàr y lergh, ha wàr an dyweth hy a'n cachyas hanter-fordh ahës an trûlergh garow esa ow mos adro dhe amal Goon Gompes. "Gwra lent'he, a Jowan!"

Ev a frodnas y vargh, cot y berthyans.

"Ny vanaf vy mos in bàn dy," yn medh Peny. "Ny bleg dhybm syght anodho."

"A, bÿdh fur," ev a's inias. "Ny a vÿdh dâ lowr! Ea, me a wor fatell wrug lies tra goynt wharvos, saw ny wrug tra vÿth agan shyndya."

"Helghyoryon an Nos a garsa ow myshevya."

"Saw Corantyn a leverys na vedhons y gwelys marnas i'n nos, ha nyns yw lebmyn mes qwarter dhe dry eur dohajëdh. A nyns yw Jowal an Gùrun soposys dh'agan gwitha? Ha pella, Gawen a leverys y fedha saw mos in bàn dy in golow an jëdh. Trueth via heb miras warnodho, wosa dos oll an fordh-ma. Certan ov y fÿdh vu gorwyw dhywar dop an vre."

Yn anfur Peny a refrainyas dhyworth leverel nag o an re-na geryow Gawen poran, saw hy a wodhya na wrussa Jowan goslowes orty, hag ev mar whansek a weles Carn Ujek.

Yth o an gwir dhe Jowan adro dhe'n wolok dhywar an carn. Teg dres ehen o an vu. In dadn denewan an vre gans y veyn vrâs yth esa an nans hag oll y dhyvers lywyow gwer. Dyw vildir dhywortans, yth o tre vian Lanust esedhys wàr denewan an nans, hag i'n pellder i'n mor, ogas dhe Bedn an Wlas yth esa an hyly owth ewony orth an grib beryllys adro dhe Wolowty Carn Brâs.

Ass o plesont esedha wàr an carn, ow miras orth an vu hag owth omhowlhe, ha'n merhygow ow pory awoles! Saw yth esa an dohajëdh ow tremena, ha res o dhedhans kemeres with a'n termyn. Yth hevelly dhedhans, hag y i'n tyller y honen, fatell o nebes a'ga uthecter kellys gans formys coynt an garrek valak. Tobm o an men growyn i'n howl ha leun a wolcùm, saw termyn o ragthans dewheles tre. Y a skydnyas dhywar an veyn bys in grug medhel.

Dystowgh an secùnd nywl a godhas warnodhans; golow tobm an howl a drailyas dhe dewolgow tew ha yeyn, hag y a wodhya heb predery bos neppyth dynatur ow wharvos.

"Able teuth an nywl?" a whystras Peny.

"Ny worama poynt. Nyns esa arweth vÿth anodho pols alebma. Gorta rybof, rag y coodh dhyn heb bos dyberthys an eyl dhyworth y gela. In

pana vaner a yllyn ny trovya an merhygow? Ny welaf tra vÿth.... Pÿth a
veu hedna?"

Kynvan isel a dherevys in mes a'n tewlwolow. Y feu moy uhel, owth
encressya hag ena gorfednys veu gans uj scruthus. Y feu clôwys an secùnd
cry, dhyworth ken tyller, ha cry aral, ha cry aral, erna veu oll an nywl leun
a hager-sonyow. An flehes a drailyas obma hag ena, in udn whilas,
muscok aga holon, arweth vÿth a'ga merhygow. Ny welens tra vÿth i'n
nywl loos ow troyllya adro dhedhans.

Peny a scrijas. Jowan a drailyas ha gweles golok a own hag a scruth wàr
hy fàss, saw re holergh o va dhe weles an pÿth o gwelys gensy. "Ena!" yn
medh hy der hy olvan, "An dra uthek-na!" Yth esa hy ow poyntya yn
whyls, saw nyns o mès nywl.

Dres tecken pòr got tavas a nywl a blegyas wàr dhelergh ha gwelys veu
an haccra best a welas Peny bythqweth. Yth o va plattys wàr legh a-ughty,
ow miras yn asper dhe'n dor orty dre lagasow melen kepar ha cath.
Tanow crobm o y dhewfrik, uhel aga thell. In dadnans yth o y wessyow
tanow, dyslyw tednys dhywar an dens sherp, ha toll ledan y anow ow
scrynkya yn hager orty. Haval o an creatur dhe dhen, saw nyns o den: brâs
o y bedn, hag uhel y scovornow lybm. Gwedhrys o y gorf, cudhys gans
crohen crebogh heb blew in tyller vÿth. Yth esa ow plattya wàr an men,
ha'y dhewla ewynek ogas dh'y dhewdros, kepar ha pàn ve va parys dhe
lebmel. Ena, meur ras dhe'n nev, an nywl a droyllyas in rag arta ha cudhys
veu an tebel-vest.

"Gwra ponya!" a grias Jowan yn ronk.

"Gwra selwel an merhygow! Pana du?"

"Ny worama! Gwra ponya yn udnyk—ha glen orthyf vy!"

Y a bonyas dres an grug; ow trebuchya, ow codha, ow crambla in bàn
hag ow ponya arta. Ny welens y marnas nebes lathow arag i'n tewlwolow.
Ena hens garow a apperyans dhyragthans, ha shâpys dyscler a geow meyn
a bùb tu.

"An vownder yw hebma!" yn medh Jowan in udn dhiena. "An vownder
may teuthon ny namnygen in bàn warnedhy. Hy a wra agan ledya bys i'n
fordh."

Y a fias an hens wàrn nans, ow lagya bys i'n dhewufern in pollednow
lisak, hag ow trebuchya dres meyn lows. Wàr an dyweth y a dhrehedhas
an fordh. Saw ny gafsons powes vÿth na goskes vÿth. Yth esa an nywl
ujek ow tos gansans, hag yth esens y whath i'n cres anodho.

"Pana fordh lebmyn?" a wovydnas Peny in udn anella yn harow, rag own, kyns ès rag sqwithter.

"Agledh. Nâ, adhyhow; ke adhyhow! Yma hedna ow ledya tro ha'n soth ha tre!"

Y a fystenas in rag, hag yth o an son a'ga threys ow ponya hag a'ga anal lavurys kellys i'n ujow uthek ha'n hager-ùllyans oll adro dhedhans. Jowan a'n stoppyas yn sodyn. "Gorta pols, yn medh ev. Nyns yw hobma an fordh."

Y a savas rag tecken orth goles trûlergh esa ow mos in mes a wel i'n nywl tew. Jowan a dhallathas predery, ha'y own a omros dhe reson. Pynag oll dra esa ow lùrkya i'n nywl-na, ny hevelly y whre va gwil tra vÿth moy ages aga ownekhe. Yth hevelly moy, ea, hèn o an dra... y dhe vos drivys kepar ha deves. Saw pleth esens y ow mos, ha tro ha pyw?

Y o gyllys in stray in tien. Ny wodhya naneyl Jowan na Peny pleth esa an trûlergh ow mos, marnas ev dhe vos an vre in bàn. Jowan a erviras. "Deus in rag, ny a vydn mos in bàn obma."

Y a bonyas in bàn, ha'n trûlergh ow serthy pùpprÿs. Peny a omglôwas fatell esa hy threys ow fyllel. Hy brÿs a herdhyas hy horf in rag, saw yth o finweth dh'y nerth. Hy a grias in mes yn dysper, "Jowan, ny allama mos in rag na fella!"

Ev a savas, rag ev a wodhya inwedh na vedha ev crev lowr rag hy don an vre in bàn. Trigoryon an nywl a glôwas an odor a vyctory. An hùbbadùllya iffarnak a encressyas pedergweyth, yn vyctoryes, hag adhesempys a dewys, ha ny veu clôwys marnas clap cosel confùndys.

Yth esa neppyth ow skydnya wàr an vownder bys dhedhans. Jowan a wrug serthy, ha mos dhyrag hy whor rag hy dyffres. I'n dalleth ny welas saw shâp dyscler, heb teythy. Saw den o, nag o?

An fygùr o a uhelder kebmyn, hag yth esa ow kerdhes yn crev in rag. Yth o bregh derevys ganso, kepar ha pàn ve neppyth sensys in y dhorn a-ugh y bedn.

Y bedn—

Dhywar dop y bedn yth esa ow stubma dew gorn brâs. Ganow Jowan a egoras dystowgh ha'y dhewlin a veu mar wadn avell dowr. Peny a dhyllas olvan rag ewn own, ha mos in gròn wàr an dor.

An fygùr cornek a dheuth nes, hag ena der an nywl y feu clôwys lev glew: "Ho! Avônd, why dhewolow. Ny yll naneyl agas tros nag agas hager-dremyn pystyga stenor onest!"

"Ny yll naneyl agas tros nag agas hager-dremyn pystyga stenor onest!"

Chaptra 10

Stenor Onest

Pàn wrug Peny dyfuna, hy a glôwas margh ow pory in hy ogas, ha'n howl tobm ow chersya hy bogh. Hy a blynchyas ha miras in bàn. Hy a welas a-ughty fosow men growyn ha chymbla jynjy forsakys. Yth hevelly an tyller dhe vos aswonys dhedhy, saw ny wrug hy aswon an spadhvargh gell kesten esa ow pory wàr an gwels ogas dhedhy; ha nyns esa sin a Jowan in neb le. Gans caletter hy a esedhas in bàn rag miras dhe well.

"Te wrug cùsca termyn pell," yn medh lev orth hy heyn. "Yth esen ow cresy na wres dyfuna nefra." Lev den yonk o, leun a vêwnans hag a wharth. Peny a drailyas ha rag tecken hy holon a labmas aberth in hy ganow. Yth esa an stranjer esedhys wàr ven brâs, ow megy pib pry hir hag ow pyffya kelhow mog i'n air yn syger. Keherek crev o y gorf, hag ev o gwyskys i'n côta moyha coynt a welas hy bythqweth. Gwrës o an côta a grohen tarow yonk, ha cudhys o gans blew crùllys du. An brehellow o gwrës a dreys arag an best, hag y o restrys yn codnek rag desedha an den a vo an côta adro dhodho.

"Pyw osta jy?" a wovydnas gans moy a skeus ès a own. "Ple ma ow broder?"

"Kê wàr dha gabm!" An stranjer a dowlas dorn in bàn, kepar ha pàn ve ow tyffres y honen. "Pùptra in y dermyn ewn. Yma dha vroder warjy i'n jynjy ow kerhes neppyth dhybm. Ev yw pòr yagh, dell wreta gweles dha honen kyns na pell. Ow tùchya dhybmo vy, me yw stenor. Y fedhama ow whilas sten; y fedhaf worth y balas in bàn ha worth y dedha, ha moy ès sten kefrÿs. Me a vydn obery pùb ehen a olcan ragos, pynag oll a vo. Me yw gov dâ lowr inwedh; hèn yw an reson rag hebma." Ev a worras y vesyas wàr vorthol brâs dres ehen esa in dadn y wrugys. "Me a yll ewna

70

pottow ha padelly, hernya mergh, gwil toulys; me a yll gwil kenyver tra."
Ev a vinwharthas. "Pegans yw ragof."

"Ea," Peny a besyas, "saw surly yma hanow dhis."

"Jack. Hèn yw fatell oma gelwys: Jack Stenor. Yma radn worth ow
henwel Jack an Morthol." Ev a jersyas an morthol brâs yn kerenjedhek
ogasty. "Ot obma dha vroder lebmyn," a addyas Jack, pàn dheuth an maw
in mes a'n jynjy. "A wrusta y gafos, Jowan?"

"Gwrug, wàr an dyweth—Fatell esta ow stoffya kebmys a daclow
aberth in sagh kepar ha hedna?"

An stenor a wharthas. "Yma whedhlow derivys adro dhe'n sagh-na
dhybm, a vaw, ha na ve va dhybm, me a via kellys." Ev a gemeras an botel
a grohen in mes a dhewla Jowan, tedna an corkyn ha'y dherevel dh'y
wessyow. "Dewas an dhuwow," yn medh ev, ow tedna keyn y dhorn dres
y anow.

"Osta certan te dhe vos in poynt dâ?" a wovydnas Jowan yn prederus
orth y whor. "Yth es dyswar termyn hir."

"Yth hevelly te dhe glamdera gweth ès dell yw ûsys," yn medh Jack.
"Me a grÿs fatell o agan cothmans i'n nywl maglys i'n mater. Ny via tra
a'n par-na re gales dhedhans. Martesen te a godhvia tastya badna a
hebma." Ev a istynas an botel dhedhy.

Peny a worras an botel in dadn hy dewfrik rag whythra an dewas.
"Pandr'ywa?"

"Ehen a win barlys. Y fedhama worth y vryhy ow honen, hag yma moy
anodho genef," ev a addyas yn kevrinek, "in dadn gel. Dewas crev ywa,
saw ev a vÿdh ely dhis."

Hy a wrug y dastya, ha pàn egoras hy lagasow yn ledan dre reson a'y
varthys whecter, hy a gemeras draght hirra.

"Hô, lebmyn!" a grias an stenor. "Kê wàr dha gabm! Hèn yw stoff
galosek."

Peny a vinwharthas hag istyna an botel dh'y broder. "Pleth eson ny?" a
wovydnas hy.

"Whel Ding Dong," yn medh Jowan. "Ny êth dresto moy avarr
hedhyw, nag esta ow remembra?"

"Yth esof vy ow remembra yn ewn," yn medh hy, hag y feu acûsacyon
in hy lev. "Ny a'n drehedhas kyns ès te dh'agan ledya in ancombrynsy a
bùb sort!"

71

"Me a wor," yn medh Jowan, hag yth esa dyharas gwiryon in y voys. "Jack obma a'gan sawyas."

Hy a viras orth an fygùr coynt. "Fatell wrussowgh why y wil? Ha pandr'o an... taclow-na?"

"Spyryjyon," a worthebys ev. "Trib a vùckyas usy ow tropla an randirma. Nyns yns y an dus moyha caradow a alses metya gansans, ha nyns yns re deg dhe viras warnodhans naneyl."

Peny a dremblas pàn borthas hy cov a'n hager-vest a scrynkyas mar venymys orty dhywar an legh in Carn Ujek. An stenor a besyas: "Aswonys yns dhybm ha'n fordh wella rag aga handla. Moy a bùptra aral, yma dew dra ow corra own inhans, tan, ha hebma."

Ev a worras y dhorn aberth in y vantel ha dry in mes platten vian a olcan. Yth esa toll der y gres ha kelmys o wàr gorden lether adro dh'y godna.

"An hornven," yn medh ev, "yw tra draweythys mès pòr galosek yw. Meur a dus a wrussa gwil ges anodho hedhyw i'n jëdh, saw remedy yw warbydn lies ehen a dhrockoleth. Yma radn ow predery ow bosama muscok bò coynt dres ehen dhe'n lyha, rag ny wrug avy bythqweth scornya henwhedhel bò crejyans goth. An men a horn a'm servyas yn tâ. Ny yll an spyryjyon perthy bos in y ogas, rag dhedhans y y dava yw merwel."

Ev a drailyas y fàss tro ha Peny ha'n wharth a forsakyas y lagasow yn tien. "Yth hevel dhybm bos Jowal Cùrun Lethesow worth agas ledya wàr stray in gwir."

Peny a dhienas, ha marth gensy ev dhe wodhvos tra mar bryveth. "In pana vaner a wodhowgh why adro dhe'n Jowal?"

"Prag na wodhfien? Abàn wrug ev delyvra anal an dhragon in mes a Bo'scawen an Woon, an hanter a drigoryon Beleryon a wor—an re-na usy owth aswon taclow a'n par-na dhe'n lyha—ha te a vynsa kemeres marth a'ga nyver."

Jowan a dorras y gows gans qwestyon, esa wàr y wessyow termyn hir. "A veu an Jowal an pÿth a wrug dhe Rialobran apperya?"

Y feu hedna torn an stenor rag kemeres marth, ha namna wrug ev taga y honen wàr y bib. Peny a dherivas dhodho adro dhe'n lev dygorf wàr an woon, neb a elwys an gwerryor in mes a'y ven.

Jack a woslowas yn lagasek, owth eva kenyver ger in mes a'y ganow. "Indella yma an profecy ow wharvos linen wosa linen: 'Bran gelwys abrÿs'. Mar peu va gelwys, ena yth eson ny in ancombrynsy brâs. Yth esen ow predery y hyllyn sensy ow honen in mes anodho, saw yth hevel lebmyn na yll hedna bos. Yma taclow moy sevur ès dell esen ow cresy."

"A, why a wor adro dhe'n profecy inwedh?" yn medh Jowan.

"Gòn, heb mar! Kepar dell leverys vy, nyns esof vy ow scornya henwhedhlow ha crejyans goth. In sted a hedna me a vÿdh bysy worth aga studhya."

"Pyw yw Rialobran?" a wovydnas Peny.

"Lies cansvledhen alebma," yn medh an stenor, "ev o Pensevyk Beleryon, hag ev a dalvia bos mytern. Densa o ha dâ o ganso les y bobel, saw dh'y eskerens yth o va contrary asper.

"Warlergh Batel an Velyn Droghya, ogas dhe Eglos Beryan, le may wrug ev gweres dhe Arthur owth overcùmya an Morbleydhas, esa ow sùbjectya an pow, Rialobran a veu gwrës onen a offycers Arthùr. Ev a wrug omlath ryptho in dewdhek cas vrâs. An dewdhegves batel, in Mownt Badon, a scùllyas an Sowson mar bell, na yllens y cùntell arta ernag o Arthùr marow termyn hir. Wàr an dyweth yth esa ehen a gosoleth in Breten, ha Rialobran a ylly dewheles tre, saw ev a gafas ena turont crûel dhe sêsya y diryow ha dhe voldra y wreg ha'y flehes. An pensevyk a gùntellas army in mes a'y dus wostyth, hag y feu batel wàr an woon yw gelwys Goon Aj'Idnyal. Dyweth an vatel-na omlath dew dhen, Rialobran ha'n turont y honen. An pensevyk a wrug omlath yn colodnek hag yn whyls, saw ev o gwadnhes der oll an goliow kefys in Meneth Badhon. Ev ha'y escar a ladhas an eyl y gela.

"Y feu Rialobran encledhys, warbarth gans y vargh, in dadn an men hir-na, ogas dhe wel an gas. Ha wàr an men hir y feu gravys y hanow. Ena y feu kefys fatell o hës an men hag uhelder an pensevyk eqwal poran, ha'n golyogyon ha'n bystryoryon a gonvedhas hedna avell arweth. Y a gresy, kepar hag Arthùr y honen, nag o Rialobran marow, saw yth esa ow cùsca, ha parys o va dhe dhos arta, pàn ve othem anodho dh'y dir ha dh'y bobel."

Peny a welas in mes a gornel hy lagas fatell wrug spadhvargh Jack miras in bàn dhyworth an gwels, y lagasow ha'y scovornow hewol.

"Yma nebonen ow tos!" yn medh hy der hy dens, saw Jack yn uskys a dednas y vorthol in mes a'y wrugys, hag esedha yn parys, in udn bosa y vorthol in y dhorn.

Y feu clôwys whyban, ha Jowan ha Peny a blynchyas kepar dell neyjas neppyth spladn der an air tro ha'n le mayth esens. Ny wrug an stenor naneyl plynchya na gwaya kyn fe, pàn wrug an dra hanter-anterya y honen i'n dor gwelsek orth y dreys. Bool dhewvin o, ha sheft cot orty, cudhys in crohen.

An stenor a goselhas, ow minwherthyn yn clor, hag ev a worras y vorthol in y wrugys arta. "Yma dha vedrans ow qwellhe," a grias ev yn syger, "saw res vÿdh dhis glanhe dha vool, a vab Gwalghmay."

Peny ha Jowan a viras, meur aga marth, dell gerdhas yn crev bys dhedhans an fygùr barvek, isel ha tew. Yth esa Corantyn uhel ow tos wàr y lergh, ha'y warak wàr y scoodh. An fai a veu ancombrynsys, hag a worras y abransow warbarth.

"Jowan—Peny? Fatell wher why dhe vos obma?"

Y a via methek ow styrya aga whedhel aga honen, rag hedna an stenor a's sparyas dre dherivas an whedhel y honen. Lagasow gwag Corantyn a viras orth Jowan, o shamys fyslak, hag a besyas in udn viras orth y dreys y honen.

"Saw prag y whrussowgh why whilas Carn Ujek?" yn medh an fai in fordh a wrug Jowan whensys a geles y honen. "Martesen yth esa fors aral worth agas dynya hag owth encressya agas whans a wodhvos. Saw gwrës yw lebmyn, ha dâ yw na sùffras den vÿth ahanowgh pystyk na myshyf vÿth."

Ev a drailyas dhe Jack. "Martesen nyns yw res dhyn styrya dhis prag y whrussyn dha whilas." An stenor an inclinyas y bedn, ha Corantyn a besyas, "Ena te a vydn agan gweres?"

"Yth hevel dhybm fatell wrug avy dalleth y wil solabrÿs," a worthebys ev. "Poos yw an mater, na allama miras orth taclow heb gwil gweres. Yma meur dhe wil, ha ragof ow honen, ny vanaf vy strechya na fella. Rag i'n tor'-ma, Corantyn, kemerowgh an dhew debel-flogh-ma tre. Yma dyweth an jëdh ow tos. Y re gollas aga mergh, saw bedhowgh a jer dâ," ev a vinwharthas yn cuv ortans, "me a vydn aga hafos. Ha pàn wryllyf indella, dre lycklod me a vydn dyscudhaa moy a dowlow Pengersek."

"Kebmer with, a stenor," yn medh Gawen worth y warnya. "Ny via dâ, mar teffa Arlùth an Tebel-art ha desky te dhe vos ow kerdhes i'n brynyow-ma."

"Prag yth yw hedna?" a wovydnas Jowan.

An stenor a worthebys gans geryow tewl, "Ny re vetyas an eyl gans y gela kyns lebmyn."

Yth esa an howl ow sedhy in dadn worwel an west, pàn esa an flehes sqwith, gedys wàr hensy auncyent gans Corantyn ha gans Gwen, ow passya fosow uhel dinas coth Ker Bosvran. Yth esa an dinas a'y sav wàr vre uhel. Alena y hylly den miras orth plain Penwyth dhe'n soth, o kelys gans clowtweyth a welyow, ha trehys yn town gans nans Benbryhy ha'n tenwyn delyowek bys i'n Porth Nansmornow. Dhe'n soth, yth hevelly tour Eglos Beryon dhe vos pell dhywortans.

"Pana bellder a vedhyn ny ow kerdhes tre?" a wovydnas Peny yn sqwith, hag y ow kerdhes an vre wàr nans bys i'n kensa gwel gonedhys. Clâv o hy threys, ha hy a gresy y dhe vos ow kerdhes termyn pòr hir.

"Mar teun ny ha kerdhes i'n hensy aswonys dhyn," a worthebys Corantyn, "bohes moy ès udn our."

Yth esa Jowan owth omglôwes pòr drist. "Ny vedhaf vy whansek a styrya pandr'a wharva," yn medh ev yn cosel. "Bèn a wra serry yn frâs, pàn wrella clôwes ny dhe gelly an—ûûff!"

Ev a veu pockys i'n keyn, hag ev a drebuchyas ha codha yn gron in cres an eythen.

Chaptra 11

Fogô

"Pandr'a wreta?" yn medh Jowan der y dhens. "Prag y whrusta ow herdhya kepar ha hedna?"

Corantyn a bosas y dhorn wàr anow an maw hag a dherevys y bedn gan meur rach, may halla miras dres an eythyn. "Otta!" a leverys in udn whystra, ow tysqwedhes gans y vës tro ha top an vre. Jowan a slynkyas in rag dhe viras.

Warbydn ebron an north yth esa fygùr kepar ha skeus ow sevel ryb y vargh, dorn dhodho derevys dhe witha y lagasow rag golow an howl esa ow sedhy.

"Ena!" yn medh Gawen yn cosel, ow poyntya pella agledh. "Hag ena. Yma oll aga seyth devedhys."

Yth o an varhogyon spredys in mes wàr an gorwel, dhia dyller ogas dhe Ger Bosvran bys in tyller hanter-fordh Bre Tyny in bàn. Y oll o kepar dell êns, pàn wrug Peny aga gweles kyns; mantel dewl adro dhodhans ha cùgol wàr aga fedn. Yth esens ow sevel kepar hag imajys a ven, hag y ow whythra an vu dhe gafos aga fray.

"An re-na yns y!" Yth esa own brâs ha down in colon Peny.

Jowan a gonvedhas heb let. "Saw me a gresy na wrêns apperya marnas i'n nos. Nyns yw sedhys an howl whath."

"Y a yll dos in mes a'n nywl udn our kyns an howlsedhas," yn medh Corantyn ow styrya an mater, "hag y a yll remainya ales bys pedn our dhyrag terry an jëdh. Saw anvenowgh y fÿdh res dhedhans sportya mar bell," ev a addyas yn asper.

Gawen a viras orth lywyow melen an ebron i'n west, hag orth pel wosrudh an howl owth omberthy wàr worwel an mor. "Dewgh," yn medh ev, "yma an golow-na re grev rag aga lagasow martesen. Gwell via genef mos pell dhywortans ès scolkya in goskes an bùsh tanow-ma."

Ev a wayas in kerdh rag aga ledya, ow cramyas, ow rollya der an pryskwÿdh. Yth esa eythyn in pùb le wàr an dor, ha pàn wre an dreyn aga fyga, y a blynchya gans pain. Ke men overdevys a omdhysqwedhas dhyragthans, hag y a gafas yet a alsons cramyas in dadno yn saw dhyworth an helghyoryon lagasek. Gwell o hedna ès goskes an ke, hag y a gafas prÿs dhe anella yn town ha dhe ombredery.

"Esowgh why ow cresy y dh'agan gweles?" a wovydnas Jowan in udn dhiena.

Y a glôwas avell gorthyp cry glew a gorn; sownd rag yeynhe an marou i'ga eskern.

"Ny yw dystrêwys!" a grias Corantyn. "Ymowns y ow sevel intredhon ny ha'n sentry udnyk a'gan beus. Gwelowgh, y a wortas erna wrussyn ny passya dres dinas Ker Bosvran ha dorge coth Bre Tyny. Dew dyller yw an re-na na yllons entra inhans. Jowan ha Peny, yma agan toth ha'gan nerth ow lackya dhywgh. Me a'm beus towl; yma dhyragon fordh goth lonow usy ow passya ogas dhe dre Carn Ewny. Coyntys coth yw hy i'n dedhyow-ma, saw yma inhy tyller o sacrys i'n dedhyow coth. Yth yw an tyller-na sans whath, martesen. Ny'm beus tra vÿth aral dhe gomendya dhywgh. Why a res omgeles ena, ha ny ha Gawen a wra assaya hùmbronk an helghyoryon in kerdh. Hòn yw an udn fordh gesys dhyn."

"Ha mar towns y ha'gas cachya?" yn medh Peny in udn groffalas.

"Res vÿdh bos certan na wrowns. Martesen ny vydnons agan ladha... nyns yw bern dhedhans fai ow qwandra bò corr breselus, ha nyns eus i'gan company ny saw an re-na. Bytegyns, ny yllyn ny bos sur a hedna."

Corantyn a ledyas, hag y a skydnyas an hens ledan gwelsek wàr nans. Wàr an dyweth ev a stoppyas adrëv cornel a ge uhel. Y a welas an pÿth esa ev ow tysqwedhes gans y vës: stap ha wàr an tenewan aral anodho, crow predn.

"Yma treveglos Carn Ewny ena," yn medh an fai. "Hèn yw crowjy an gwithyas, mès wàrbydn an gordhuwher ev a vÿdh in y dre y honen. In hons dhe'n crow yma magoryow treveglos, neb a veu byldys dyw vil bledhen alebma. Kelys in mesk y fosow why a gav fogô. Gwrewgh keles agas honen ena, ha gortowgh erna dheffen ny wàr dhelergh."

"Pandr'yw y hanow?" yn medh Jowan.

"Fogô, tremenva in dadn dhor neb o sentry sans dhe'n drigoryon obma. Harber meur y brow yw, ha mars eus radn vÿth a'y sansoleth whath ow remainya, martesen an tyller a wra agas gwitha rag Helghyoryon an Nos.

Ny vÿdh dyffres an fogô saw inhy hy honen. Bedhowgh war ytho a remainya warjy. Yn uskys lebmyn, dre reson nag eus termyn vÿth dhe sparya. Re wrello an Vabm aga dyffres—ha'gan dyffres ny genowgh."

"Kemerowgh with—" a dhallathas Peny, saw Jowan a's sêsyas er an vregh hag ev a drailyas dhe bonya bys in dre goth. Y a sensys ryb an ke, ow crobma ma na vêns espies. Wàr aga lergh Corantyn ha Gawen a fystenas in kerdh, an vre wàr nans hag in mes a wel.

Tre dhyworth Oos an Horn o Carn Ewny, ha fosow trogh an treven kelhek men a brovias goskes dhedhans hag y ow whilas an fogô stranj.

"Mir obma!" a whystras Jowan. "Res yw bos hobma an fogô."

Yth esa trûlergh orth aga threys ow skydnya aberth i'n dor, ha portal pedrak an dremenva goth. Yth o an fogô chambour hir, stubmys, ha'y fosow crobm gwrës a veyn heb cyment, kepar dell o ûsys gans an Geltyon. Hy tho o lehow brâs settys adreus, ha'n dremenva hy honen o moy ès whegh troshes ales hag in uhelder. Ogas dhe'n entrans dhe'n north yth esa egor in tremenva got, esa ow ledya aberth in stevel goynt, shâpys avell clogh ha gwrës yn tien in dadn an dor. Gyllys o top an to, hag yth esa an stevel rag hedna opyn dhe'n ebron.

Ogas dhe bedn an chambour dhe'n soth yth esa egor munys aral ow ledya aberth in tremenva aral adenewan, scant nag o brâs lowr rag den wàr y dhewla ha'y dhewlin. Yth esa an dremenva-na owth ascendya yn serth ha gelwys vedha 'cramyans' gans an hendhyscansydhyon. Yth o oll an byldyans gwithys marthys dâ, ha scant ny hevelly bos mar goth. Esa y sansoleth auncyent whath ow remainya bò nag esa, yth esa airgelgh a gosoleth leun i'n fogô, hag y a omglôwas chersys ha confortys dredho.

Amuvys veu Jowan. "Well," yn medh ev, "parys hag esy yw hebma. Yma moy ès daras in mes anodho, mar qwrowns y agan trovya."

Ev a boyntyas tro ha'n entrans bian aberth i'n cramyans. "Ny vedhama gwelys, mar teuma ha slynkya in bàn ena rag miras adro. Res yw dhybm gweles mars esa an gwir gans Corantyn ha gans Gawen."

"Kebmer with!" a whystras Peny, dell wrug ev cramyas aberth i'n dremenva vian.

Yth esa banken isel i'n le mayth o an cramyans opyn dhe'n air, hag yth o Jowan kelys dhyworth lagasow an escar wor' tu dhelergh dhedhy, saw ev a ylly gweles tro ha'n soth alena, pàn viras in mes yn war. Dre reson an tewolgow dhe vos owth encressya, ny welas ev bys pedn nebes mynys an dhew fygùr ow fia yn uskys dres an gwelyow hag ow tôwlel aga honen dres yettys ha dres keow. Marthys scav o an corr, kynth o va mar vian, hag y dreys ev o mar uskys ow kerdhes avell dywarr hir Corantyn.

Y feu an tewlwolow lenwys a griow, ha marhak a bonyas gans tros brâs wàr an hens re bia gesys gansans namnygen. Ev a frodnas y vargh yn sherp ogas dhe entrans an dre ragistorek, ha poyntya gans dorn in manek tro ha'n fordh mayth êth Gawen ha Corantyn. Ev a drailys in y dhyber, derevel corn crobm dh'y anow dywel, hag y feu clôwys onen a griow uthek an Helghyoryon.

I'n tor'-na Jowan a aspias form danow ow slynkya dhe denewan an helghyor. Y teuth an secùnd form, ha'n maw a verkyas an kerdh heblyth wàr bawyow medhel, an scovornow dyfun ha'n lagasow glew. Ev a anellas yn tydn, rag ev a wodhya, kynth o ùnpossybyl, aga bos bleydhas; ha'n own a'n jeva anodhans a gnias y bengasen. Ev a dhroppyas yn uskys bys in tewlder an fogô, hag yth esa y golon ow lebmel yn crev in y vrest.

Jowan ha Peny a blattyas i'n tewlder dydros dres termyn hir, dell hevelly dhedhans, ha scant ny vedhens y anella. Y a glôwy carnow ow qweskel ha'n corn ow seny yn yeyn dres nebes mynys. Wàr an dyweth y teuth taw anes, ha ny vedha clôwys tra vÿth marnas lowarn ow hartha neb le i'n vre.

Me a grÿs aga bos departys," yn medh Peny in udn whystra, na ylly scant bos clôwys.

"Govenek a'm beus y dhe vos gyllys," yn medh Jowan. "Gorta obma ha me a vydn miras."

Yth esa Peny esedhys i'n duder in udn wortos. Y feu clôwys sownd, neb le i'n tewolgow.

"Jowan?" Hy lev o tanow, ownek. An tros o an sownd a neppyth ow frigwhetha. Peny a drailyas ha gweles shâp isel du inter hy ha'n fordh in mes. Yth esa lagasow a owr ow terlentry, ha hy a glôwas gromyal isel ronk.

Peny a savas pols stag ena, saw pàn wrug an best gromyal arta, hy a dhallathas kildedna. An uthfil a gerdhas in rag aberth in entrans an fogô, saw stoppya a wrug adhesempys kepar ha pàn ve let dydremen drehedhys ganso. An best a savas yn ancombrys heb gwaya, y lagasow ow miras an dremenva ahës. Yn sodyn ev a dhallathas assaylya in maner vuskegys, ow prathy hag ow scrynkya wàrbydn an fors dywel esa orth y witha dhyworth entra.

Y feu clôwys sownd, neb le i'n tewolgow.

Peny a gemeras own ha hy a gildednas dhyworth conar grûel an best. I'n tor'-na hy a glôwas an gwyns fresk wàr hy dywvogh ha hy a gonvedhas, er hy uth, hy dhe gildedna der an fordh aral in mes ha hy dhe vos tu aves dhe with an fogô.

Hy a veu war a dhorn mar yeyn avell clehy ow talhedna hy scoodh, ha hy a scrijas gans cry uthek.

Ny glôwas Jowan tra vŷth a hedna. Pàn wrug ev drehedhes top an cramyans, ev a herdhyas y bedn in mes yn clor i'n air opyn. I'n dalleth ny wely tra vŷth, ena, pàn drailyas y bedn, y anow a godhas yn egerys ha'n uj ownek a verwys in y vriansen.

Yth esa troos in botasen whegh mesva dhyworth y lagasow ha'n gwrèm a bows, mar dhu avell an nos. An fygùr a grobmas a-ughto heb leverel ger vŷth. An maw a viras in bàn aberth i'n cùgol du, ha'n remnant a'y golon dhâ a glamderas in mes anodho. Yth esa dew boynt a wolow ow pargesy i'n gwacter, hag y a viras dhe'n dor orto in mes a'n tewlder mousak in dadn an cùgol.

Ena ev a glôwas bobm crev wàr denewan y bedn, ha'n bŷs ha'y uth a cessyas.

Tewl o in tre vian loos Lanust. Nyns esa golow vŷth marnas golow an loor, leun ogasty, in udn terlebmel aberth in cloudys bian gwlânek hag in mes anodhans. Yth esa trigoryon an dre ow cùsca yn fast, saw ky labol a wandras ogas dhe'n eglos ha serthy hag ola yn truan ha scolkya in kerdh.

Y feu clôwys an carnow a vargh dywel wàr an fordh, ha lev medhel, gwrës a skeusow, a grias in tewlder an nos: "Selùs… Selùs, dûk nobyl, broder Jùstyn sans, mab Gerans Colodnek. Lebmyn yw an prŷs ewn rag forsakya dha ven. Yma an Tewolgow ow terevel dhyragon. Dyfun ha deus in rag, a soudor sans."

Gwyns a dherevys dhesempys ha fysky wàr y fordh ha mos in kerdh. Daras an eglos a wrug gwihal yn cosel, ha den a gerdhas in rag in mes a dewlder an portal. Ev o uhel, nobyl y semlant. Yth esa golow an loor ow spladna wàr y vrestplât ha wàr dhorn y gledha. Yth esa blew tewl adro dh'y dhywscoth ha golow in y lagasow hewol.

Ev a stoppyas rag tecken wàr an fryglos in mesk an bedhow. Y vargh a roncas, cot y berthyans, hag ena an fygùr a drailyas, in udn dôwlel y vantel wàr dhelergh, ha kerdhes totta in mes a'n gorlan. Y feu clôwys an

carnow arta ow qweskel an tarmac, hag ena, dre reson an gwyns dhe vos
crev dhyworth an west, y a ylly bos clôwys ha'n margh ow ponya in
kerdh, an trûlergh serth ahës bys i'n nans awoles. Ky a harthas rag pols i'n
nos in neb le, ha wosa hedna tewel.

Yth esa men coth a'y sav in sansoleth tewl an eglos in mesk an
esedhvaow. An lorgan in udn dos in lies color dre weder lywys an fenestry
a wrug golowy an ChiRo gwadn gravys wàr enep an men. An geryow
gravys pymthek cansvledhen alebma a ylly bos redys wàr denewan an
men: SELVS IC IACIT.

I'n prÿs hanter-nos Peny a dhyfunas ha cafos hy honen a'y groweth wàr
vre dhygoweth ha grug tew medhel in dadny.

Yth esa den owth hùmbronk margh hag ow kerdhes yn lent bys dhedhy
in mes a vagor isel a veyn drogh overdevys. Yth esa an lorgan ow
terlentry yn leun wàr y fâss ha Jeny a'n aswonas. Tôwlys dywarnodho o
semlant coynt ha dygempen Henry Milliton. Marhak, Arlùth Pengersek,
o an den moyha semly martesen a welas Peny bythqweth.

Uhel ha keherek o va hag yth esa in y gerhyn mantel a bàn rych ha tewl,
amal cogh warnedhy hag egerys arag may fedha gwelys in dadny pows
dhu a owrlyn fin a'n ÿst. Adro dh'y vlew, tewl, leun ha crùllys, yth esa
snod a olcan, hag ino yth o settys seyth jowal an seyth planet. Adro dh'y
wast yth esa grugys ledan a lether, ha arwedhyow mystycal scrifys
warnodho. Barvek, lagasek ha nobyl, Arlùth Pengersek a vinwharthas
orth Peny gans jentylys ha gans mercy.

Y teuth dowt brâs aberth in hy brÿs confùndys hag ownek. Yn tefry ny
alsa an den-ma bos an Pystryor dyowlak, Arlùth an Tebel-art, may whrug
hy clôwes anodho. Ena hy a welas coweth an pystryor, an gasek iffarnak
dhu, esa hy anal ow troyllya in bàn kepar ha loskven in air an nos, ha
golow dyowlak ow lesky in hy lagasow. Yth esa an gasek ow miras yn
asper orty. Saw lagasow an pystryor y honen, nyns esens y ow miras orth
Peny hy honen, saw orth Jowal an Gùrun, cregys adro dh'y hodna.

Hy dorn a neyjas bys i'n jowal, ha hy a'n dalhednas yn tydn. "Nâ!" a
grias hy, "Ny wreta y gafos!" Hy a assayas gwaya, sevel in bàn ha ponya
in kerdh, saw tednys o an nerth in mes anedhy, ha hy a remainyas a'y
groweth yn tyweres.

Yth esa hy ow sensy an jowal in y dorn whath, hag yth hevelly dhedhy
fâssow yeyn an jowal dhe vos owth encressya hy holonecter. "Ny wreta

settya bës warnodho. Nefra!" Hy ganow o ferv, ha hy a viras orth Pengersek, crev hy forpos.

Ny jaunjyas tremyn mercyabel an pystryor. In sted a hedna ev a istynas y dhorn in mes dhedhy ha côwsel orty yn clor. "Ow flogh... ow flogh truan ownek. Te re sùffras kebmys uth. Deus, ow olas vy a wra bansya yeynder an nos ha'm telyn a wra hebaskhe dha golon droplys."

I'n tor'-na hy a welas ev dhe dhon telyn vian wàr y scoodh. Y vesyas hir a warias dres an kerdyn ha'n cordys wheg dres ehen a neyjas in kelhow hag in troyllyow adro dhedhy. Lev Pengersek a jùnyas gans an melody teg—ha fin ha wheg o y lev, kepar ha lev bardh skentyl. Hy a wodhya bos an geryow in Kernowek. Ny ylly hy leverel a wrug hy aga honvedhes yn tien, saw y teuth in hy brÿs vesyons a dhowrow glaswer hag a dhelfynyow ow sportya, trethow medhel ha howl clor. Hus an melody a wrug y bystry, ha kyn whrella hy assaya oll hy ehen, ow scrynkya hy dens hag ow cudha hy scovornow, ny ylly omlath warbydn sotelneth y wythres. Hy a gafas hy honen ow slynkya wàr dhelergh in ancof.

Saw kyns ès velvet an tewolgow dhe dhegea adro dhedhy, yth hevelly dhedhy an magoryow adhelergh dhe'n pystryor dhe jaunjya aga shâp: ow trembla hag ow crena tro ha'n ebron erna vowns y fosow loos, prowt ha cadarn.

Jowan a egoras y lagasow. Golow spladn an myttyn a labmas inhans hag ev a's degeas arta yn uskys. Ev a assayas aga egery an secùnd treveth, hag yth esa painys ow qweskel y bedh. Gans meur rach ev a davas an spot may feu cronkys. Yth esa bothan brâs wàr grogen y bedn ha'y vlew o caglys gans goos, neb o resys y fâss wàr nans kefrÿs. Yth esa a'y wroweth wàr leur chif-dremenva an fogô, warlergh codha, dell hevelly, an cramyans wàr nans. Yth esa golow an jëdh nowyth ow frosa der entrans an dowrgledh, hag ev a grenas. Ev a savas in bàn in udn drebuchya, ow scodhya y honen orth an fosow. Pendro whejus a scubyas dredho, saw ev a settyas y fâss, hag ow lesca yn tiantel wàr y dreys, ev a viras an dremenva ahës. Ev a welas y vos y honen oll.

Ev a elwys Peny, saw ny dheuth gorthyp vÿth. Ev a viras i'n cramyans, ena ev a drebuchyas an dremenva ahës bys i'n stevel rônd adenewan. Hòn o gwag ha cosel inwedh.

Own fol namna'n sesyas, hag ev a drebuchyas in mes in golow an howl, ow sensy y bedn in y dhorn.

"Ho!" a grias lev orto. An maw a blynchyas in painys pàn wrug an cry gwana y bedn clâv. "Pÿth esta ow qwil obma in hanow an jowl?"

Gwithyas an drehevyans cov a gowsas, den brâs ha crev, hag ev ow fystena avell fyslak in mes a'y grow. "Te a'th eus tavas, na'th eus? Ny wrusta tylly dhe entra.... Dar, ass yw drog an cronk-na a gefsys! Te a weskys dha bedn i'n fogô, ea?"

Jowan a bendroppyas. Yth esa an cronk worth y hùrtya, ha nyns o va sur wàr y dreys.

"Y godhvia dhis mos dhe'n medhek gans hedna. Pes termyn esta obma?"

"Dres nos, me a grÿs."

"Dres nos, a vab. Y fÿdh an dus i'th chy prederus clâv adro dhis!"

"Y a vÿdh moy prederus pàn wrellons y clôwys bos Peny kellys genef."

"Peny, pyw yw hodna?"

"Ow whor vy. Ha Corantyn... prag na dheuth ev wàr dhelergh?" Yth esa y vrÿs ow trailya in y bedn.

"Pywa? Pyw yw hedna?"

"Cothman. Fai."

An gwithyas a viras orto, meur y varth. "Mar qwrusta leverel an pÿth a gresaf te dhe leverel, nena yth hevel dhybm y whrug an cronk-na wàr dha bedn moy damach dhis ès dell esen ow predery! Nyns eus pellgowser vÿth obma, na kysten socor kensa naneyl. Ny worama nyvera pan a lowr torn a wrug avy croffolas adro dhe hedna gans an Comyssyon. Yth yw an gùssul wella dhis mos wàr nans dhe jy an tiak ena. Otta va ena. Nyns yw pell. Ny allama forsakya ow flâss obma, bò a me vynsa kelly ow soodh—"

"Gromercy dhywgh," yn medh Jowan, sëgh y lev. "Me a vÿdh yn ewn."

"Faiys!" yn medh an gwithyas arta.

Jowan a gerdhas in kerdh. Yth esa an morthol adrëv y lagasow ow qweskel nebes moy cosel i'n tor'-na, ha ny'n jeva ev saw udn tybyans: mos tre dhe Drehelghyor Vian. Res via dhodho styrya pùptra dhe Bèn; Bèn a vynsa godhvos an pÿth ewn dhe wil. Jowan a viras adro. Ea, an treven-na, adro dhe hanter-vilder dres an gwelyow, a dalvia bos Crows an Wragh. Yth esa bownder alena ow ledya dhe Eglos Beryan.

Ev a dhallathas wàr y fordh dres an gwelyow, ow kerdhes i'n kensa le, hag ow ponya wosa hedna, pàn bassyas an crug a vedh men ragistorek ha crowsya gover. Prederow adro dhe Peny ha'n taclow a alsa wharvos dhedhy a'n kentrynas in rag. Nyns o onen vŷth oll a'y brederow hegar teg.

Ev a glôwas an tros a rosow. Ev a viras in bàn hag a welas côcha leun a havysy wàr viaj myttyn avarr dhe vysytya Pedn an Wlas. An fordh! Dres udn gwel moy yn udnyk! Ev a gentrynas y honen in rag ha'n strivyans a wrug dh'y bedn rosella. "Ogh na!" a brederys ev, "Bydnar re wrello y wharvos lebmyn rag kerensa Duw!" Ev a gramblas dres an ke ha wàr amal gwelsek an fordh. Ev a savas ena in udn dhiena. Y bedn a droyllyas arta, ha der an ujow in y bedn ev a glôwas sownd aswonys. Ev a omsensys pednscâv ha whensys o a wheja, saw gans strivyans muscok ev a dherevys y bedn poos. Ena ev a welas an wolok varthys a *Land Rover* glas ow trailya in mes a'n vownder dhe Eglos Beryan.

"Bèn!" a grias ev yn ronk, ha codha yn clamderys wàr an dor.

85

Chaptra 12

Ow Whilas an Pystryor

Pell dhyworto lev a veu derevys in sorr; tabm ha tabm an lev a encressyas ha dos nessa. Sur o Jowan fatell veu an geryow intendys ragtho y honen, hag ev a strivyas dh'aga honvedhes. Ev a assayas gortheby, ow formya in y bedn an lavarow "Me a dal mos ragtho... me yw cablus... drog yw genef... me a whilas..." saw ny dheuth in mes a'y anow tra vÿth marnas hanajen dhyscler. An lev serrys a dewys heb fynsya lavar, ha skeus a godhas wàr y lagasow nywlek.

"Jowan?" Y feu an keth lev, lev Bèn, medhelha lebmyn, saw ter ha leun fienasow. "Na borth awher, a vab. Yth esta in tre. Te yw saw."

"Bèn?" yn medh in udn bassya dorn dres y lagasow rag aga clerhe ha dhe worra dhyworto an cronkya tydn in y bedn. Tabm ha tabm y wolok a gollas hy dysclerder. Yth esa Trehelghyor Vian guv ha gwresek oll adro dhodho. Yth esa a'y wroweth wàr an loven, ha fâss crigh y ôwnter ow miras dhe'n dor orto.

"Fatell esta owth omglôwes?" a wovydnas Bèn yn whar.

"Ny worama poran. Yma pain uthek i'm pedn, saw yth hevel dhybm ow bos dâ lowr."

An tiak a vinwharthas yn asper. "Res yw porres crogen dha bedn dhe vos kepar ha knofen gôcô. Te a gafas cronk uthek. Esta ow predery y halses esedha in bàn?"

Gans meur rach Jowan a dednas y honen in bàn nebes, ow plynchya rag ewn gloos. Ev a viras adro dhe'n rom, ha namna godhas dhywar an loven dre varth. Yth esa Corantyn ha Gawen esedhys orth an bord hag y nebes ancombrys. Gansans orth pedn an bord yth esa Ned Hosken. Yth esa godn hir in dorn Ned poyntys tro ha tyller intredhans aga dew, ha'n barel dewblek o mar fast avell carrek. Jowan a welas bool Gawen ha gwarak, goon ha dagyer Corantyn a'ga groweth i'n gornel. Yth esa Nellie i'n rom inwedh, hy esedhys yn anes wàr vin hy chair. Gwydn o hy fâss hag apert o hy dhe berthy uth. Yth esa hy ow lagata orth an fai ha'n corr.

Bèn a esedhas wàr vregh an loven ha settya bregh dyffresus wàr dhywscoth Jowan. "Lebmyn, abàn yw an maw devedhys dhodho y honen arta," yn medh ev avell godros, "why a yll derivas agas whedhel arta, ha Duw re'gas gweresso, mar pÿdh kebmys ha ger gowek vÿth ino. Jowan a vydn leverel dhybm an gwiryoneth, ha wosa clôwes an pÿth a wrussowgh why leverel bys lebmyn, ny garsen bos i'gas eskyjyow why. Lebmyn, derivowgh agas whedhel."

Corantyn a dhêwysas côwsel, hag ev a dherivas whedhel an pystryor Pengersek, ha fatell esa ev ow tesirya cafos Jowal an Gùrun ha'y allos; fatell wrug Jowan ha Peny relêssya heb y borposya oll nerthow kevrinek Bo'scawen an Woon, ha fatell wrug hedna wàr y dro dyfuna lies ehen a goyntys. Ev a dherivas fatell wrug Peny fia dhyrag Helghyoryon an Nos ha scappya dhywortans; ev a dherivas pùptra bys aga feryl dewetha ryb Carn Ewny.

Bèn a woslowas cot y berthyans, saw heb leverel ger. "Well, a vab?" yn medh ev. "Hèn yw an keth whedhel a ros ev dhybm kyns lebmyn. Now, lavar, eus gwiryoneth vÿth ino?"

"Me a wor y vos owth hevelly marthys stranj dhis," yn medh Jowan ow miras yn sevur orth y ôwnter, "saw gwir yw y whedhel, kenyver ger anodho. Corantyn ha Gawen yw agan cothmans... y re wrug pùptra a yllens rag gwil gweres dhyn. Y a assayas tedna an Helghyoryon dhyworthyn ny newher kyn fe, saw an Helghyoryon a's teva bleydhas rag agan dyscudha. Y a gemeras Peny in kerdh ha'm gasa vy yn clamderys."

"Bleydhas?" yn medh Bèn yn tiegrys. "Ny veu bleydhas i'n pow-ma nans yw lies cans bledhen. Na Jowan, res yw aga bos y keun, Alsacyans martesen."

"Nâ," yn medh Corantyn yn crev, "bleydhas êns. Somonys vowns in mes a Bow an Skeusow dhe servya Helghyoryon an Nos." Bèn a viras orto, egerys y anow rag ewn marth.

"Saw in pana vaner a wrussowgh why spedya dhe dhiank?" a wovydnas Jowan orth Corantyn.

"Ny a bonyas scaffa gyllyn, rag yth esa govenek genen y hyllyn ny drehedhes Tredhin. Saw y a veu re uskys ha re certan o aga forpos. Whegh anodhans a'gan sewyas; onen a remainyas. Me a gonvedhas i'n eur-na agan bos ny dystrêwys. Yth esa Ancow i'n gwyns, saw ny'gan beu marnas udn govenek a selwel agan bêwnans, hèn o whilas harber obma. Nyns eus tregereth vÿth in Helghyoryon an Nos ha bytegyns"—namna wrug ev degea y lagasow tewl ha gwag in udn bredery— "y a'th asas jy dhe vêwa. Ny allama ùnderstondya hedna."

"Onen a deylu Trevelyan ywa," yn medh Gawen. "Hèn yw an skyla. Dre reson bos teylu Trevelyan perhenogyon ewn Jowal an Gùrun. Indella yma pùbonen anodhans ajy dh'y bower a dhyffresyans. Ytho ny ylly Helghyoryon an Nos y ladha, ha dre reson agan bos ny ow pêwa inwedh, ny yllens y entra dre nerth aberth in chy a onen a deylu Trevelyan."

Bèn a roncas avell gesyans. "Dyffresyans? Pana dhyffresyans? Y re egoras pedn an maw, mollatuw warnodhans! Ha pyw a wor pandr'yw gwrës gansans gans Peny? Pana ehen a dhyffresyans eus in hedna?"

"A nyns usons y ow pêwa aga dew? Kepar dell vêwas Jowan dhe dherivas y whedhel, indella ny vÿdh Peny pystygys," yn medh an corr yn sempel.

Bèn a viras orto yn yeyn termyn hir, hag ena ev a drailyas wàr dhelergh dhe Jowan. "Te a res mos dhe'n medhek, a vab," yn medh ev. "Nellie re wrug ober dâ ow colhy a goly hag ow corra lysten warnodho, saw gwell yw pùpprÿs bos saw."

"Gas vy dh'y weles." Corantyn a savas in bàn dhywar y jair, heb gwil vry a'n godros in barel an godn. Bèn a savas adenewan, war a'n stranjer coynt hag a'y lagasow heb golok. An fai a gemeras an lysten yn clor dhywar an goly ha'y whythra yn fur. "Ny vÿdh othem a vedhek vÿth," yn medh ev. "An goos a wrug dhe'n goly apperya gweth ès dell yw in gwiryoneth. Bian yw an trogh ha nyns yw down. Ha gwell whath nyns eus crehyllyans dhodho. Ny wra va sùffra drog-effeth i'n termyn hir. Me a yll sawya an goly-ma, mès why, Trevelyan Tiak, a res alowa dhybm mos in mes dhe gùntell an losow a vÿdh othem dhybm anodhans."

Bèn a hockyas. "Kê in rag, ytho," ev a erviras. "Saw bÿdh uskys adro dhodho. Na wra predery kyn fe a wil prattys dhyn, rag y fÿdh dha goweth ow remainya obma poran. Convedhys?"

Ny worthebys Corantyn ger vÿth, saw kerdhes dhe'n daras ha mos in mes.

"Bèn, te a res trestya dhedhans," a leverys Jowan worth y bledya. "Ymowns wàr agan tu ny in gwir. Y a beryllyas aga bêwnans ragon ny newher."

An tiak a dhyllas hanajen hir. "Me a wor, a vab, saw res yw dhis miras orth taclow dhyworth ow savla vy. Y feu bobmow brâs dres ehen gweskys wàr an daras prÿs hanter-nos, ha pàn wrug avy egery an daras, ottensy aga dew a'ga sav ena, ha'ga semlant o kepar ha neppyth in mes a whedhlow an Vreder Grimm. Yth esa an den bian ow swaysya bool a alsa trehy den inter dyw radn, hag ow tùchya an den aral, namna wrug avy clamdera pàn wrug avy y weles!

Yth esta ow côwsel orthyf, a Jowan, adro dhe drest. Res yw miras aberth in lagasow nebonen kyns ès te dhe allos trestya dhodho; saw ny ylta jy gweles tra vÿth in y lagasow ev—mars eus an golon dhis dhe viras ortans i'n kensa le."

Corantyn a dhewhelas yn uskys hag yth esa leun y dhorn a losow ganso hag ev a whilas scala rag aga farusy. Nellie a'n hùmbroncas i'n gegyn heb leverel ger vÿth. Nebes mynys wosa hedna ev a dhewhelas ha toos tanow ganso, a veu heb lyw vÿth ogasty. Dewla an fai a wayas adro dhe'n goly worth y ùntya gans an kemysk.

Jowan a blynchyas. Todn coynt a frosas dresto, dell hevelly dhodho, hag in udn hockya ev a worras y dhorn dh'y bedn. "Pandr'a wrusta gwil?" a grias ev, "gyllys yw an pain!"

Corantyn a vinwharthas nebes orto. "Kevrin coth ywa," a worthebys ev. "Neppyth aral neb yw kellys genowgh why, mebyon tus. Me a vydn y dhesky dhis udn jëdh martesen. Kyns pedn our ny vÿdh ol vÿth gesys a'n pystyk."

Fâss Bèn a apperyas sewajys rag tecken, saw ev a dhegeas y wessyow warbarth yn fast pàn remembras ev plit myrgh y vroder. "Fatell yllyn ny kemeres Peny dhyworth Milliton, bò pynag oll dra yw y hanow gwir? Ny vÿdh an creslu a les vÿth dhyn, yth esoma ow predery; ny vynsens y nefra cresy udn ger kyn fe a'n mater-ma. Y a vynsa gwil prysners ahanan nyny!"

Ev a dhallathas kerdhes in rag ha wàr dhelergh i'n rom. "Re Dhuw a'm ros!" a grias ev, "mar qwrug an horsen ancoth-na pystyga kebmys hag udn vlewen wàr hy fedn..."

"Nyns yw res dhywgh perthy awher," yn medh Corantyn yn cosel. "Ny wra va hy fystyga, dre reson nag ywa abyl. Ev a wor yn tâ y whrussa Jowal an Gùrun y ladha heb let. Saw hy a vÿdh pystries heb dowt vÿth oll."

"Pandr'usy hedna ow menya?" a wovydnas Bèn.

89

"Hy a vÿdh in cùsk, ha ny wodhvyth hy tra vÿth a'n pÿth usy ow wharvos. Pengersek a yll gwil hedna der y delyn yn udnyk. Yma hus galosek i'n delyn, saw nyns eus drockoleth vÿth inhy. Ow tùchya dhe Jowal an Gùrun: ny yll ev gwil tra vÿth ganso marnas dre hus. An hus-na a vÿdh pystry nos, hag y fÿdh othem dhodho a dermyn hir rag y wil. Yth esa Helghyoryon an Nos adro dhe'n bargen tir-ma bys in ourys avarr an myttyn; ena y a dhybarthas, kepar ha pàn vêns somonys dhe ves. Res yw aga hapten dhe dhos ow try Peny ganso, dell hevel, hag y a dhewhelas dhe Arlùth an Tebel-art warbarth, rag ny bleg dhedhans bos separatys re bell. Ny gafas Pengersek lowr a dermyn i'n nos dhe wil an hus a vo res dhe gybya an gallos in mes a'n Jowal ha gwil mêstry warnodho."

"Now, gortowgh pols!" yn medh Bèn adreus, "hèm yw neppyth a allama gwil ow honen, heb gweres dhyworthowgh why bò dhyworth den vÿth aral. Ny worama in hanow Duw prag na wrug avy predery a hebma kyns lebmyn. Me a wor ple ma trigys Milliton; ny vien moy ès deg mynysen i'n carr. Yma an mater determys ytho. Yth esoma ow mos dres ena lebmyn. Me a vydn desky lesson dhe'n muscok-na ha me a'n gwra yn ewn. Y codhvia hebma bos gwrës misyow alebma!"

Diegrys o Jowan. "Saw, a Bèn! Nyns yw taclow mar esy. Ev yw galosek dres ehen. Ny via chauns vëth genes wàr y bydn!"

"Hèn yw gwir," yn medh Corantyn. "Pengersek—an den esowgh why ow kelwel Henry Milliton—ev a alsa heb caletter vÿth dha weskel dhe'n dor a pe va whensys dh'y wil. Ev yw pòr skentyl i'n tebel-artys—"

"Ny wra hedna y witha dhyworth stewan dâ!" a leverys Bèn ow coderry y gows. "Duw yn test, ny wra va ow sensy dhyworto mar esy avell hedna. Nâ, sos, Milliton a vÿdh edrek ev dhe glôwes bythqweth a Eglos Beryan hag a deylu Trevelyan. A Ned, kebmer with a'n re-ma oll erna dhyffyf tre arta." Ev êth in mes ha degea an daras wàr y lergh gans bobm brâs, hag y a woslowas yn tyweres fatell wrug an *Land Rover* fystena in mes a'n buarth in maner vuscok.

Ny ylly Jowan bos moy anes. "Prag na vydnas ev goslowes?" a wovydnas ev.

"Ev yw serrys hag a'n jeves fienasow brâs," yn medh Corantyn. "Pàn yw nebonen indella, gyllys qwit yw y reson. Na borth awher. Ny vÿdh Bèn pystygys. Ny vÿdh Pengersek i'n tyller."

"Pywa?" yn medh Jowan, egerys y anow dre varth. "I'n câss-na ple ma va? Fatell yllyn ny y gafos?"

"Assa via dâ, a cothfen hedna." An fai a esedhas arta ryb Gawen. Nyns esa ev ow ry oy a'n godn in dewla Ned. "Yth esoma ow cresy bytegyns ev dhe vos in Beleryon whath: gwir yw bos hebma pow bian, saw yma kebmys tyller cudh ino. Othem vÿdh dhyn a dermyn—"

"Nag eus genen," yn medh lev yn cot dhia an daras. Y a viras in bàn yn scav—Ned ha'y wreg a viras gans own—hag a welas fygùr coynt a Jack an Morthol, inclinys yn syger wàrbydn post an daras. "Saw," yn medh ev, "yma fordh martesen. Esowgh why mar uskys owth ankevy men tellys Goon Aj'Idnyal?"

Scrynk pòr lowen a lesas dres bejeth Gawen. "An stenor a lever an gwiryoneth. An men tellys!" An minwharth êth in kerdh. "Saw usy y allos gesys dhodho? An men re bia drog-dhefolys."

"Te, gadlyng coth, te a vynsa denaha an howldrevel, a pe va ow tallhe dha lagasow," yn medh Jack, ow qwil ges anodho. "Othem via a voy ès mellya tus rag kemeres y allos dhyworth an men-na."

"I'n câss-na res yw dhyn ny departya heb let!" a grias Corantyn yn sherp.

"Ea, in gwir," a leverys Jack yn acordys ganso. "Rag hedna me re dhros mergh obma, hag in aga mesk yma an vergh-na a wrussowgh why kelly mar dhybreder wàr an woon de, a Trevelyan yonk."

"Gortowgh pols," yn medh Ned in udn groffolas, "Ny worama pyw owgh why, a syra, saw ny vÿdh den vÿth ow mos tyller vÿth erna dheffa Bèn tre."

"Saw, a Ned," yn medh Jowan ow pledya, "ny'gan beus dêwys vÿth!"

"Termyn," yn medh an stenor owth entra an rom yn syger, "yw an udn dra na yllyn ny sparya. Yth hevel dhybm, y fÿdh Pengersek ow whilas performya hus completh ha galosek. Me a grÿs na yll ev spedya marnas in onen a beder nos i'n vledhen, hag ena res yw bos an loor leun. An nos haneth yw onen a'n nosow-na—Nos Golowan—ha leun yw an loor.

"Yma genen bys in termyn hanter-nos, nebes moy ès whetek our, warlergh ow recknans, dhe gafos an vowes ha'n jowal ha'ga delyvra. Hanter-nos, a gowetha, ha mynysen wosa hedna a vÿdh ro holergh."

"Ha mar ny wrewgh why hy hafos kyns ès an prÿs-na?" a wovydnas Ned.

Mir lowen an stenor a veu trist. "Gwell via dhywgh heb govyn hedna."

Jowan a viras in bàn ha muskegys o y lev, "Ned, me a'th pÿs. Res yw dhis agan gasa dhe vos!"

Y feu own brâs gwelys wàr fâss an gwas coth, na wodhya pÿth o an gùssul wella. Jack an Morthol a gerdhas yn lent dhodho ha trailya barel an godn adenewan. Dywscoth Ned a godhas hag ev a viras orth an leur yn fethys. "Nyns o an godn cargys in neb câss," ev a leverys in dadn y anal. Dorn Jack a bowesas wàr scoodh an cothwas. "Densa os, Ned Hosken, ha lel dhe'th cothman coth. Saw ny a'gan beus an gwir i'n mater-ma, crÿs dhybm. Res yw dhyn departya dystowgh, saw pàn wrella an tiak dewheles, lavar dhodho y hyll ev agan cafos ryb Men an Toll."

Bèn a wrug dyfudhy an jyn hag a studhyas chy Milliton der an skewwyns. Drehevyans lobm a ven growyn o, ha nyns esa i'n stât dâ. Y sevy y honen oll neb udn vildir dhyworth Eglos Beryan. Yth esa an to in tebel-plît, rag yth o lies lehen gwayys mes a'ga thyller bò kellys yn tien. Yth esa onen bò dyw anodhans codhys an to wàr nans ha kechys i'n shanel kewniek. Yth esa an fenestry crackys ha mostys ow miras in mes yn whag.

Bèn a remembras nos, nebes seythednow kyns an jëdh-na, pàn esa ev y honen ow kerdhes an vownder-ma ahës. Ev a dheuth nes dhe'n chy ha clôwes sonyow stranj ow tos in mes anodho, hag ev a welas golowys uthek ow tywy dre dell hag ajwiow i'n groglen frêgys. Yth hevelly dhodho bos cloud a dewlder crunys adro dhe'n chy, hag ev a glôwas Milliton, ow cana antempna coynt in lev uhel undon. An tiak a borthas cov fatell worras an gân-na scruth ino, ha fatell hevelly dhodho bos dorn a own istynys in mes a'n chy bys dhodho. Ev a remembras inwedh fatell wrug ev uskys'he y dreys tro ha'n dreveglos ha tro ha golowys hegar tavern Eglos Beryan.

Ev a remembras inwedh an gordhuwher wosa margh Milliton dhe settya orth an prownter, an dra-na dhe vos dadhlys gans pùbonen i'n tavern. Yth o kenyver onen agries Milliton dhe vos edhen coynt, ha den peryllys kefrÿs martesen. Udn poynt bytegyns ny veu campollys bythqweth gans den vÿth, kynth esa va in brÿs oll an dus. Yth esa neppyth in natur Milliton na vynsa onen vÿth anodhans côwsel adro dhodho. Coynt lowr an prownter y honen a dheuth an moyha ogas dhe gampolla an dra-ma.

"Awos oll y gortesy," yn medh ev ow tùchya Milliton, "yth esoma ow predery nag yw Cristyon an den-na. In gwir ev a leverys kebmys dhybmo vy. Hag ow tùchya an uthvest a vargh usy dhodho, nyns yw hy kepar ha ken margh vÿth aswonys dhybm. Peryl yw hy dhe drigoryon an côstys-ma. Martesen ny godhvia dhybm leverel hebma, saw me a grÿs bos drockoleth pur ow tewraga in mes a'n den. A wrug onen vÿth ahanowgh merkya an tokyn cregys adro dh'y godna? A wodhowgh why pÿth ywa— an pÿth usy ev ow styrya? Nâ? Yth yw an pentakyl omwhelys; onen a'n arwedhyow devnydhys gans tus codnek i'n tebel-artys!"

Bèn a gerdhas dres yet an lowarth, esa a'y wroweth adenewan kepar ha pedn medhow. Yth o daras arag an chy deges, ha kepar ha'n yet, yth esa an paint ow tos dhywarnodho, hag yth o lies scanten a'n paint codhys wàr an truthow. Goles an daras o kelys in dadn kewny tew.

Ev a gildednas dhyworth an daras ha herdhya gothen y votasen wàr y bydn gans oll nerth y sorr crunys. An daras a neyjas ajy, an bahow ow sqwardya dhyworth an post pedrys.

Yth esa doust tew wàr bùp tra, ha cres pengasen an tiak a drailyas, pàn gonvedhas hedna dhe vos cùntellys dres lies bledhen. Ny wrug troos vÿth tùchya an doust wàr an leur. Ny wrug den vÿth trettya i'n chy nans o termyn hir, saw hèm o trigva Milliton. Ev a welas an den gans y lagasow y honen ow mos ajy hag ow tos in mes anodho. Nyns esa styr vÿth i'n mater.

Bèn a erviras ascendya rag miras orth an rom-na avàn, may whelas ev an golowys ha may clôwas ev an lev ow cana in mes anodho. Saw dystowgh ogasty ev a gonvedhas na vedha hedna a brow vÿth, rag an kensa stap a'n stairys cul a wrug browsy in dadn y droos. Confùndys ha sowthenys, ev a gildednas bys i'n hel, hag a savas ena tecken rag ombredery.

Ev a grenas. Yeynder down o devedhys dhe'n air adro dhodho, hag yth hevelly dhodho fatell o golow an howl wàr ves gyllys in kerdh. Yth esa skeusow ow formya le nag esa skeus vÿth namnygen, ha'n tiak a dhallathas omglôwes i'n presens a dhregyn heb hanow. Y lagasow a neyjas dhe'n stairys tewl, ha'n anal a sias in mes der y dhens.

I'n tewlder yth esa tra ow talleth formya y honen, ha'n spottys a dhoust cregys i'n air a veu sùgnys bys dhodho. Ena yth esa cregys i'n air fâss hir ha tewl, hag ino y feu gwelys neppyth a'n dhewlagas, leun a dhrog hag ow lesky gans golow tan. Rudh o an dhewfrik ledanhes hag yth esa an ganow ewonek ow tynsel genva dhywel. Y feu clôwys an carnow ow stankya wàr estyll noth an leur, ha Bèn a gudhas y scovornow gans y dhewla, pàn dhyllas an spyrys gryhias bodharus a sorr. Ev a blynchyas in kerdh ha'n gwayans-na a'n selwys, rag carn hernys margh a neyjas der an air i'n tyller

93

may feu y bedn tecken kyns. An carn a herdhyas wàr bydn an fos ha sqwardya toll brâs i'n lathys ha plaster.

An tiak a drebuchyas wàr dhelergh. Kechys veu y seulyow in amal an daras trogh hag ev a godhas, in udn rollya dyweres der an porth hag in mes wàr lergh an lowarth.

Terrys o an hus. Gryhias lybm ha yeyn a dewys hanter-gwrës, pàn esa Bèn wàr y beswar paw ow miras ajy i'n chy tewl. Saw gyllys o an dra in mes a wel. Certan o Bèn pandr'o an pÿth a welas ev. Casek Milliton veu; best ha cowethes an pystryor.

Bèn a drailyas dhyworth an chy ha heb sham vÿth ev a fias.

Pàn dhrehedhas an *Land Rover*, Bèn a esedhas ha'y bedn ow powes wàr an ros lewyas. Nyns esa owth anella, mes ow tiena in ujow. Yth esa y golon ow cronkya wàrbydn y asow hag ev a gafas y honen ow trembla dhyworth y bedn bys in y dreys.

Wosa nebes mynys ev a viras in bàn ha plegya tâl. Yth o neppyth cabm... chaunjys. Ea, hèn o an dra. Nyns esa an skeusow i'n tyller ewn. Ev a barkyas y garr warbydn ge meyn, esa in dadn wolow leun an howl. Lebmyn yth esa i'n skeus. Ny ylly hedna bos. Ny alsa an howl gwaya kebmys in nebes mynys.

Namnag o va muskegys der own. Ev a viras orth y euryor ha shakya y bedn arta hag arta, rag ny ylly cresy an pÿth esa dhe redya wàr an dial. Wosa ev dhe entra an chy, pymp mynysen alebma yn certan, moy ès peswar our o passys.

94

Radn Dew

A Vÿdh Osow Kemyskys?

Chaptra 13

Orakyl ha Hornven

Yth esa gwyns crev owth ola dres an woon lobm, in udn whyppya blew Jowan wàr dhelergh dhywar y lagasow, hag ev ow miras orth an veyn goynt i'n eythyn. Y o try in nùmber, y oll adro dhe beswar troshes in uhelder ha settys in linen gompes. Men hir tew o an kensa ha'n tressa men, saw Jowan a gemeras marth pàn welas ev an men i'n cres. Legh in form a ros o va, hag yth esa toll ino, brâs lowr may halla den tevys cramyas dredho. Yth esa Men an Toll a'y sav wàr Woon Ajy Idnyal nans o termyn mar hir, na ylly den vÿth leverel pyw a'n settyas in bàn na prag.

Jack a levery bos gallos specyal dhe'n men, ha tus an pow, an re-na kyn fe a gresy aga honen dhe vos moy 'wharhes', y fedhens y whath ow whilas gwil devnyth a'n keth gallos-na, kyn na wrug den vÿth bythqweth meneges ev dhe wil indella. Sawyor o an men. Y hylly sawya oll sortow a glevejow in keyn mab den. Ny vedha res mès cramyas naw treveth adro dhe'n men warbydn an howl ha mos der an toll wosa pùb tro. Y fedha leverys an men dhe vos an moyha galosek Nos Golowan, ha fatell o res dhe'n den clâv performya pùptra yn noth.

"A pesta obma haneth," yn medh Jack dhe Jowan, "te a vynsa wherthyn ow qweles an sport. Tus a genyver sort, rych ha bohosek, ow cramyas der an men mar noth ha mar wynrudh avell i'n jëdh a'ga genesygeth. Ny allama leverel mar qwrug an men sawya den vÿth, rag ny veu othem dhybmo vy bythqweth a'y ely."

"Prag yth eson ny obma dhana?" yn medh Jowan. "Ny allama ùnderstondya in pana vaner a alsa ely rag glos i'n keyn bos vas dhyn in udn whilas Peny."

"Saw me a'm beus govenek an men dh'y throvya," a worthebys Jack. "Yth esta ow qweles, bos Men an Tol orakyl inwedh. Y wharva kyns lebmyn an Men dhe wortheby qwestyons, pàn o parys dh'y wil."

97

"Y ûsadow o gortheby qwestyons i'n termyn eus passys," yn medh Gawen, "saw ny worama a wra va gwil indella i'n tor'-ma. An veyn re sùffras yn frâs; y re beu movys oll adro moy ès unweyth, dhe'm skians vy."

Jack a bendroppyas. "Y re beu movys in gwir, saw ny yll den vÿth kemeres dhyworth an veyn vertus a'n par-na. Ny a welvyth."

"Te a'th eus skentoleth brâs i'n maters-ma, a stenor dâ," yn medh Corantyn. "A vydn an veyn dha wortheby?"

"Me a vydn y assaya. Ny allama gwil namoy."

"Saw an pydnys," yn medh an fai ow pesya. "Rag hebma res yw ûsya dew bydn, hag y a dal bos gwrës a vrest. Taclow a'n par-na yw kefys bohes venowgh i'n dedhyow-ma."

In le gortheby Jack a gemeras sagh y dhaffar dhywar y scoodh ha sarchya ino pols. Ena ev a vinwharthas ha sensy in bàn yn vyctoryes dew bydn hir ha spladn. Y yw gwrës a vrest. Gawen a wharthas. "Me a garsa govyn," yn medh ev yn jolyf, "pandra nag eus genes i'n sagh-na?"

Jack a vinwharthas orto, hag ena ev a settyas an dhew bydn in form crows wàr an men tellys. Ev a dednas an morthol in mes a'y wrugys ha'y settya a'y wroweth dhe'n dor ryb an sagh a grohen. Ev êth wàr bedn dewlin dhyrag an men, gorra y dhewla flat warbydn y denwednow, ha'y dâl ow tùchya an men yeyn yn scav.

Ev a remainyas ena pos, heb gwaya ha heb leverel ger, hag yth esa y vrÿs owth istyna in mes tro ha gallos mystycal Men an Toll. Wàr an dyweth ev a gowsas. Medhel o y gows ha scant ny ylly bos clôwys, saw kepar dell esa Jowan ow coslowes, ev a brederys yth esa moy i'n den coynt-ma ès dell o aswonys ganso.

"A ven a ely, a ven a gùssul, lavar dhym bodh ow brÿs. Yth esof ow whilas myrgh Trevelyan, usy gensy Men Cùrun Lethesow, nowyth dhewhelys in mes a'n downder; yth esoma ow whilas kefrÿs Arlùth an Tebel-art, Marhak Pengersek, usy an vyrgh codhys in dadn y dhanjer. Yma drog ow codros pow Beleryon hag ogas dhyn yw Nos Golowan. Clôw ow fejadow lebmym, a orakyl tawesek; dysqwa dhybm an pÿth a whilaf."

Ny'n jeva Jowan tybyans vÿth a'n dra a vydna wharvos. An men coth a remainyas heb gwil son vÿth.

"An pydnys," a whystras Gawen. "Gwelowgh. Ymowns y ow qwaya!"

Jack a settyas an dhew bydn in form crows wàr an men tellys.

Yth esa onen anodhans ow qwaya in gwir; i'n dalleth scant ny ylly an gwayans bos merkys. Ena an pydn aral in udn sqwychya, kepar ha pàn ve va horn ow cortheby dhe denven, a dhallathas gwaya kefrÿs. Yth esa plegow in fâss an stenor hag ev ow strivya jùnya y brederow dhe allos an men tellys ha'ga sensy ena; yth esa an nerthow dywel ow frosa inter carrek ha den.

Yn lent an pydnys a dhygrowsyas erna wrussons y form an lytheren V. Ena an movyans a cessyas. Polsans an fros in crystal an men a cessyas arta. Jack a remainyas mayth esa tecken, ha wosa hedna sevel yn tiantel wàr y dreys. Gwydn o y fâss ha tednys, kepar ha pàn ve oll y nerth sùgnys in mes anodho.

"Me a ancovas fatell usy an men ow kemeres oll nerth in mes a eskern nebonen," yn medh ev in udn dhiena. "Me a glôw na wra an gwander-ma durya marnas termyn cot—me a'm beus govenek bos hedna gwir. Ytho, gesowgh ny gweles mar qwrug an men agan gortheby."

Ev a drailyas y lagasow dhe'n arweth gwrës gans an pydnys hag ev a dherevys y bedn dhe viras an fordh-na. Y fâss a veu cales. An fâss hegar, aswonys gans Jowan nans o termyn cot, a veu gwydn gans conar lettys. Nyns o y lagasow jolyf na fella, saw y o poyntys a ven flynt. An stenor a wrug dornow ferv gwydn a'y dhewla, hag a anellas in udn sia yn serrys der y dhens deges. Ena, pòr uskys, y fâss a veu lowsys hag yth esa y vir ûsys cuv dhe weles arta.

"Ytho! Ena yma fow an pystryor." Ev a boyntyas. "Ny wra hedna agan ober bÿth moy esy." Udn vildir ha hanter dhe'n soth-west yth esa bre ow terevel, hag yth esa linen dewl a vagoryow terrys wàr hy thop.

"Castel Chy Woon," yn medh Corantyn yn cosel. Gawen a wrug pors a'y wessyow barvek heb leverel tra vÿth. Arta Jowan a verkyas conar dawesek wàr fâss an stenor. "Ny'gan beus marnas bys hanter-nos," yn medh an fai, "ha hèm yw Nos Golowan."

"Ny worama agas convedhes," yn medh Jowan yn sodyn. "Den vÿth ahanowgh! Pandr'yw mar gales adro dhodho? Me a welas an tyller; nyns yw marnas magor. Yma an fosow oll tôwlys dhe'n dor—den a yll entra ino warnodhans."

"Ny allama denaha te dhe leverel an gwiryoneth," yn medh Corantyn. "Saw crÿs hebma, a Jowan: mar teffes ha mos dy yn serrys, te a vynsa cafos an keth fosow-na restorys dh'aga uhelder ha'ga splander kyns.

Indella yth yw pystry Arlùth an Tebel-art, hag ev yw agan escar. Porth cov nag yw pystryor den vÿth ahanan." Jack a istynas in mes y dhorn, derevel y bydnys ha'ga settya arta in y sagh. "Yma othem dhyn a dhew dra moy ès tra vÿth aral. Gweres moy, ha towl rag gwrians a alsa spedya. Nyns yw onen vÿth esy dhe gafos." Jowan a omglôwas anes pàn esens y ow kerdhes dhyworth Men an Toll. Ev a glôwas kil y godna dhe vos ow lesky, kepar ha pàn ve lagasow ow miras orto in dadn gel. Ev a draynyas nebes, hag yth esa y lagasow y honen ow neyja yn hewol dhia denewan dhe denewan. Corantyn a verkyas ev dhe hockya hag êth wàr dhelergh dhodho ha kerdhes ryptho. Pedn an fai o inclinys nebes, hag ev owth aspia oll adro yn tyfun. Ny wrug Jack na Gawen merkya bos aga howetha anes, hag ow kescowsel yn freth warbarth y a gerdhas in rag tro ha'n vownder arow, mayth esa an vergh.

"Nyns usy dha skians na dha aswonvos orth dha dùlla," a leverys Corantyn yn cosel dhe'n maw. "Yma nebonen ow miras orthyn abàn dheuthon ny dhe Ven an Toll. Me re beu hewol, saw ny welys vy tra vÿth. Kelys dâ yw an aspior, pynag oll a vo."

Yth esa Jowan ow covyn orto y honen, a via fur dhe warnya Jack ha Gawen, saw yth esens y re bell in rag. Eythynen a wrug rugla adrëv aga heyn hag in mes a gornel y lagas Jowan a welas form dhyscler ow lebmel in mes wàr an trûlergh. An maw a drailyas ha rewy. Yth esa creatur uthek a'y sav dhyrag Jowan, hag ev a gemeras scruth anodho.

Yth o an dra ogas dhe uhelder den, saw yth hevelly bos le y hirder, dre reson y vos ow plattya, parys dhe spryngya. Nyns o corf an creatur gwyskys in tra vÿth moy es ken crebogh. Y esely o re hir dh'y gorf hag uthek cul ha tanow, kynth esa nerth brâs inhans. Gwydnyk o y crohen, ha nebes a lyw loos ino; an dhewla o ewynek ha'n dreys brâs ha plat. Idn o y dhywscoth ha'n codna o crigh dygig. An pedn o pòr vrâs, rônd ha blogh, hag yth esa gwythy uthek whedhys ino. Y lagasow melen o kepar ha falsow cul. Brâs ha crobm o an dhewfrik cabm a-ugh an ganow dyfacys, esa owth istyna bys i'n scovornow uhel ha sherp. Yth o y dhens lybm ha noth, rag yth esa an dra ow scrynkya yn casadow.

Y fedha an uthvil drivys der anyen. An dhewfrik uhel a glôwas an odor a fai—y escar tradycyonal ha'y gontrary moyha hatys dhia bàn dhallathas an termyn. An creatur a wodhya yn tâ fatell esa ev onen warbydn dew, saw y skentoleth teythyak a leverys dhodho bos onen anodhans rewys der own. Martesen y halsa ladha yn uskys ha dyberth kyns ès an re erel dhe wil tra vŷth.

An uthvil a bowesas tecken hag ena ev a labmas yn tybyta orth Corantyn. Dagyer gwerven a wrug terlentry in y baw ewynek, saw an fai a veu mar scav avell luhesen. Ev a gerdhas in rag hag a swarvyas yn skentyl in dadn lescans sherp an lawn. An creatur, wosa rollya in kerdh a savas mar uskys wàr y dreys avell cath. Corantyn a savas yn uskys kefrŷs, saw ev a gachyas y wewen in corden y warak y honen, hag a drebuchyas wàr y dhewlin. An creatur a labmas, ha'y dreys ascornek a diras yn cales wàr geyn Corantyn. An fai a veu herdhys flat wàr y fâss ha'n best a scrynkyas yn uthek, ow terevel an gollel rag y ladha.

Jowan a glôwas tra vian dewl ow whyrny dres y scovarn, hag ena an dra a weskys an uthvil in cres an brest. Ev a dhyllas scrij cot tanow. Y feu gwelys luhesen a flâm, ha'n uthvil a godhas avell browsyon warnodho y honen. Hager-flerynsy a bygas dewfrik an maw, hag ena ny veu gesys marnas lusow loos in crugell vian wàr an gwels.

Corantyn a savas wàr y dreys, gwydn y vejeth, ha Jack a gerdhas dresto rag kemeres in bàn y hornven. Ev a shakyas an lusow dhywarnodho, ha'y gregy unweyth arta adro dh'y godna.

Jowan a viras orth crugell an lusow. "Pŷth a veu hedna?" a wovydnas ev ow trembla rag ewn uth.

"Nyns o va cothman dhyn ny," yn medh Jack. "Te wor lebmyn pana semlant eus dhe onen an spyryjyon. Ha drog yw taclow mar kyllons y scolkya in dadn wolow an howl, heb aga nywlow ha'ga glaw sodyn dh'aga heles. Fatell osta jy, a Corantyn?"

"Ny veuma pystygys," a worthebys an fai. "Gromercys dhis, a stenor. Ass yw drog an hornven gans an bùckyas-na."

"Mar towns y an eyl wosa y gela," yn medh Jack in udn viras orth an lusow, esa ow talleth scùllya dhyrag an gwyns. "Saw ny vŷdh an hornven lowr, mar pŷdh res dhyn metya gans ost anodhans warbarth."

Yth esa taclow uthek ow wharvos ha Jowan a omglôwas clâv in y golon. Rag an kensa prŷs an mernans re bia campollys, ha presens uthek an mernans a'n constrinas ev dhe wovyn an pŷth esa ev ow perthy dowt anodho, heb y leverel. Ev a settyas y fâss hag a wrug geryow a'y fienasow: "Mar pleg dhywgh—me a garsa clôwes an gwiryoneth. Me re glôwas adro dhe solempnytas a'n Pystry Du hag a daclow kepar. Y fedhons y ow sacryfia tus, a ny vedhons?"

Jack a settyas dorn hegar wàr y scoodh. "Y a wra indella traweythyow, a Jowan. Saw ny gresaf vy y fÿdh hedna gwrës i'n câss-ma. Yma genef dew reson rag leverel hedna. I'n kensa le yma Pengersek ow whilas bos moy galosek ès onen vÿth aral, rag hedna ny welvyth ev person vÿth a alsa ev gwil sacryfis dhodho. I'n secùnd le, ny vedh ev myshevya dha whor jy, na ny wra va settya dorn wàr Jowal an Gùrun naneyl, rag dowt ev dhe dhystêwy y honen. Heb dowt ev a wra hy dyghtya gans oll clorder ha jentylys. Ny'n jeves ev dêwys nahen, ha ny yll tra vÿth ken ès pystry brâs i'n termyn ewn tùchya an Jowal." Y dhalhen a veu dhe greffa, ha Jowan a viras aberth in y lagasow o leun a wiryoneth hag a lelder.

"Yth esta ow reqwirya an gwiryoneth dhyworthyf, a Jowan, ha me a vydn ry an gwiryoneth dhis, heb keles tra vÿth ha heb sparya tra vÿth. Hèm yw an peryl gwir hag ownek rag Peny: mar teu Pengersek ha soweny ow wrestya gallos dhyworth Jowal an Gùrun, nerth y hus warbarth gans lyfreson sodyn hag uthek in mes a Jowal an Gùrun, a vÿdh mar grev ma na wra hy bewa dredho martesen."

"Na wra hy bewa dredho? Yma chauns y whra hy merwel?"

Jack a shakyas y bedn. "Gwell via na ve hy dhe vewa. Hy enef, hy spyrys a via leskys ha dystrêwys yn tien. Hy horf a vynsa bewa pella martesen, saw hy a via plysken wag, anteythy. Ny alsa hy gwil na predery tra vÿth. Ny via hy bêwnans marnas ancow dyfun."

Ny ylly Jowan leverel tra vÿth bys pedn mynysen. "Ena res yw dhyn y lettya," a grias ev in dysper. "Res yw dhyn!"

"Ha ny a vydn y assaya," yn medh Corantyn, "bò merwel ow whilas y wil. Saw ny wrussyn ny desmygy whath an fordh ewn rag y wil."

Y feu fâss an stenor tewl gans y brederow. "Me a vydn agas gasa obma ytho," yn medh ev. "Yma i'm brÿs neppyth nag yw moy ès tybyans, saw y tal y assaya bytegyns. Te a leverys neppyth, a Jowan, a wra dhybm miras dhe'n ÿst rag an gorthyp." Ev a drailyas dhe Gorantyn. "Gwra dewheles dhe Castel Tredhin, rag sarchya ena dre govathow Merlyn coth: res yw bos neppyth i'n tyller a alsa agan gweres. Mar ny wrama danvon ken ger dhis, gwrewgh metya genef in Chy Sylvester orth an howlsedhas."

"Y fÿdh an termyn dhe voy precyous, a sos, gans pùb mynysen usy ow passya."

"Me a'n gor, a vab Gwalghmay. Bÿdh a golon dhâ."

Chaptra 14

Osow a Vÿdh Kemyskys

Jowan a viras orth Jack an Morthol ow marhogeth in kerdh toth brâs dres an woon. Ev a viajyas dres an vùjoven henwys Fordh an Stenoryon, ernag êth ev in mes a wel. "Pandr'a vydnyn ny gwil lebmyn?" a wovydnas ev.

"Ny a wra kepar dell veu comendys gans an stenor," a worthebys Corantyn, "ny a vydn marhogeth dhe Dredhin. Pàn vo va ow sewya ordenansow an orakyl, ny a res sarchya der an cronyclys coth. Yma lyvrow ha rolyow scrifa Merlyn remainys in Castel Tredhin abàn verwys. An stenor martesen a'n jeves an gwir: y hyll an gorthyp bos ena."

Y a dhepartyas wàr aga mergh ow mos wàr onen a fordhow kevrinek Corantyn. Yth esa nywl tanow i'n air, ha dre reson a hedna, yth esa golok dhevrak wàr an gorwel. Bytegyns scant nyns esa cloud vÿth i'n ebron a-ughtans. Codhys o an gwyns yn frâs, hag a pe taclow dyffrans, jorna perfeth a hâv a via an jëdh -na.

"Me a vydn derivas whedhel dhis," yn medh Corantyn, ow tedna y vargh compes gans merhyk Jowan. "Hèn a wra cot'he agan fordh, ha martesen te a wra desky nebes moy a'gan bÿs ny in mes anodho.

Lies cansvledhen alebma ha pell dhyworth Enys Breten, yth esa gwlas Asgard, trigva duwow an north, gelwys *Aesir*. Radn a'n dhuwow-na a vÿdh aswonys dhis, martesen, rag y o gerys dâ: Thor, mêster an taran; Odinn, an Tas Brâs; Baldur Teg; Loki an Dregyn. Yth esa Weland mab Wad, gov an *Aesir*, nùmbrys intredhans. Ev a wre oll aga arvow ha'ga hernes, ha nyns esa nagonen eqwal dhodho in sleyneth fur.

"Yth esa Asgard ow qwadnhe pùb termyn, rag dargenys veu dhe'n *Aesir* grev, y whre gallos nowyth derevel kyns pedn nebes cansvledhydnyow — ha nyns o cansvledhen marnas tecken cot dhedhans — ha'n gallos nowyth a vynsa aga honqwerrya; duw a gufter hag a gosoleth a vynsa apperya i'n norvÿs ogas dhe bow an Sarsyns, ha bewa termyn in mesk mebyon tus. Y a wodhya pàn wre an Crist-ma dos, Asgard a vynsa lehe. Ytho ny's teva dêwys vÿth ha res o dhedhans omry. "Onen warlergh y gela an *Aesir* a gemeras form a dus warnodhans aga honen. Y a drailyas aga heyn dhe dhuwsys ha kerdhes in mesk tus an bÿs. Weland Gov a dhetermyas dos dhe Vreten, rag delit dhodho o an whedhlow a glôwa adro dhe'n enys-ma. Ev a dheuth ytho ha powes in crug brâs esa a'y sav in cres kelly gwëdh, yn uhel wàr vre a Vùjoven an Soth. Tyller cosel ha dygoweth o, ha plesys brâs o ganso, hag ev o pÿs dâ remainya i'n tyller-na lies bledhen. Ev a veu aswonys dhe'n re-na esa ow viajya wàr an Vùjoven avell gov stranj ha tawesek, a vedha parys dhe hernya aga mergh rag gober bian. Ev o mar godnek may whrug y hanow spredya ales, hag ymowns y ow kelwel an tyller Govel Weland bys i'n jëdh hedhyw.

"Ev a drigas ena erna wrug ev hernya margh marchont, a dherivas dhodho adro dhe bedntir orth pedn an bÿs, tro ha'n howlsedhas. Y feu whans dhe wodhvos anowys in Weland, ev a asas an crug hag a dhallathas wàr y fordh rag cafos an pow marthys a sten.

"Pòr gales o forsakya y dhuwsys ha bos den in y fordh y honen rag onen kepar ha Weland kyn fe. Rag an kensa treveth bythqweth in y vêwnans, ev a godhas clâv. Cleves uthek ha poos o; y gov a'n gasas hag ev a wandras adro in gwylfos *Dartmoor*. Ev a veu kefys ha gwithys gans Dart, chyften coth, hag ev a'n kemeras avell y vab y honen, rag anvab o va. Ny wodhya Leland y hanow y honen na fella. Rag hedna Dart a ros ken hanow dhodho. Wosa hedna pàn dhewhelas y gov dhodho, Weland a borposyas sensy y hanow nowyth; nyns o an hanow-na traweythys hag ev a ros dhodho an anonymyta desirys ganso. Ny ancovas ev bythqweth y gendon dhe Dart coth, ha wosa dalleth y whythrans arta, ev a wre dewheles yn fenowgh ha royow ganso. Ev a garsa bos certan na vedha tra vÿth ow lackya dhe'n den coth i'n nebes bledhydnyow gesys dhodho.

"Ytho wàr an dyweth Weland Gov a dheuth dhe stenegow Beleryon. Ena ev a veu cothman dâ a'n chyften Tobmas Hir. Dre reson bos Weland mar skentyl, y aga dew a drovyas meur a wythy sten ha desmygy a wrussons fordhow nowyth rag obery ha rag tedha an olcan. Ha dre hedna aga rycheth ha rycheth pobel Beleryon a encressyas yn frâs.

"Heb mar yth o Weland dyvarow pùpprÿs, saw pàn wrug ev den anodho y honen, ev a gafas emocyons mab den. Ev a godhas in kerensa dhown gans Genevra, myrgh gotha Tobmas. Ev a wrug demedhy gensy hag a veu tas a deylu brâs. Yma lies teylu i'n west a Gernow hedhyw mayth yw Weland Gov aga hendas.

"Termyn cot kyns ès ev dhe dhemedhy gans Genevra, ev a dheuth warbydn an power a bystryor uthek, Arlùth Pengersek henwys, rag yth esa ev, wosa mernans y wreg y honen, ow coveytya sten Tobmas Hir, y rychys ha'y vyrgh. Ny spedyas ev in tra vÿth, rag Weland o moy wyly agesso ev. Hag yn scon wosa bos fethys indella, Pengersek êth mes a wel an dus in magoryow leskys y gastel.

Weland êth in rag in udn soweny, saw ev a ylly sensy dhyworth pùbonen pyw ova in gwir. Kepar dell esa y wreg ow tevy coth, ev a wre chaunjya y semlant, kepar ha pàn ve an henys ow tos warnodho kefrÿs. Ev a vyldyas dinas crev rag y deylu, may halla bos to a-ughtans ha tyller dhe witha ha dhe dedha an sten, meur y valew. I'n termyn-na y fedha morladron owth assaultya an cost.

"Yma remnant an dinas dhe weles in top an vre-na yn hons, hag aswonys yw avell Castel Chy Woon."

Jowan a verkyas dewyn stranj in lagasow an fai, dell wrug ev pesya gans y whedhel.

"Ow tùchya Weland, wosa mernans Genevra, ev a dhaskemeras an tùllwysk moyha kerys ganso, hag yma va ow qwandra adro in Breten bythqweth dhyworth an jëdh-na. Dell yw ûsys ev a vÿdh gwelys avell den yonk in côta coynt gwrës a grohen denewes du; ev neb o duw kyns lebmyn hag a wrug gevelya Mjöllnir Meur, morthol Thor, yma va i'n jëdh hedhyw kyn fe ow ton adro ganso hevelep an morthol-na in y wrugys."

Ganow Jowan a egoras yn ledan pàn gonvedhas yn leun geryow Corantyn. Ha Jowan a remembras kefrÿs conar an den, pàn dhyscudhas nag o fow an pystryor ken ès Castel Chy Woon, an dinas re bia gwrës ganso y honen moy ès dyw vil bledhen alebma.

Yth esens y i'n tor'-na ow crambla tenewan Try Carn in bàn, hag y a welas yn cler pana dhâ o an tyller dêwysys rag an castel. Yth esa an castel ow comondya tireth efan, hag y hylly den miras pell alena orth an pow a bùb tu hag orth an mor kefrÿs. Mar dhâ o tyller an castel, na ylly den vÿth dos nes dhodho heb bos gwelys marnas in nywl pòr dewl dhyworth an oon.

Golva dhâ o Try Carn y honen—gans y dechnologyeth goth ha nowyth kemyskys yn coynt. Yth esa men hir dhyworth Oos an Brons warnodho ha degemeryth radar an airlu inwedh, neb o haval dhe badellyk neyja. Dhywar uhelder moy ès seyth cans troshes y a viras dhe'n dor orth nans in shâp a scala, esa Carn Ujek a-ughto. In pellder dhywortans y a welas Lanust. Pella whath owth istyna bys i'n lewgh yth esa ow crowedha an Mor Atlantek.

Saw yth hevelly dhe Jowan fatell esa neppyth as y dyller. Ny wrug ev percevya tra vŷth a ylly ev gorra y vès warnodho, saw yth o neppyth i'n air adro dhodho chaunjys, dre sotelneth hag yn tywel. Ev a blynchyas. Yth hevelly dhodho fatell wrug golow an howl labma tecken munys, kepar ha lugarn fowtek. Corantyn a frodnas y vargh, hag esedha yn serth in bàn in y dhyber.

An golow a labmas arta.

"Pandr'usy ow wharvos?" a wovydnas Jowan hag ev a gresy y lev y honen dhe vos pell dhyworto. Yth esa Gawen ow miras oll adro, dowtys brâs, ha'y lagasow in dadn dâl plegys ow whilas neppyth na ylly gweles den vŷth anodhans.

Y teuth an dra heb gwarnyans. Oll an ebron a dewynyas yn sodyn gans lyw cogh, hag arta gans lyw melenrudh, melen, gwer ha lywyow erel, der oll colorys an cabmdhavas. An vergh a wrug gryhias rag ewn own. Corantyn ha Gawen a gafas caletter brâs ow controllya aga stedys diantel, ha merhyk Jowan a dherevys in dadno, worth y dôwlel aberth in eythynek. Y feu tecken a leun-dewolgow kyns ès golow ûsys an howl dhe dhewheles dhe'n bÿs.

"Osta pystygys, a vab?" yn medh Gawen.

Jowan a dherevys y honen gans rach in mes a'n eythynek, in udn tena dreyn sherp in mes a'y gorf. "Yth hevel dhybm nag ov," a leverys ev ow minwherthyn yn edrygys. "Coynt bytegyns, me yw certan nag esa an eythynek i'n tyller-na nans yw nebes mynys." An corr a wharthas yn scav in y vriansen ha ry arta frodn y verhyk dhe'n maw.

"Pleth eson ny?" Jowan a wovydnas.

Gawen a dednas anal sherp ha miras adro yn uskys. Yth esa tâl Corantyn nebes plegys hag yth esa fienasow dhe redya in y fâss.

Gyllys o an treven scattrys. Nyns esa Lanust owth esedha a-ugh an nans na fella. Chaunjys o patronys an gwelyow ha'n gwelyow o le. Yth o an nans tegys gans derow ha gans gwern, saw yth o an nans an keth nans bytegyns, overwelys dre wartha lobm Carn Ujek.

Jowan a drailyas y lagasow yn ownek tro ha Castel Chy Woon, ha namna wodhya an pÿth a wre va gweles. Yth esa an fosow a veyn growyn ow terevel in bàn dhywar dop an vre, ow qwil mêstry wàr oll an vu. An fos wàr ves o dewdhek troshes in uhelder, hag yth esa cledh adro dhodho trehys in mes a'n garrek. An fos aberveth o dywweyth uhella, ha hy o tew ha cadarn. An porthow, settys in igam ogam, o deges dre dharasow brâs a brednyer brith gans kentrow.

"Hèn yw an profecy arta," yn medh Corantyn. "' Bÿdh kemyskys osow.' Hèm yw Beleryon i'n wheghves cansvledhen.

"Ny res êth wàr dhelergh in termyn!" a grias Jowan.

"Nyns yw taclow mar sempel, del gresaf," yn medh an fai yn prederus. "Lavar kensa bos an termydnyow devedhys warbarth. Yma an ugansves cansvledhen oll adro dhyn, saw ny yllyn ny naneyl y weles na'y dùchya. Me re glôwas a daclow a'n par-na, hag a wor bos diantel an dymensyons a dermyn hag a spâss. Yma croglen inter an osow: pòr voll yw hy hag y fÿdh ajwiow inhy rag an re-na a allo aga hafos. Bytegyns an dra re wharva, ha collenwys yw ken linen a'n profecy."

"Ha ken linen moy," yn medh Gawen worth y woderry. "Trailyowgh agas lagasow dhe'n soth, a gothmans. Yma tansysow Golowan ow lesky wàr Vre Tyny."

Dyw vildir alena yth esa top rônd ha gell Bre Tyny ow sevel a-ugh an woon ader dro, ha dhywar y wartha yth esa teyr fluven a vog ow terevel i'n air avàn; yth esa tan dhyrag an howl.

Yth esa menweyth arbednek wàr an top a Vre Tyny—kelhek y shâp hag adro dhe beswar ugans cabmen adreus. Nyns esa cledh vÿth adro dhe'n vanken hag isel o. Scant nyns o an vanken mar uhel avell den, ha'y renkyow a esedhvaow re bia trehys in mes a'y fâss aberveth. In cres an kelgh yth esa teyr banken gelhek hag yth esa tansys a eythyn ow lesky hag ow crackya in kenyver kelgh anodhans, in udn dhanvon colovednow tew a vog in bàn i'n ebron.

Lenwys o an tyller a dus in powsyow ha penwyscow gwydnlas. Onen a'n dus in bagas bian, ogas dhe'n cres, a dhegy cledha brâs in y woon, hag yth esa den aral ow ton corn crobm, hag ev a'n settyas dh'y wessyow pàn entras Jowan, Gawen ha Corantyn i'n kelgh brâs. Nota cler hag uhel a wrug seny ha dasseny ha strechya wàr an gwyns medhel. Y feu taw wosa hedna, ha pùbonen a drailyas tro ha'n dus nowyth-dhevedhys.

Yth esa tus ha benenes a bùb bloodh i'ga mesk. Den, esa tegednow afinys a gober oberys ha polsys in y gerhyn, o aga hembrynkyas, hag ev o marthys dhe weles. Coth o va, saw y gorf o mar ferv ha mar serth avell corf athlêt. Ev o uhel dres ehen ha'y fâss kynth o va crigh, a'n jeva lagasow den yonk, lybm ha loos, saw leun a skentoleth hag a furneth a osow hir. Nyns o va kepar ha'y gowetha, rag y bows o a lyw moy down ages aga gwysk ynsy, hag yth esa brosweyth teg warnedhy. Hag adhan y bednwysk a'n keth color y fedha gwelys blew hir gwydn, kepar ha'y varv hir, kynth esa linow moy tewl inhy a bùp tenewan a'y elgeth. Crobm o y dhewfrik kepar ha gelvyn edhen a brai. Jowan a gresys ev dhe glôwes Corantyn in udn gachya y anal.

"Pandr'yw hebma oll?" a wovydnas Jowan, saw Gawen a'n gwarnyas dhe dewel.

"Bedhens revrons dhis," yn medh ev yn clor. "Hèm yw cùntellyans nobyl coth: Gorseth Berdh Kernow. Hèm yw cùntelles Golowan, saw mar nyns oma cabmgemerys, ymowns y metys warbarth rag agan kerensa ny. Bòken, dell gresaf, ragos tejy."

"Ragof vy?" yn medh Jown yn sowthenys, saw megys veu y gwestyon dre lev an Bardh Meur. An Bardh Meur a drailyas tro ha'n bardh esa an corn brâs in y dhewla, ev a erhys:

"Dhe Gernow, Kernyas, wheth dha Gorn. Ha'n clewer in hy feswar sorn… in Hanow Duw!"

An kernyas a drailyas tro ha'n ÿst, ha'n soth, ha'n west, ha'n north, ow troyllya an corn dhe genyver onen a'n peswar qwartron brâs.

"An Gwir erbynn an Bÿs," a leverys an den coth yn undon.

Ev a ros arweth dhedhans aga thry dhe skydnya dhywar aga mergh, ha try lewyth bardhek a dheuth in rag may hallens kemeres aga mergh.

Jowan a viras yn uskys orth Corantyn, neb a whystras, "Ev a vydn somona cres tergweyth. Taw tavas erna wrello ev côwsel orthys, rag me a grÿs y whra va gwil indella."

Y feu clôwys lev crev an Bardh Meur: '*Unweyth orthowgh y whovynnaf: Eus Cres?*'

Cry brâs a dardhas in mes a'n gùntellva, glas aga fowsyow; dew cans lev ow cria kepar hag udn den: "*Cres!*"

"*Dywweyth orthowgh y whovynnaf: Eus Cres?*"

"*Cres!*"

"Tergweyth orthowgh y whovynnaf: Eus Cres?"

"Cres!"

An Bardh Meur a ros sin dhe'n maw may halla dos in rag, ha sevel in le mayth esa, ena ev a gemeras y dhewla ha'ga sensy yn crev inter y dhewla y honen.

"Jowan Trevelyan, yth eson ny orth dha wolcùbma obma dhe'n cùntellyans-ma a Orseth Kernow. Yth eson ny ow ry agan wolcùm kefrÿs dhe Gorantyn, mab Farinmail, fai-arlùth Castel Tredhin, neb yw aswonys yn tâ genef. Ha dhe Gawen gwerryor, mab Gwalghmay, mayth yw y golon mar wiryon dell yw lybm y vool.

"Ow hothmans, yth esowgh why ow mos dhe Gastel Tredhin rag sarchya covathow Merlyn ena. Saw me a lever dhywgh fatell via agas viaj yn uver."

Ev viras dhe'n dor orth pedn crobmys Jowan ha leverel yn cosel:

"'In dedhyow stranj dhe'n corn ha'y gân
Bÿdh kemyskys osow, dywy'wra Men.
In seson Golowan dyw golon pòr lân
Owth egery darasow a gav cov an dus hen.
Bÿdh tan dhyrag howl, Bran gelwys abrÿs;
In Tewlder Du Pystry bÿdh an taclow-ma gwrÿs.'"

Jowan a viras wàr vàn yn uskys aberth in lagasow an den coth. "Te re glôwas hebma?" yn medh an Bardh Meur. An maw a bendroppyas heb leverel ger vÿth.

"Ha te re glôwas an secùnd gwers inwedh?"

Jowan a shakyas y bedn. "Ytho me a vydn y dherivas dhis. Goslow yn tâ, a Jowan Trevelyan, rag radn anodho a veu scrifys ragos tejy:

'Te, vab an Arlydhy, in peryl yth eth,
May kyffy arv den dre gerensa dyswrës;
Swaysya Cledha arag downvor y whreth.
Bÿdh tebeles wàr vergh, y whra Den Tewl dyffres.
Gans jevan wàr jevan bÿdh garow an gas;
In Tewlder Du Pystry kefyr vyctory brâs.'"

"Scrifys ragof vy?" Jowan a viras stag orth an den coth. "Saw pandr'usy ow styrya?"

"Te yw an gorow yonca a issyw dydro Arlùth Trevelyan, ytho te yw 'mab an Arlydhy'. Apert yw hedna, ha dre reson te dhe vos ev, yma devar worth dha wortos. Rag ma'th fo govenek, res yw dhis lavasos 'an arv a hedna may feu y gerensa y dhyweth.' Me a wor a'n arv-ma ha ple hyll hy bos kefys. Cledha yw hy usy a'y groweth in pow dha hendasow—pow Lethesow. Ha te a dal hy whilas."

"Saw in pana vanar a allama gwil indella? Nyns yw Lethesow kefys na fella. Yma an pow-na in dadn an mor."

An den coth a vinwharthas yn coynt. "In dadn an mor," yn medh ev yn cosel. "Deus, Jowan Trevelyan, ha te a welvyth ragos dha honen."

Meur y varth, Jowan a sewyas cabmow hir an Bardh Meur bys in entrans kelgh an Verdh. Yth esa an kelgh ow miras tro ha'n soth-west le mayth o an mor kelys i'n pellder in dadn lewgh hâv. An den coth a istynas in mes y vregh dhyhow, worth y lesca in gwarak leven dhia an barth cledh dhe'n barth dyhow.

Y feu derevys an groglen a nywl kepar ha pàn ve scubys adenewan. Dhe'n north ha dhe'n soth yth esa glas down an Mor Atlantek ow terlentry in dadn an howl. Dhe'n west, bytegyns, in udn istyna dhywortans in plegow gell ha gwer bys i'n menedhyow skeusek abell, y a welas an henwhedhel y honen in oll y decter ha'y reouta: gwlas nag o kellys na fella, pow Lethesow.

Chaptra 15

An Pow Kellys

Meur a dermyn a bassyas kyns ès Jowan dhe gemeres y lagasow dhyworth an vu marthys; an tir gwer isel, may codhvia dhe'n mor bos gwelys, dhyworth carregy loos Pedn an Wlas bys i'n menydhyow nywlek in pellder.

"Esowgh why ow menya in gwiryoneth fatell yw res dhybm mos dy?" yn medh ev wàr an dyweth.

An Bardh Meur a viras orto, solem y vejeth. "Yma an profecy owth erhy indella," a worthebys ev.

"Ow honen oll heb coweth?"

"Res yw bos indella, a Jowan Trevelyan. Yma an wers ow côwsel ahanas, ha nyns yw campollys den vÿth aral. Yma an wers ow profusa, saw arhadow dyblans yw an linednow-ma inwedh. Peryllys via mos pell in stray dhywortans. Ny yllvyth saw mab an Arlydhy soweny in attentma.

"Me re studhyas geryow profecy Beleryon, ha me a wor nag yw an cledha a wreta whilas kepar hag udn cledha aral, marnas onen, ha nyns yw an cledha-na i'n bÿs-ma na fella. Cledha an wers yw lawn wondrys; an dorn yw oberys yn rych hag yma jowals drûth dres ehen settys ino. An lawn y honen a vÿdh ow terlentry gans golow glas, nag usy ow tos a horn vÿth i'n nor."

Ev a boyntyas bës hir stubmek. "Hanter-fordh inter an tyller-ma ha menydhyow Syllan yma bre uhel, hag orth goles an vre-na yma Cyta Lethesow, pedn-dre an wlas. Yma fordh owth ascendya dhywar an dre bys i'n dinas in top an bryn. Hèn yw dinas cadarn gelwys Ker Trigva, ha te a gav an cledha ino. Ny allama derivas moy dhis. Gwra an devar-ma yn tâ, a vab Trevelyan; yma bêwnans dha whor ow scodhya warnas."

Jowan a viras arta orth gwlas kellys Lethesow. Ev a welas nag o hy kelmys dhe'n tir meur, saw yth esa shanel bas inter Pedn an Wlas ha'n vùjoven veynek. In dedhyow erel hedna a via crib dhynsak i'n mor, dowr todnek pùb termyn adro dhedhy, ha hy gwithys dre wolow hir glew Golowty Carn Brâs. Dhyworth y savla uhel Jowan a ylly decernya an trûlergh gwius dhyworth basdhowr an tid bys in Cyta Lethesow. Pàn wrug ev fast'he an fordh in y gov, ev a dhasleverys dhodho y honen dyscans an Bardh Meur.

Ev a dherevys y dhywscoth in udn dhegemeres an devar a'y anvoth kyn fe. "Yth esof ow soposya dhana y fia gwell dhybm dalleth wàr ow viaj," yn medh ev, ha kerdhes tro ha'y verhyk.

Corantyn a'n gweresas owth ascendya i'n dyber, hag a ros an frodn dhodho. "Kê lebmyn, a Jowan, ha gans toth brâs. Nyns yw gesys dhyn marnas dewdhek our. Dewhel dhyn yn saw, ha remember bos colon kenyver onen ow marhogeth genes."

Jowan a viras wàr nans orth an fâssow ha gweles an fienasow hantercudhys inhans. Yth esa ev y honen oll, hag ev a gonvedhas bos pùptra, bêwnans y whor inwedh, in y dhewla ev yn udnyk. Ny ylly ev trailya adenewan, ny ylly trailya wàr dhelergh, kynth esa taclow ha pow ancoth dhyragtho. Ev a lescas y vargh adro, gwevya y dhorn unweyth, ha marhogeth dhe ves an bre wàr nans bys i'n henwhedhel esa worth y wortos.

A n merhyk crev a'n caryas moy ès our ow cobonya yn sur, ha ny ros an margh arweth vŷdh y whre va omsqwitha. An fordh re bia esy bys an poynt-na; yth o an fordh glân ha'n tireth gwastas lowr. Ny wrug ev gweles tremenyas aral vŷth; rag leverel an gwiryoneth ny welas ev den vŷth.

Ev a frodnas y vargh wàr an top a vre isel hag a gafas y honen ow miras dhe'n dor orth nans bas ha skewys. Ena dhyragtho ev a welas Cyta Lethesow.

Jowan a gemeras marth. Yth esa va ow qwetyas ev dhe gafos tre leun a drehevyansow rych, gans pyllars ha marbyl, gans strêtys ledan cauncys, ha leun a dus ancoth coynt, kepar hag in pyctours a bowyow budhys erel, *Atlantis* rag ensampel. In le a hedna ev a gafas tre dhianeth; cùntellyans a growjiow hag a dreven garow men. Radn anodhans o bian ha rônd, ha to sowl pykernek warnodhans. Radn aral o brâs hirgren, moy ès udn rom in kenyver onen, ha cort i'n cres, cauncys dre lehow plat garow. Yth esa fordhow owth hùmbronk i'n dre hag inter an treven, saw nyns êns y marnas tresow podnek rygolys. Nyns o Cyta Lethesow brâs in gwir. Scant nyns esa moy ès hanter-cans drehevyans dyblans i'n dre, ha hy warbarth gans an gwelyow wàr hy emlow, o derevys in lanergh brâs i'n cosow adro. Yth o pùptra re gosel heb den vÿth ena, kepar ha'n pow a wrug ev marhogeth dredho namnygen. Yth o gwag an gwelyow ha'n prasow, nyns esa bestas vÿth inhans ha ny welas ev den vÿth ow kerdhes adro in strêtys podnek an dre. Ny glôwas ev naneyl lev den, sonyow a dus ow lavurya nag edhen vÿth ow cana.

Jowan êth yn lent wàr y verhyk der an dre forsakys, ow merkya an yettys ha'n darasow egerys. Ev a viras dhia denewan dhe denewan, ow whilas an lyha gwayans, saw ny welas tra vÿth. Ev a dremblas in spit dhodho y honen. Yth hevelly dhodho ev dhe vos an udn den bew gesys in oll an pow, saw ev o war a'n dysconfort-na a leverys dhodho bos nebonen ow miras hag ow cortos.

Ev a herdhyas an preder-na in mes a'y vrÿs ha marhogeth in rag der an dre bys i'n dinas wàr an vre. Hèn o fos vrâs dres ehen i'n form a gelgh adro dhe'n gwartha, ow kelmy men cadarn balak growyn dhe ven balak aral. Yth esa seyth carrek a'n par-na i'n tyller; tourow cawrus naturek a ven. Jowan a skydnyas dhywar y vargh dhyrag porthow deges an dinas.

Yth o lyw melenyk devedhys aberth i'n ebron hag yth esa cloudys coneryak ow codros a-ugh an gorwel. Ny blegyas syght anodhans dhe Jowan, saw ev a worras y vrÿs wàr yettys brâs Ker Trigva; darasow dobyl a bredn settys wàr dhelergh yn tâ in porthow down.

Ev a somonas y goraj, anella yn town ha knoukya yn colodnek. Ny dheuth den vÿth, ny grias lev vÿth in mes. Ev a gnoukyas arta, dhe greffa ha dhe greffa. "Eus den vÿth obma?" a grias ev. Ny dheuth gorthyp na whath, ha Jowan a sùgnas mellow clâv y dhorn. Ena ev a herdhyas an darasow, hag er y varth, y a lescas yn egerys heb caletter. Ev a hockyas pols, ena yth êth ajy yn war.

Kepar ha'n dre awoles, yth o gwag an dinas. Nyns esa gwithyas vÿth ow mos adro wàr an crenellys, ha ny wrug lev vÿth chalynjya y dhevedhyans heb galow. In cres an dinas yth esa drehevyans brâs pedrak gwrës a bredn, nag o haval dhe dra vÿth gwelys ganso i'n dre awoles. An byldyans-ma a'n jeva darasow dewblek inwedh, saw an darasow-ma o egerys rag y

114

wolcùbma. Jowan a gerdhas yn stowt tro ha'n darasow, ow qwetyas in prÿs vÿth y clôwa neb udn cry a jalynj.

Ev a stoppyas dhesempys. Dhia neb tyller adhyhow dhodho, in mes a onen a'n drehevyansow men martesen, neb o derevys ryb an tenewan war jy a'n fos vrâs, Jowan a glôwas heb dowt vÿth margh ow cryhias. Ev a savas heb gwaya, erna wrella clôwes an son arta, saw son vÿth ny glôwas. Ev a gerdhas in rag bys in darasow egerys an hel ha mos ajy.

Gwadn o an golow ino, hag yth o an to uhel scodhys wàr byllars tew a bredn. Mar bell dell ylly gweles, gwag o an hel heb tra vÿth ino marnas stock garow brâs a ven growyn a'y sav wàr woles pedrak in cres an rom. Yth esa golow ow tos dhyworth fenester bedrak i'n to hag ow codha wàr an men, ha wàr an cledha brâs a'y wroweth yn flat warnodho.

Noth o lawn an cledha hag yth esa y woon afinys a'y groweth ryptho. Yth o lies gem settys in dorn an cledha, ha pàn wre an golow codha wàr lawn noth an cledha, apert o ev dhe spladna gans golow glas.

"Ny res dhybm marnas y gemeres in bàn ha dyberth," yn medh Jowan dhodho y honen yn amuvys. "Nyns eus den vÿth obma rag ow lettya." Ev a gerdhas in rag yn fen, gorra y dreys yn uskys wàr an goles a ven hag istyna y vregh in rag dhe dùchya an cledha.

"Pyw usy ow lavasos kemeres Cledha an Dagrow?" Ny dheuth an lev ronk dhyworth tyller vÿth, saw lenwys veu an hel ganso ha Jowan a stoppyas stag ena.

"Pyw usy ena?" a grias ev yn ownek, ha'y eryow a wrug dasseny in mesk styllyow an to.

"Me yw Gwithyas appoyntys an Cledha." Yth hevelly dhe Jowan bos godros kelys i'n lavar-na.

Yth o lagasow Jowan ûsys dhe'n tewolgow warbydn an termyn-na hag y a wandras dres an hel adro, ow whilas pleth esa an lev ow tos dhyworto. Den a gerdhas in rag in mes a gornel skeusek. Pòr rych o y vantel a rudh down, hag yth oll y fâss yn tien cudhys in dadn gùgol, marnas pedn y varv gempen loos.

An Gwithyas a settyas y dhorn gans revrons brâs wàr dhorn afinys an cledha. "Hèm yw Cledha an Dagrow, hag i'n termyn eus passys yth o va arv Tristan Trist."

Y teuth geryow an profecy ow fysky yn loscus dre vrÿs an maw: 'arv den dre gerensa dyswrës...' Tristan hag Isolt. Tristan a Lethesow.

115

An Gwithyas a besyas. "Merk yn tâ lyw y lawn. Nyns yw hebma horn a'n bÿs-ma, saw horn danvenys dhyworth nev. Indella rÿs gans Duw ha gevelys yn skentyl, yma galosek in gwir. Ny veu ken cledha kepar ha hedna marnas Calesvol, cledha Arthur soudor, Yùrl Breten.

Prag y whrusta dos obma, a vaw? Martesen rag ladra, saw yonk ota ha coynt via dha dhyllas rag lader kebmyn."

Ny wrug Jowan vry a'n acûsacyon, saw ev a verkyas an lev. Aswonys o dhodho—tra reveth. Certan o Jowan ev dhe glôwes an lev neb tyller kyns, saw ny ylly leverel ple. Ev a viras in bàn orth an fygùr uhel ow whilas gweles in dadn an gùgol, saw re dhown o an skeusow. Jowan a erviras gortheby an qwestyon dre wovyn qwestyon aral.

"Yw profecy Beleryon aswonys dhywgh?" a wovydnas ev.

An den a wrug serthy, hag tedna anal yn uskys hag ena dre dhens deges ev a leverys, "Ota jy ev?" Ha wosa powes hir, ev a leverys, "Ota jy Mab an Arlydhy?"

Jowan a wrug goheles an qwestyon. "An Verdh in Bre Tyny a'm danvonas. Y a erhys dhybm may whrellen cafos an cledha ha'y dhry tre dhedhans."

"Ha pyw a vydn y swaysya? Pyw yw an soudor yw sensys mar wordhy?"

"Ny... ny worama," yn medh Jowan yn tyfreth. Ev a brederys hag ena y teuth inspyracyon dhodho. "Rialobran—yma cledha ragtho ev, martesen."

Marthys veu roweth an hanow Rialobran wàr an Gwithyas; "Pensevyk Beleryon! Ytho in gwir ev a dâl sevel dhyrag an Skeus. Ea, ev yw wordhy dhe gemeres in bàn Cledha an Dagrow; saw whath—ple ma dha brov te dhe vos an pÿth esos ow testa yth os, adar cadnas a dhrockoleth?"

"Prov?" Jowan a viras orto yn tyweres. "Me ny'm beus prov vÿth. Pana ehen a brov esowgh why ow tesirya?"

"Yma fordh," yn medh Gwithyas an Cledha. Yth hevelly dhe Jowan bos an den ow crobma dhe'n dor a-ughto avell hager-godros. "Kebmer in bàn Cledha Tristan, saw yth esof worth dha warnya. Mars osta onen a luyow an drog, an cledha a wra dha ladha kettel wrylly y dhalhedna." Y dhorn in y vanek a dhysqwedhas an cledha barthusek. "Otta an cledha esta ow whilas. Kebmer e, mara'th eus an coraj."

Jowan a wrug dynsel y welv ha miras orth an cledha. Ena gans gwayans sodyn ha bold ev a istynas y vregh ha dalhedna yn crev an cledha afinys gans y jowals. Ev a viras yn hardh orth an fâss skeusek, derevel an cledha, y worra in y woon ha'y vocla adro dh'y dhywscoth.

Ev a istynas y vregh ha dalhedna yn crev an cledha afinys gans y jowals.

117

Ny whilas an Gwithyas y lettya, saw in le a hedna ev a bendroppyas yn prederus. "I'n eur-na te a'th eus an gwir a'y gemeres dhe Beleryon. Dâ yw genef dha golon hardh, rag me a gowsas in gwiryoneth. A pesta danvenys gans an re-na usy ow servya an Skeus, te a via i'n tor'-ma solabrÿs ow crowedha yn ledhys—" Y eryow a cessyas, ha miras in bàn yn sherp. Darn a'n sowl a godhas dhe'n dor dhywar an to hag in dadn aga threys an dor a grenas yn scav.

"Dystowgh!" a leverys an Gwithyas yn cosel dhodho y honen. "Yw res y wharvos dystowgh?"

Saw Jowan ny'n clôwas. Y feu clôwys gryhias ownek amuvys, hag ow cria in mes rag ewn uth, an maw a drailyas ha ponya in mes a'n hel. Re holergh veu. Kyns ès ev dhe dhrehedhes porthow an dinas, an merhyk ow percevya peryl a frias hy honen dre nerth ha fia dhe'n fo.

"Nâ!" a elwys Jowan a lev muskegys, "gorta! GORTA!" Saw gyllys in kerdh o y vargh, rag hy own ha'y whans dhe selwel hy honen a's danvonas ow ponya wàr dhelergh dres gwastatir Lethesow, tro ha breow Beleryon i'n pellder.

An dor a grenas arta, dhe greffa ès an kensa treveth, ha bùly bian a veu shakys dhywar an fos vrâs. I'n tor'-na yth o an ebron cudhys gans an formys a gloudys brâs dres ehen, hag y feu clôwys taran abell.

Jowan a fystenas wàr dhelergh dhe'n hel brâs, in udn elwel an Gwithyas, hag ow sarchya y gornelly tewl, saw an den stranj in dadn y gùgol, o gyllys mes a wel, mar goynt dell wrug ev omdhysqwedhes i'n kensa le. Jowan o y honen oll.

Jowan a assayas predery yn town, hag ev a remembras an margh a glôwas ev moy avarr, hag a fystenas in mes dhe whythra an byldyansow spredys in mes ryb fos an dinas. Ev a bonyas dhia jy dhe jy, ow sarchya kepar den muscok in kenyver onen, saw ny gafas tra vÿth marnas taw gwag. Nebes gora in stalla gwag o an udn dra ow remainya dhe dhysqwedhes fatell veu best vÿth i'n tyller-na bythqweth. Jowan a savas dygoweth in cres an dinas forsakys, ha dysper a'n sêsyas. Nyns esa fordh na hen; be va dâ ganso bò drog, res o dhodho kerdhes an mildiryow pell wàr dhelergh dhe Beleryon, hag yth esa an termyn ow tevy cot pùpprÿs.

Meur a brow o bos Jowan yonk ha yagh. Ev a gerdhas hag a bonyas an eyl wosa y gela, hag indella ev a spedyas dhe dravalya moy ès teyr mildir i'n spâss cotta ès hanter-our. Saw yth esa ev owth omsqwitha,

ha scant nyns esa hanter-fordh bys i'n tir meur. Yth esa an dor ow crena
dhe voy ha dhe voy menowgh hag ow talleth omrollya in dadno kepar hag
ebol gwyls. Cales o dhodho remainya a'y sav i'n kerdh, hag yth esa hedna
ow kemeres meur a'y nerth dhyworto.

Unweyth ev a welas bagas marhogyon, dew cans in nùmber martesen,
hag y ow marhogeth toth dâ tro ha'n west. Heb nyvera an Gwithyas, an
re-na o an kensa tus a welas ev in Lethesow, saw apert o dhyworth aga
forpos ha'n fordh esens y ow marhogeth, y dhe dhos dhyworth an tir
meur. Apert o na wrug onen vÿth anodhans y verkya; rag neb reson an
fordh wius o forsakys gansans, hag yth esens y ow marhogeth in linen
strait dres an pow. Ny dheuthons ajy dhe gwarter mildir dhodho, saw
sewya aga resekva tro ha'n menydhyow pell i'n west, heb miras agledh
nag adhyhow.

Y scovornow a dhallathas y baina. Gwascans an air o chaunjys. Jowan
a sensys y dhewfrik ha whetha rag glanhe y scovornow. Y a wrug crackya
yn tydn ha dewheles dh'aga stât ûsys. Ena ev a ylly clôwes son kepar ha
gwyns owth encressya, ha pell dhyworto an gwÿdh a dhallathas lesca yn
fol.

Adhesempys fos dywel a wyns a'n gweskys kepar ha dorn crev; fors
uthek brâs neb a'n towlas dhe'n dor, hag ena ev a wrowedhas in uthecter
spyrys, ha'n air owth uja hag owth ola adro dhodho. Y feu clôwys sownd
scruthus a sqwardya hag a frega, ha derowen in y ogas a veu tednys in bàn
in mes a'n dor gans hy gwredhyow ha codha gans bobm brâs. Ena an
gwyns, mar uskys dell dheuth, a veu cosel hag y feu calmynsy ader dro.

Gans caletter Jowan a savas orth y dreys. An air i'n tor'-na o uthek
cosel, hag yth o taw codhys wàr an pow kellys. Y hylly lyw coynt rudh
bos gwelys obma hag ena wàr woles an cloudys.

An dor a grenas arta. Pols cot wosa hedna Jowan a glôwas taredna ronk,
ha neb dew cans lath dhyworto an dor a dardhas yn egerys ha fenten a
skityas i'n air. Nyns o fenten a dhowr adar a dan lydnus. Magma in mes a
fùndacyons an dor a gafas y fordh hag a herdhyas y honen in bàn. Kyns
napell, y feu gwelys lies fals i'n dor, ha pùbonen anodhans ow skitya in
bàn y whej cogh.

Jowan a dhallathas ponya. Brynyow Penwyth, an vùjoven arow a Bedn
an Wlas kyn fe, y oll a hevelly dhodho bos pell dhyworto in bÿs aral.
Dystowgh y golon a labmas in y anow, hag ev a strivyas dhe stoppya, pàn
wrug fals brâs egery dhyragtho heb gwarnyans vÿth. Ev a dowlas y honen

119

wàr dhelergh, ow slynkya hag ow slyppya, ow scravynyas kepar ha den fol, rag neppyth dhe dhalhedna. Y vësyas a sêsyas bodny a wels, y lagasow a dhegeas yn tydn: nyns esa tra vÿth in dadn y dreys marnas gwacter uthek.

Bodny gwadn gwels a stoppyas y slynkya muscok, hag yth esa a'y wroweth wàr y denewan ha'y dreys ow cregy a-ugh an islonk. Ev a gildednas heb let dhe'n tir ferv. Ev a gramyas gans meur rach bys i'n amal hag istyna y godna dhe weles pÿth esa awoles. Tewednow an fals o kepar ha corn denewy aberth i'n tewolgow, saw i'n pellder awoles ev a welas golow rudh ow flyckra rag tecken. Jowan a whilas fordh aral saw nyns esa ken fordh vÿth. Ny'n jeva dêwys vÿth marnas lebmel dres an islonk. "Nyns yw tra vÿth!" yn medh ev dhodho y honen yn heglew. "Nyns yw marnas hës a whegh bò seyth troshes. Y halsa fol vÿth lebmel dres hedna!" Saw nyns yw whegh bò seyth troshes mar esy, pàn wodhesta te dhe gafos hager-vernans yn certan, mar teuta unweyth ha fyllel.

Ev a gildednas nebes ha sevel yn ferv. Ena dre whethfyans a goraj, genys a dhysper, ev a bonyas in rag yn fen hag a labmas. Y lagasow o deges yn tydn pàn dùchyas besyas y dreys tir crev wàr an tenewan aral; ev a godhas warlergh y bedn, ha'y dhewla spredys a sêsyas dornasow a dhor.

Pàn glôwas ev taran in dadn an dor ev a savas in bàn heb let. Ev a wodhya warbydn an termyn-na pandr'o styr a sownd kepar ha hedna, hag ev a bonyas bys in tyller may hylly nebes meyn vrâs provia goskes dhodho. Ev a dhivyas warlergh y bedn dres an carregy, hag a diras yn crug dygempen. Yth esa talpen an cledha ow herdhya yn tydn in y asow. Ev a rollyas wàr dhelergh, ow posa y honen yn cales warbydn an men growyn.

Fos trogh a dan hag a garrek dedhys a skityas yn uhel i'n air in mes a'n fals neb hanter-cans lath adrëv an tyller. Jowan a bosas y honen dhe galessa warbydn an men, pàn esa brewyon tanek ow codha very ogas dhodho, ha'y dhewfrik a veu dyvlesys dre fler an loskven. Bytegyns ev a remainyas yn stedfast in le mayth esa, erna wrug an tardhans lehe. Ena ev a savas in bàn ha kerdhes yn anes in kerdh.

Ev a blegyas y dâl. An taredna heb cessya a jaunjyas y son nebes, hag yth esa owth encressya pùb termyn. Jowan a bowesas, hag a inclinyas y bedn dhe woslowes. Yth hevelly dhodho nag esa an sownd ow tos in mes a'n dor, naneyl nyns o va kepar ha taran na gwyns. Moy haval o dhe...

Ev a gonvedhas yn sodyn ha'y uth a dhros whans wheja dh'y bengasen. Ev a drailyas yn syger ha codha yn lent wàr bedn dewlin rag ewn uth; gwelys o ganso in pana vaner a wre va merwel.

Chaptra 16

Vesyons

Peny a gùscas. Yth esa hy a'y groweth wàr loven uhelhes a velvet hag yth esa ow lesky adro dhedhy peswar flàm in vessyls bas settys wàr sensoryon a horn fin oberys; yth esa dew orth hy fedn ha dew orth hy threys. Ny wodhya hy tra vÿth a hedna bytegyns. Ny wodhya hy unweyth pleth esa hy, rag hy re bia hudys yn clor dre bystry galosek telyn an pystryor.

Ny wrug Pengersek dregyn vÿth dhedhy, na ny ylly ev naneyl, ha'n golow godrosek dhyworth Jowal an Gùrun adro dhe godna a vyrgh a wre dhodho perthy cov pùpprÿs na ylly. Kynth o hy clamderys in hy hùsk down, Peny o war a dhyffresyans tobm an Jowal.

Rag leverel an gwiryoneth yth o pell dhyworth intent Pengersek hùrtya an vowes. Ny wre va ry cala anedhy, marnas hy dhe dhon an Jowal, ha rag hedna hy o mar dhybos dhodho avell vuryonen. Nyns o va whansek a dra vÿth marnas cafos Jowal an Gùrun y honen ha'n power yn clos ino. Saw ny ylly ev y dùchya, rag an Jowal a vynsa y dhystrêwy dystowgh yn tien, mar teffa ev ha derevel bës kyn fe in atty wàrbydn y wyscores. Hedna ev a wodhya yn tâ.

Down o cùsk Peny ha hy a's teva hunrosow, saw nyns o an hunrosow esa ow lenwel hy brÿs kepar ha'n imajys ûsys a wely hy, kemyskys oll warbarth ha cales dhe remembra wosa dyfuna. In aga le y, y feu grauntys dhedhy rew a vesyons, mar lew ha mar wiryon na vynsa onen vÿth a'n manylyon diank bys venary in mes a'y hov. In dadn an cùsk dre hus, yth esa stât coynt a wodhvos, ha hedna a re dhedhy an gallos a weles, a resna, a wovyn hag a berthy cov.

I'n kensa le yth hevelly dhedhy hy dhe vos a'y sav wàr woon lobm, mayth esa brynyow garow pell a-ughty ow miras wàr nans orth ladhva uthek. Yth o an termyn wosa batel, neb udn strif scruthus dybyta a asas wàr y lergh soudoryon varow ha mergh varow bys i'n gorwel. Yth esa an Ancow ow crowedha in pùb le, gosek ha dynatur.

Saw in mesk an ladhva uthek-ma yth esa whath udn elven vian a vêwnans. Yth esa in ogas corf a werryor crev brâs, den a gôwsy y varv loos ha'y fâss crebogh a lies batel in y dhedhyow, ha hobma a veu y vatel dhewetha.

Y vasnet o marthys gwrës a vrons spladn, hag yth esa ino scosplâtyow wàr vahow rag an dhewfrik, an codna ha'n scovornow. Ha criben an basnet o dragon dodnek, hy eskelly ales ha'y ganow egerys, hy hodna cabmys in bàn ha parys dhe weskel. Yth o an radn vrâss a gorf an soudor-ma maylys in mantel a bùrpur tewl, frêgys ha sqwardys warlergh an vatel, saw Peny in hy hunros a welas an byllen a gaslosten Roman, poltrygas a lether ha botas uhel a grohen polsys. Hy a welas nebes kefrÿs a'y vrestplât gwrës a scantednow brons kelmys warbarth. Yth esa an brestplât ow qwaya very nebes, an abransow ow crena pòr wadn ha'n air ow tardha i'n ewon gosek orth cornellow y anow. Oll an taclow-ma a levery na veu dyfudhys yn tien anal an bêwnans ino. Ny welas hy goly an gwerryor coth, saw yth o an gwels in dadn y bedn glÿb gans goos.

Try den a dheuth aberth in hy vu, hag apert o onen anodhans dhe vos hembrynkyas a neb sort, dre reson an dhew erel dhe blegya ha dhe fecla dhyragtho. Cas o ev gans Peny orth an kensa golok. Tanow ascornek o va; yonca ès deg warn ugans bloodh, hag in y semlant ev o kepar ha logosen vrâs nownek. Yth esa lysten a gwethow sqwerdys adro dh'y bedn, mayth esa an goos ow sygera dredhans. Lagasow gwyls hag efan-egerys a'n jeva an den; lagasow den muskegys.

Yth esa dyllas i'ga herhyn oll kepar ha dyllas an soudor golies mayth êns y cùntellys adro dhodho, saw nyns o basnet an dhew dhen isella mar afinys, ha moy garow o aga mentylly. In hy hùsk hudys yth esa Peny ow talleth govyn qwestyons. Pana oos in istory esa hy ow qweles? Pana vatel o hobma, ha pana golm i'n bÿs a's teva an vatel gensy hy honen?

An hembrynkyas kepar ha logosen a gowsas, asper y lev, in udn terry cosoleth an tyller kepar ha whyp. "Casvelyn, gwra examnya an corf. Mir mars ywa marow wàr an dyweth hir."

An den henwys Casvelyn êth wàr bedn dewlin a-ugh corf an gwerryor codhys, hag a sensys y scovarn clos dhe'n ganow loos y varv. Ev a viras in bàn hag yth o marth dhe redya wàr y fâss.

123

"Yma va ow pewa, a Arlùth Modres! Scant ny allama y gresy. A alsa den vëth receva goly a'n par-na heb merwel? Res yw bos y vernans pòr ogas. A wrama dh'y vernans dos dhe scaffa?" Y vësyas a wandras bys in dorn y gledha, saw Modres a'n lettyas gans y dhorn yn uskys. "Na wra y dùchya. Gwander yw tregereth a'n par-na. Kepar dell leverta, ev a vÿdh marow yn scon, ha ny vÿdh ev ledhys gans den vÿth marnas genef vy." Ev a wharthas yn crûel. "Ow dorn vy, a Casvelyn! Ny ylly Cerdic Sows kyn fe soweny i'n mater. Gwrêns y oll remembra fatell wrug avy, Modres, ladha Arthur galosek obma wàr wel Camlan!"

An geryow-na a wrug dhe bedn Peny troyllya. Hebma a veu an vatel drist dhewetha in Camlan. An den neb a'n jeva spyrys defolys ha lagasow muskegys o Modres traitour, ha'n gwerryor coth in enewores, o Arthur y honen poran, Gwarthevyas Breten an Geltyon.

Modres a viras in kerdh, ha trailya arta yn sherp, hag y feu shora a bain gwelys in y fâss.

"Calesvol!" ev a grias yn lybm. "Ple ma an cledha, Calesvol? Fatell allama bos Gwarthevyas Breten heb an cledha a dhug Arthur, hag Aurêlyan ha Massen dhyragtho i'n dedhyow coth? Ple ma va? Mollatuw warnas! Ple ma an cledha?" Yth esa owth uja kepar ha den varys.

"An tressa den a gowsas yn cosel. "Bedwyr a'n kemeras, a arlùth. Ev hag ugans a soudoryon Arthur a gemeras an cledha hag a fias tro ha'n west. Y yw an remnant gesys."

Modres a settyas orto. "Bedwyr... gweresor Arthur? Te a'n gasas dhe vewa? Te a'n gasas dhe gemeres an cledha?" An lev, wosa dalleth uja arta, a wrug omgoselhe arta heb den vÿth dh'y wetyas. "Ena ny a res y sewya. Y a wrug marhogeth tro ha'n west, a leverta? Dres oll Kernow bys in Lethesow, ha pandr'eus dres hedna marnas an mor? Gwrêns y fia, rag ny a vydn aga sewya. Y ny's teves tyller vÿth dhe vos, tyller vÿth may hallons keles aga honen. Pygebmys on ny?"

"Dew cans, a Arlùth, bò ogasty."

Modres a wrug pors a'y wessyow ha'ga thedna yn minwharth gwyls. "Ha nyns yns y marnas ugans den, hag y a verow wàr agan guwyow bò y a vÿdh herdhys aberth i'n mor. Udn fordh bò y ben, me a gav an cledha-na, hag ena ny yllvyth den i'n bÿs settya worthyf! Deun alebma, na wren wastya termyn obma na fella."

Scovornow Peny a glôwas marghlu Modres ow taredna tro ha'n west ha'n taran ow lehe kepar dell êns y pella dhyworty. Hy a drailyas arta dhe viras orth an fygùr a Arthur, codhys wàr an gwel. Ev o gyllys in kerdh.

Ny gafas hy prÿs vÿth dhe wovynn orty hy honen adro dhe hedna, rag an wolok a jaunjyas ha hy a welas penytty meynek ermyt. Yth esa idhyowen ow tevy warnodho, may feu an penytty cudhys ogasty in mesk an reden ha'n spern a bow gwastas. Peny a aswonas an brynyon i'n pellder, rag y o Chapel Carn Bre, Bre Tyny ha Bosvran, esa ow terevel dhe'n north a Eglos Beryan. Yth esa margh ewonek, crobm y godna ha dygabester, a'y sav wàr ves dhyrag daras egerys an penytty, ha'n margh o re sqwith dhe wil tra vÿth pàn dheuth Modres gans y lu.

Modres y honen, ow trebuchya rag ewn sqwithter ha dre reson a'y woly, a skydnyas dhywar y vargh hag entra i'n penytty. Yth esa gwely sempel a gala i'n gornel hag yth esa a'y wroweth warnodho corf gwerryor, den nag o cotha ès Modres y honen. Dywvregh an corf re bia crowsys wàr y vrest hag yth esa calmynsy ha cres dhe redya wàr y vejeth marow.

Lagasow an traitour a ledanhas pàn dheuth ev in rag. "Alun!" a leverys ev in udn hanaja. "O, a Alun, ny o breder in agan yowynkneth lies bledhen alebma. Te o bythqweth lel dhe Arthur: hèm yw dha weryson udnyk. Nyns oma mar gonsûmys gans envy na allama pesy rag dha enef."

"Pesy, a Modres?" Den auncyent cabm, gwyskys in dyllas sempel, a dheuth in udn draylya treys in mes a'n gornel. An radn arag a'y bedn o pylys, yth esa blew hir gwydn ow istyna y geyn wàr nans. "Pesy? Yma dha bresens y honen ow tefolya an tyller-ma, sacrys dell yw dhe Beryan, sanses. Gwra dha gres gans an coweth-ma a veu moldrys genes; gwra dha gres ganso yn uskys. Ena kê dhyworth an tyller sans-ma, te draitour!"

Modres a wrug serthy, hag a drailyas y lagasow gwyls dhe'n prownter ermyt.

"Ea!" yn medh an cothwas. "Traitour! Dhe Dhuw ha dhe dhen kefrÿs te yw traitour!"

Modres a drailyas dystowgh, hag a herdhyas y dhorn yn tybyta in fâss an ermyt. An den coth a drebuchyas, hag a godhas wàr lergh y gilben aberth i'n gornel. Yth esa goos wàr y anow hag ev a'n glanhas in kerdh.

"Ass osta colodnek," a grias ev "pàn wreta indella gweskel den coth dyweres. Kê dhe ves, Modres! Gwra metya gans dha denkys! I'n very prÿs-ma yma skeus nebonen galosek a'y sav dhyragos! Kê in rag wàr dha vargh. Kê in rag dhe verwel!"

Modres a viras dhe'n dor orth an ermyt, asper y semlant, hag a dednas y gledha hanter-fordh in mes a'y woon. Ena, in udn scrynkya dre sorr, ev a'n herdhyas yn crev wàr dhelergh, trewa in fâss an ancar ha kerdhes in mes a'n penytty.

Pòr dhyffrans o an wolok wàr ves. Yth esa y soudoryon ow kelwel in mes yn towtys hag y ow whilas controllya aga mergh, re bia muskegys der own, ha Modres a glôwas unweyth arta geryow an ermyt: "Yma skeus nebonen galosek a'y sav dhyragos!"

Pellder cot dhyrag y lu, yth esa coloven vian a vog ow cregy heb gwaya i'n air. Ny wre an gwyns y vovya. Drog-arweth o ha godros. Modres a drailyas y geyn orto, ha gans caletter ev a ascendyas wàr y vargh dybowes.

"Folys!" a grias ev. "Na wrewgh vry anodho! Nyns yw marnas tarosvan idhyl derevys gans an ancar coth ha gocky-na. Nyns eus power vÿth ino, marnas dhe worra own in flehes!"

An soudoryon, ow kemeres uth a'n cloud tarosvanus, hag a'ga hembrynkyas muscok, a gerdhas in rag wàr y lergh tro ha Lethesow, ha kepar dell esens y ow marhogeth, indella y wre an goloven a nywl kerdhes gansans, hag yth esa hy an keth pellder dhyragthans pùb termyn.

An vu êth a wel.

I'n tor'-na Peny a welas porth garow settys down in dadn an âlsyow tewl a bedntir brâs, nag o jùnys dhe'n tir meur marnas dre godna uhel pòr gul a ven. Yth esa lies drehevyans isel wàr an pedntir, wàr y dop gwastas ha wàr lehow uhel an âlsyow, hag yth esa tus ow skydnya yn lent wàr drûlerhow diantel bys i'n vorva veynek. Y oll o sad; yth esa lies huny owth ola yn cosel.

Y hylly gorhel du y wool bos gwelys i'n porth, hag yth esa whegh den, ow ton grava wàr aga dywscoth ow mos yn lent an blynken in bàn. Y a settyas an grava wàr flûr an gorhel, ha scant ny wrussons gwaya an corf esa a'y wroweth warnodho.

Dre neb udn merkyl yth o Arthur whath yn few, hag egerys o y lagasow, in udn viras in bàn orth an venyn nessa dhodho a'n teyr benyn wàr bedn dewlin ryptho. Hy o cotha agesso ev saw y hylly gweles in hy fysmant nobyl fatell o hy mowes teg dres ehen in hy yowynkneth. Hy a istynas dorn clor rag y lettya, pàn whilas Arthur derevel y bedn hag ev a gowsas in whystrans gwadn.

"Morgan… Morgan, ow whor. Indella gorfednys yw, obma in Din Kernowyon, an le may tallathas pùptra nans yw lies bledhen."

"Taw, a vroder. Bÿdh cosel ha gwelha dha jer, rag nyns yw gorfednys whath. Ny yw devedhys rag dha dhon in kerdh dhyworth mebyon tus, dhe Enys Avallon. Hag ena wosa termyn dha woly a vÿdh saw. Te a wra powes ena in nans an enys ha tevy arta dhe'th nerth ha dhe'th yowynkneth, may hylly bos parys rag an jëdh may fÿdh othem ahanas avell hembrynkyas dhe'n Geltyon, dha bobel jy."

Arthur a settyas y bedn loos wàr dhelergh wàr an bluvak, in udn vinwherthyn yn clor.

Peny a wodhya y fedha dysqwedhys dhedhy pow Lethesow, Lethesow an ebron loos ow tasseny gans an taran a lu Modres. Yth esa coloven goynt a nywl whath in y le dhyragthans, hag yth esa hy ow mos in rag mar uskys poran avell an marghlu dybowes.

Yth esa onen a offycers Modres ow cria, ow tysqwedhes yn lowen gans y dorn. "Ena, a Arlùth Modres! Soudoryon Bedwyr, wàr Syllan avàn. Ass usy aga guwyow ow terlentry i'n howl."

Modres a wharthas avell den muscok. "Maglednys! Ny's teves tyller vÿth dhe fia marnas an keynvor. Ny a's pew lebmyn. Kyns na pell me a bewvyth Calesvol!"

Den aral a grias in mes, hag yth esa own wàr y lev. "Mirowgh, an cloud. Yma va ow chaunjya y form!"

An lu a savas gans tros brâs, ha Modres a esedhas i'n dyber kepar hag imaj wàr geyn margh, y lagasow muskegys ow miras stag orth an cloud ow skydnya, erna dùchyas an dor. Ena an cloud a lehas, ha kemeres form gales. Otta ow sevel dhyragthans fygùr nywlek a dhen coth uhel, serth y geyn, pylys y bedn, crobm y dhewfrik ha leun y varv. Pàn wrug an soudoryon y aswon, y a grias in mes rag ewn uth.

"Merlyn! Merlyn ywa!"

"Merlyn yw marow!"

"Re dheuth y spyrys rag venjya Arthur!"

"Tewowgh tavas, why folys!" a grias Modres. "Pandr'yll skeus a brofus marow gwil warbydn an re-na neb a ladhas Arthur?" Ev a viras yn serrys orth an tarosvan tawesek. "Arthur yw marow! Marow, a glowowgh why?

Yma Gwarthevyas nowyth in Breten lebmyn, ha ny yll an re marow gwil mêstry wàr Modres Meur. Clôw vy, Merlyn. Me a'th tefy!"

Ny dheuth gorthyp vŷth. Lagasow hebask Merlyn a viras yn trist orth an traitour. Dres mynysen yn tien y a viras an eyl orth y gela, an taw orth aga hompressa, erna dherevys an drewyth y dhywvregh, worth aga istyna in mes a bùb tu, wàr udn level gans y dhywscoth. Ena ev a drailyas y dhewla ascornek in bàn, mayth o torr pùb leuv trailys tro ha nev.

Y feu clôwys taran uthek brâs ha luhes avell fergh a labmas dhe'n dor in mes a gloudys poos. An dor a wrug gromyal, lesca ha falja yn egerys in lies tyller. Tan ha loskven a whejas in mes a'n dor trogh, ha torr an cloudys a wrug golowy gans an lyw a gober tedhys.

An drewyth a drailyas y balvow dhe'n ebron arta. An dor a ros uj hir scruthus ha dalleth sedhy gans tros brâs.

Modres a ujas, brâs y own, ha'y soudoryon, owth ola yn uthek, a assayas yn vain dhe drailya ha dhe fia. Y feu tus tôwlys dhywar aga mergh ownek, kepar dell esa an mor ow fystena bys dhedhans rag aga budhy.

An pyctours a dheuth in nyver brâs aberth in brŷs Peny. Derowen vrâs a veu dalhednys gans gwyns brâs; hy a drebuchyas ha codha in brewyon. Wàr an tir gwastas yth esa marhak udnyk wàr vargh gwydn ow ponya gans toth brâs dres ehen tro ha brynyow Penwyth, hag yth esa fygùr bian, cledha brâs in y dhewla, ow sevel dyweres dhyrag an dodn budhy.

Haval o an fygùr dhe Jowan. Ny alsa hedna bos yn certan... na, hedna a via gocky. An pŷth esa Peny ow qweles a wharva mil ha pymp cans bledhen alebma.

Hy a welas an wolok ownek dhewetha, fâss Modres ow scrija, goly egerys in y bedn ha goos ow resek yn freth in mes anodho. Ena gyllys veu, kemerys in kerdh bys venary gans nerth gwyls an Mor Atlantek.

Nyns o hy hunros gorfednys whath. Yth esa nebes tus sqwith ow sevel wàr dop gwynsek an âls, ow miras heb y gresy ha heb leverel ger vŷth orth an mor ow troyllya hag ow trelûba. Rag in nebes mynys an mor a wrug budhy pow yn tien. Y fia an mor-na, leun dell yw a lestry terrys, owth omdedna hag ow reverthy a-ugh henwhedhel kellys rag nefra ha bys venary. Ha'n bre esa an dus ow sevel warnedhy ha'n breow ogas dhedhy o enesow bys vycken.

"Ha lebmyn, Bedwyr," yn medh onen a'n dus, "pÿth yw gesys ragon ny?"

Bedwyr, kepar hag Arthur, y woos nessa ha'y arlùth, o coth avell gwerryor, ha coth o a'n radn vrâssa a'n bagas bian. Bedwyr a viras yn trist orth an mor gwyls, kyns ès merkya an cledha brâs o sensys in y dhorn dyhow.

"Deges yw an lyver," yn medh ev yn cosel, "saw ragon ny, Owain, yma lyver nowyth ow talleth. Yma oos Arthur gorfednys. Lethesow yw dystrêwys ha Modres yw gyllys inwedh... saw ny re beu delyvrys dre weres Duw.

Yth eson ny oll ow tevy coth. Ny a wrug oll agan ehen i'gan bêwnans dhe lettya an tewolgow. Ny yw re goth lebmyn ha re vohes agan nùmber dhe selwel Breten dhyworth an Sowson. Own a'm beus rag an dus yonk; nyns eus termyn rag dasterevel ha nyns eus hembrynkyas vÿth. Ny vÿdh Gwarthevyas nefra namoy in Breten. Lebmyn, Owain, yma whedhel Calesvol y honen gorfednys, rag nyns eus den vyth a alsa y eryta. Me a vydn remainya obma i'n enesow nowyth-ma ha derevel chy dhe Dhuw, may hyllyf ry grassow dhodho rag agan selwel. Porposys oma dhe bassya an bohes dedhyow gesys dhybm in y servys ev."

"Pes bledhen on ny warbarth, Bedwyr, be va in termyn a werryans bò a gres?" yn medh Owain. "Ny yllyn ny dha forsakya i'n tor'-ma. Ken bêwnans nowyth a'gan bÿdh, ha chalynjys nowyth; saw gesowgh ny dhe vetya warbarth, cowetha Arthur ha servysy Duw."

Bedwyr a vinwharthas yn hirethek. "Lowen oma, Owain. Lebmyn gesowgh ny dhe fynsya an pÿth yw passys." Ev a whythras an cledha, brâs in whedhlow, ow kemeres plesour in pùb cov a wrug an arv dyfuna ino. "Me re glôwas fatell veu Calesvol drës in mes a'n dowrow pell alebma. Gesowgh ny dh'y dhanvon arta dy, ha mos in cres."

Ev a worras cledha Arthur in y woon rych afinys, ha'y droyllya ha'y dôwlel gans oll y nerth dhyworth an âls. An cledha êth in gwarak wàr nans, cans troshes bò moy, ow troyllya hag ow rosella i'n air may whrug jowals an dorn ha jowals an woon terlentry spladn; hens crobm a dan bys i'n keynvor pell awoles.

Bregh wydn a dherevys in mes a'n todnow, ha dalhedna an arv yn skentyl in dadn an dorn. Tergweyth an vregh a swaysyas an cledha, ha pàn y'n swaysyas an tressa treveth, golowyn udnyk a'n howl a'n gweksys,

129

may whrug an cledha terlentry kepar ha Crows vrâs dhyrag an dus o gwerryors kyns ena, hag a vedha servysy Crist alena rag.

Ena an cledha a veu tednys in dadn an mor, ha ny veu va gwelys bythqweth arta gans lagas mab den.

Chaptra 17

Livyow a Dhowr

Jowan Trevelyan a grenas yn tygabester, ha'y vrÿs a sconyas cresy an pÿth esa dhyrag y lagasow. Ev a gonvedhas in pana vaner a veu dystrêwys Lethesow; in pana vaner a wre va merwel y honen. Nyns o marth vÿth an dre dhe vos heb den vÿth inhy. Res o trigoryon Lethesow dhe weles an sinys ha dyberth bys i'n tir meur dedhyow alena. Bytegyns an Gwithyas leun a vystery a remainyas rag neb cheson, y honen oll i'n dre forsakys. I'n tor'-na yth o Jowan dygoweth, gesys heb gweres in cres an pow kellys, wàr droos, ha pell dhyworth an tir meur. Spenys o an termyn, ha gans an termyn, pùb govenek.

An fos a dhowr, esa ow resek ajy dhyworth an mor, o cans troshes in uhelder, gwelv grùllys, gawrus, ha cappa ewon warnedhy. Yth hevelly dhe Jowan bos worth y elwel: 'Te re wrug gwary warbydn jauns, a Jowan Trevelyan, ha te re gollas. Me re dheuth rag dervyn an gendon...'

Kepar hag in hunros Jowan a veu war a neppyth ow qwaya wàr y lergh, saw yth esa ev whath ow miras orth an dodn vrâs, hudys ha brawehys gensy. Ena dorn crev a'n dalhednas er an bônd, ha'y dhraylya, ow taga hag ow tiena, aberth i'n air.

Jowan a glôwas lev uhel garow worth y gomondya; hedna dystowgh a dros y vrÿs ewn arta dhodho, hag ev a gonvedhas y vos a'y wroweth dres dywscoth keherek margh brâs wydn. Ev a gabmas y godna may halla miras orth fàss an marhak... ha'n muscotter tarosvanus a besyas.

Hir ha tewl o blew an den, saw loos orth an eryow. Yth esa adro dh'y bedn kelhen a olcan glew, lies ger munys scrifys warnedhy, hag udn jowal gwer settys inhy; ha'y varv o a lyw loos an horn. Y fàss o fàss Bèn Trevelyan!

An margh brâs a bonyas in rag mar uskys na ylly Jowan scant y gresy. Gwëdh, carregy, gwelyow, keow; y oll a apperyas dhyragthans hag a

neyjas drestans avell kemysk a golorys dyscler. An dor a veu serth rag
tecken ha Jowan a viras in bàn ha gweles an âlsyow uhel a vedha Pedn an
Wlas gwrës anodhans yn scon. An dor a skydnyas arta. Yth esa an margh
ow fystena dres an ganel vas inter Lethesow ha'n tir meur. Dowr sal a veu
tôwlys in bàn dhyworth y garnow. Leun o scovornow Jowan a daredna
uthek an mor. War denewan pell an ganel yth esa treth efan. Pella whath
yth esa an vre.

Yth esa an marhak ow cria, ow scrija dhe'n margh, ow kentryna an best
brâs dhe'n assay dewetha. Tewas sëgh a labmas in bàn ortans. Ena y feu
pùptra kellys in uj cawrus uthek. An mor a's sêsyas.

Y a veu dehesys in rag, marhak, maw ha margh, in deray muskegys a
dhowrow gwyls gwer. Bûly a's cronkyas, a's trohas. Crack uthek brâs a
dhrivyas an anal in mes a'ga horf. Skians Jowan a glamderas. Own
scruthus a'n sêsyas. Ev a fustas oll adro kepar ha den dall, ha'y skevens
gwag a armas rag air.

Nebonen a dherivas dhe Jowan i'n termyn o passys y fedha budhy fordh
deg dhe verwel, saw Jowan a wodhya gwell. Hager-mernans lent o, leun
a own hag a dhuder. Ny ylly ev sensy na fella. Kyn na dheffa marnas dowr
an mor in y skevens clâv, res o dhodho anella. Ev a dhegemeras y vernans
heb omlath moy. Anella a wrug ev... ha'y skevens a veu leun a air fresk
wheg!

Jowan a egoras y lagasow. Splat a'n ebron las a vinwharthas wàr nans
orto in mes a ajwy i'n cloudys. Y vësyas a dùchyas gwels glÿb, hag a-ugh
whethow garow ha cales y anal y honen, ev a glôwas margh ow stankya
hag ow frony.

"Yth eson ny ow pewa!" yn medh ev yn ronk. Ny wrug y selwyas vry
vÿth anodho. Ev a esedhas ryb an maw wàr wels glÿb an vre in udn viras
heb ger orth golok a dhystrùcsyon dien. Dagren vrâs a resas fâss an den
wàr nans. Y feu hodna badna a dhowr an mor martesen. Jowan a gresys y
vos owth ola.

Dhia an tyller mayth esens owth esedha bys in gorwel i'n west, ny ylly
bos gwelys marnas dowr hag ethen ow pryjyon hag owth ewony. Y fedha
scobmow a bùb sort, spesly gwÿdh skethrak, tossys wàr an todnow bew.
Jowan a gresys udn labm ev dhe welas corf den scubys in rag dre droyll
an fros, saw ny veu mes golok got ha'n fygùr a veu kellys.

Adhesempys dorn y selwyas a dhalhednas bregh Jowan yn tydn. Ev a drailyas saw nyns esa an den ow miras orto ev. In le a hedna yth esa ow miras stag, ledan y lagasow, orth an ebron.

Martesen ny veu marnas coyntys i'n natur, saw an cloudys dhe'n west a hevelly bos kepar ha fâss den; bejeth coth, barvek ha fur, ha grevys dre dristyns dywodhaf. An vesyon a remainyas tecken cot kyns mos a wel. "Merlyn," yn medh an marhak in dadn y anal. "Indelma ytho yma maters ow tewedha. In y vernans kyn fe yma va whath galosek. Me a welas ost Modres Fâls in mes ena wàr an plain, ha me a wodhya fatell o marow Mytern Arthur." Ev a hanajas yn town.

Jowan o clâv rag ewn uth, saw ev a viras arta orth conar uhel an mor. "Pygebmys den?" a whystras ev. "Pygebmys den re verwys?"

An den a Lethesow a shakyas y bedn yn lent. "Nyns yw marow marnas Modres ha'y sewyoryon. Y feu dyweth Lethesow determys lies bledhen alebma, hag y feu gwelys arwedhyow i'n ster a warnyas agan sterdhewydnyon. An dus a forsakyas an pow try dëdh alebma. Me a remainyas ow honen oll rag hèn o ow devar. Ny veu profecy Beleryon collenwys: yth esa mab an Arlydhy whath dhe dhos, may halla va dervyn Cledha an Dagrow. Me a wortas ytho."

Jowan a dhienas. "Ytho te o an Gwithyas?"

Ny leverys an den tra vÿth ha Jowan a besyas. "Saw prag y whrusta ow gasa ena? Aswonys o dhis ow margh dhe bonya dhe ves. Te a'm gasas dhe gerdhes wàr dhelergh ow honen oll! Te a wodhya an pÿth a vydna wharvos. Te a'm gasas ena dhe verwel!"

Yn lent an Gwithyas a drailyas y fâss dhodho arta hag arta Jowan a welas an hevelep angresadow dhe Bèn Trevelyan. Y voys y honen o kepar.

"Na wrug," yn medh an Gwithyas. "Ny vynsen dha asa dhe verwel. A nyns esta whath ow pewa? Me a welas dha goraj pàn gemersys Cledha an Dagrow. Me a'm beu othem a weles moy. A ny wodhesta convedhes?"

Yn sodyn Jowan a wrug godhvos an qwestyon esa ow tos, ha movyans coynt êth dredho.

"A nyns esta worth ow aswon?"

"Why re gollas agas cùrun," yn medh ev, tew y lev.

An Gwithyas a dherevys y dhorn dh'y dâl. "An mor re's kemeras, kepar dell gemeras ow thir. Yma an gùrun ow longya dhe Lethesow. Re wrello hy gortos ena. Me ny'm beus an gwir na fella a'y gwysca, rag lebmyn nyns oma arlùth a dra vÿth marnas a vor gwag."

Arlùth Trevelyan a viras orth fâss Jowan. "Nyns yw alowys dhe genyver onen gweles pana sort a dus a vydn dos wàr y lergh ha don y hanow. Me re welas hedna. Kyn fo ugans denythyans intredhon, pÿs dâ ov. A vab ow mebyon, pÿth yw dha hanow?"

An maw a loncas hag a gonvedhas ena y anow dhe vos egerys yn ledan. "Jowan" yn medh ev yn cosel.

Trevelyan a leverys an hanow arta, worth y sowndya yn coynt, hag y feu kepar ha 'Ewan.' "Hanow dâ... hanow Cristyon." Y fâss a veu sad. "Te a wel, a Jowan, ny yllyn dha asa dhe verwel. Nyns yw ow margh vy a woos kebmyn. Scaffa yw hy ès ken margh vÿth in Lethesow, Beleryon, Kernow bò in Dewnans yn tien. Me a wodhya y hyllyn dha dhrehedhes adermyn. Saw, pàn wrug avy kelly syght ahanas ha res o dhybm trailya wàr dhelergh, me a veu own. Hedna a veu an dra a wrug resekva mar othobmek anedhy."

Ev a savas in bàn, in udn blegya y dhywarr. "Ny wrama strechya. Res yw dhybm trailya ow heyn orth an pÿth a veu, ha miras in rag orth pynag oll dra a vo dhyragof. A vynta marhogeth genef arta, a vab? Me a res mos pell, dell gresaf. Saw dhe'n lyha me a'th tora yn saw dhe gelhow Bre Tyny."

Yth esa golow an howl ow talleth dos der ajwiow i'n cloudys pàn wrug hendas ha dieskydnyas marhogeth yn cosel aberth i'n clos coynt wàr dop uhel Bre Tyny. Yth esa an verdh ow cortos gans hirberthyans wàr an vanken ader dro. Pàn entras Jowan ha'n Arlùth, y a savas in bàn ha'n kernyas a whethas notys brâs ha gormoledhus i'n air. Yth esa an Bardh Meur ow sevel yn prederus tawesek ryb an try than in cres an kelgh. Ha Corantyn ha Gawen, ledan y vinwharth, a fystenas in rag dhe dhynerhy an maw, hag ev ow skydnya dhywar vargh Trevelyan.

"Maw colodnek! Gwrës yn colodnek!" a leverys an corr in udn uja. Ev a'n gweskys yn crev wàr y geyn ha Corantyn, meur-sewajys, a dhalhednas y dhewla rag y dhynerhy. An fai a ledyas Jowan in rag, y lev arhansek derevys rag côwsel orth an cùntellyans. "A Verdh Gorseth Kernow! Yma mab an arlydhy dewhelys dhyworth lyvyow an dowr. Ot obma Cledha an Dagrow, arv Tristan Morethek, neb o onen ahanowgh i'n dedhyow tremenys!"

Garm vrâs a veu clôwys, ha brehow a veu tôwlys tro ha'n ebron rag ewn joy. Fygùr spladn an Bardh Meur, in y bows a las tewl hag a owr, a dheuth in rag hag a settyas dorn ascornek wàr bedn an maw. Y lagasow loos a viras orth fâss lyftys an maw, ha'n ganow asper a veu medhel gans minwharth. "Peryllys veu dha viaj, Jowan Trevelyan, ha te a'n collenwys yn colodnek. Gwra nothhe Cledha an Dagrow ha'y settya i'm dewla vy." Jowan a dednas y gledha ha'y istyna, warlergh y dhorn, inter dewla an den coth. Ev a drailyas ha'y sensy avàn. An howl a weskys an cledha, ha'n dorn afinys a spladnas kepar ha fakel vrâs.

Lev an den coth a elwys yn crev: "Yth esof owth charjya Powers an Golow, an howl, an loor ha'n ster; air ha tan; dor ha dowr; gwyns an west ha gwyns an soth ha'n peswar seson. Rewgh benothow dhe'n cledha-ma ha dhe oll an re-na a wrello y handla in hanow an Golow warbydn gallos an Skeus!"

Ev a savas ha'n cledha derevys i'n air ganso. Ena ev a'n iselhas ha'y dhry yn lent dre flabmow an try thansys. Pàn êth an cledha dredho, an tan a wrug dywy gans golow glew ha glas.

An Bardh Meur a istynas an cledha arta dhe Jowan hag ev a'n kemeras gans meur rach. Yth esa an maw y vos tobm, saw an cledha o mar yeyn avell clehy. "Nyns yw scrifys pyw a wra y swaysya wàr an dyweth," yn medh an den coth, "saw mar pedhyth an den-na, gwra y dhevnydhya yn tâ." Ev a viras in bàn. "Arlùth Trevelyan, me a garsa côwsel orthowgh."

Trevelyan a gerdhas yn crev in rag hag ena stoppya in udn viras aberth in fâss an den coth. "Why!" ev a grias yn sowthenys. "Saw why a verwys pymthek bledhen alebma!"

An den coth a vinwharthas yn sqwith. "Nyns oma tarosvan whath, a goweth coth, saw ow nessa yma an prÿs. Ny, neb a vewas dre bystry, dre bystry ny a wra codha. An bystryores a wra ow magledna whath, rag hèn yw ow destnans."

Yth esa nywl wàr lagasow Trevelyan. "Destnans a veu scrifys rag ow fow vy. Er ow gu rag nefra, me re'n gwelas collenwys."

"Me inwedh yw grevys rag dha bow, Trevelyan, saw der y goll y teu meur a dhâ. Arthur yw venjys, saw moy a vry, y sewyoryon, degoryon nowyth y Wolow, re beu sparys. Y a gav dalleth nowyth. Yma deg warn ugans mildir a vor ogasty worth aga gwitha rag an Tewlder. Me a lever hebma dhis: dhyworth an dalleth-ma dâ brâs a vydn derevel udn jëdh in enesow Syllan ha'n bÿs a wra lowenhe. Saw lowr a'n taclow-ma. Gesowgh ny dhe gôwsel a'n termyn present. Pandr'esta ow predery adro dhe'th tieskydnyas?"

"Me re welas y goraj ha me a'm beu goth. Mar pÿdh ow flehes, ha flehes ow flehes indella, ena me a wra bewa bys in dyweth ow bêwnans gans joy—joy na veu grauntys dhe dhen vÿth aral."

"Ha pleth eth lebmyn, abàn na'th eus pow genesyk vÿth?"

"Me a vydn mos dhe gort Costentyn, Mytern Dewnans. Nyns ywa Arthur, saw den dâ ha gwiryon ywa bytegyns. Me a vydn derivas dhodho adro dhe'n jorna-ma... kyn na lavaraf tra vÿth dhodho a'n radn-ma anodho" ev a addyas yn prederus. "Martesen ev a vÿdh parys dhe rauntya tiryow dhybm. Mar teu va ha gwil indella, ena me a vÿdh trigys. Me a gebmer gwreg ha dalleth an chain hir usy worth ow kelmy dhe'n maw-ma."

"Bedneth an Tas re'th fo, Trevelyan. Saw goslow orthyf. Na gôws ahanaf vy. Namnag yw gorfednys ow viaj i'n bÿs-ma."

Trevelyan a blegyas dhe'n den coth tecken. Ena a drailyas rag kemeres Jown inter y dhywvregh, hag ena ascendya y vargh. Ev a viras orth y dhieskydnyas yonk rag an prÿs dewetha. "A vab ow mebyon," yn medh ev, "re wrello an Powers a Wolow spladna warnas bys venary ha wàr dha gerens. Porth cov ahanaf vy, kepar dell wrama perthy cov ahanas jy."

Ev a drailyas dhe varhogeth in kerdh, fùndyor a deylu wàr an steda gwydn, a vedha aga arweth bys vycken. Ev a viras wàr dhelergh unweyth, in udn dherevel y dhorn rag gasa farwel, ena dell esa ow passya dre borthow an clos coth, y form a grenas kepar ha mirach ha gyllys o.

Jowan a viras orth an plâss mayth êth y hendas mes a wel hag a gonvedhas Trevelyan dhe dremena wàr dhelergh bys in y vêwnans y honen, y dermyn gwir y honen. Ny via radn na fella dhodho i'n kemysk coynt-ma a'n osow. Yth esa y oos y honen pymthek cansvledhen in termyn passys.

Corantyn dheuth ryb Jowan. "Deus," yn medh ev yn clor. "Te re welas an termyn tremenys, saw yma agan porpos ny dhyragon. Gwra seha dha honen dhyrag tansys an Verdh, kyns ès ny dhe ombarusy dhe varhogeth dhe Jy Selvester. Yma an howl ow trailya tro ha'n west."

"Saw ow margh vy—?"

"Saw yw hy obma. Hy a wodhya bos meschauns ow tegensewa ha fia wàr dhelergh in own dhyn ny obma. Nyns yw hy dhe vlamya. Ny veuma ownek ragos; ny gôws a'n profecy a'th vernans."

"Ny porthaf cov y lever an profecy me dhe vewa naneyl," a worthebys Jowan.

"Res yw dhyn drehedhes Chy Selvester kyns ès an howl dhe sedhy," yn medh Corantyn, pàn esa Corantyn, Jowan ha Gawen ow marhogeth dhywar Vre Tyny. "Chy Selvester yw tre vian a'n oos-ma hag y feu dhyrag an oos-ma, hag yma hy whath i'n agan dedhyow ny, rag coyntys yw rag tus dhe vysytya ha dhe gemeres marth anedhy. Te a's gwelvyth kepar dell o."

"Corantyn," yn medh Jowan, "an Bardh Meur—aswonys o dhe Trevelyan ha dhyso jy. A nyns usy an gwir dhybm?"

Corantyn a hanajas. "Aswonys o va dhybm, termyn hir alebma. Den brâs o. Ev a dheuth hedhyw avell Bardh Meur Kernow saw ev o moy ès hedna. Ev o Bardh Meur Enys Breten; ha pùbonen a re dhodho revrons hag onour. Ea, aswonys o dhybm, kepar dell ywa aswonys dhyso jy kefrÿs. Ev a wodhya profecy Beleryon gwell ès ken den vÿth aral, bew bò marow, rag ev a'n gwrug."

Jowan a viras i'n pellder. Gwir o an pÿth a leverys Corantyn: aswonys o an Bardh Meur dhodho, dhia dhedhyow y floholeth, hag ev a remembras fatell welas y fâss dywweyth kyns, rag leverel an gwiryoneth. An kensa treveth i'n ebron dormentys a-ugh dystrùcsyon Lethesow, ha'n secùnd treveth avell gravyans wàr ven bedh growynek yeyn in golow peder cantol.

Chaptra 18

Chy Selvester

Nyns o esy aspia tre vian Chy Selvester, erna wrussons dos ogas lowr dhedhy. Yth o an dewdhek chy isel a ven kepar ha radn a'n rin hag y o pòr haval dhe lies chy a welas Jowan i'n pow kellys. Yth esa efander a welyow munys adro dhe'n dre, esa keow men i'ga herhyn hag yth êns settys wàr an leder in terracys. Yth esa tus in dyllas lieslyw ow lavurya i'n gwelyow, ha pàn dheuth nes dhedhans an try marhak coynt, y a viras ortans in sowthan.

Y a skydnyas dhywar aga mergh dhyrag chy brâs wàr an tenewan uhella a'n trûlergh cabm esa in le strêt an dre. Daras poos a egoras ha den brâs ha tew, moy ès pymp ha hanter-cans bloodh, a dheuth in mes ha tôwlel y dhywregh ales avell dynargh.

Y voys o mar vrâs avell y fygùr, hag ev a ujas, "Wolcùm owgh why, a gowetha. Wolcùm dhe jy Selvester!"

Corantyn a gerdhas nebes stappys in rag, ha dalhedna an vregh vrâs. "Metys yn tâ, a gothman coth. Yma an bledhydnyow whar genes."

"Nyns esta dha honen ow qwil re dhrog. Saw nyns yw esy determya genowgh why, Coraneth."

"Yma an gwir genes martesen," a worthebys Corantyn hag yth esa dregyn bian in y lavar. "Abàn wrussyn ny metya an termyn dewetha, yma pymthek cansvledhen passys." Y abransow ledrek a dherevys nebes, pàn welas ev an chyften ow plegya tâl rag ewn sowthan. "Nâ, Selvester, nyns oma varys màn. An pÿth a welta yw cowlwrians an profecy."

Tâl Selvester a blegyas moy. "A," yn medh ev wàr an dyweth, "yth esoma ow talleth convedhes. 'Bÿdh osow kemyskys'—usy an gwir genef?"

Corantyn a bendroppyas, ha'n chyften a whythras Jowan dhia dop y bedn dhe woles y droos. "Ha'th coweth, coynt y dhyllas?"

"Wolcùm dhe jy Selvester!"

"Yw mab an Arlydhy. Ev yw Jowan, a issyw an Arlùth Trevelyan. Yma va ow ton Cledha an Dagrow, wosa y gemeres in mes a'n livyow dowr a wrug budhy Lethesow."

Tristans a lenwys fâss an chyften. "Me a wor a hedna, rag y feu gwelys dhyworth top an brynyow. Esta ow whilas an stenor? Ev a veu obma hedhyw myttyn, hag a dherivas dhybm adro dhe lies tra goynt kyns dybarth."

"A nyns usy ev obma whath?"

"Ev a wrug marhogeth tro ha'n ÿst. Te a wor y fordhow. Y fÿdh ev ow tos hag ow mos kepar dell vo va plesys, saw bohes venowgh y whelys vy kebmys porpos ino avell an prÿs-ma. Saw prag y fien ny ow côwsel obma, pàn usy chy Selvester ow cortos? Dewgh, powesowgh ha bedhowgh refressys. Ena ny a vydn kescôwsel."

Shâp an chy o kepar hag oy, hag yth esa an porthow ow ledya aberth in cort egor. Pàn dheuth an dus nowyth ajy, ky brâs, esa ow crowedha yn syger wàr an lehow garow, a wrug gromyal ortans, erna wrug y vêster erhy dhodho tewel. Agledh dhedhans yth esa rom bian ha marghty hir teyr fos. Yth esa dywbedren merhyk gormwydn ow herdhya in mes anodho, ha'y lost hir blewak ow lesca pùb termyn warbydn an kelyon. Adhyhow y a welas try daras. Yth esa an re-na ow ledya aberth in romys gwrës in tewder brâs an fos adro.

Dhyragthans poran yth esa daras aberth in rom rônd in dadn do sowl, hag y a veu hùmbrenkys ino gans aga ost. Nyns esa fenester vÿth i'n rom, hag y sevy udn post a bredn in crow in legh wàr an leur. An post o pòr uhel hag ny welens y wartha i'n tewolgow. Tobm o an jëdh ha hedna a wrug a rom dywodhaf ogasty. Rag hedna an daras o efan-egerys dhe alowa ajy gwyns an gordhuwher.

Jowan a esedhas y geyn warbydn an fos ha miras adro. Yth esa Corantyn ha Gawen ow kescôwsel yn tywysyk gans Selvester. Yth o mowes tewl, ledan-opyn hy lagasow, esedhys mar bell dhyworth an fai dell ylly. Pàn entras Corantyn i'n rom, myrgh wydn Selvester a gemeras own brâs a Gorantyn hag apert o na wrug hy bythqweth kyns gweles onen vÿth a'y linyeth, tu ves a'n pyctours ownek paintys in hy brÿs dre henwhedhlow an benenes coth. Kyn whilas hy thas wydn hy honfortya, ha kynth o Corantyn y honen pòr guv, ny veu temprys own Lowena. Hag ow tùchya dyllas Jowan, hy a gonsydras y vos an ober a hudoryon hag a bystryoresow, ha hy a sensy hy honen pell dhyworto ev kefrÿs.

Selvester a woslowas orth an derivas, ha'y fâss a devy dhe voy asper. "Ha'gas devar dewetha yw terry dre fosow Chy Woon kyns hanter-nos?" yn medh ev ow shakya y bedn. "Nyns eus othem a leverel dhywgh fatell wrug lies huny y assaya hag y oll re fyllys. Bohes re vewas dhe dherivas an dra. Muscotter ywa. Ple ma agas soudoryon? Pandr'a alsa agas try collenwel heb gwerryoryon? Why a'gas bëdh othem a lies den. Yma hanter-cans den ogasty i'n gaslÿs a-ugh an dre, saw heb gwarthevyas— "Rag viaj a'n par-ma why a vÿdh othem a dhen arbednek; onen a vo prevys avell hembrynkyas lu ha codnek in towlow batalyas. Nyns eus den kepar obma. Nyns oma soudor, tiak oma—ha na gampoll dhybm ow bos vy whath i'm oos an campyer a omdowloryon Beleryon. Me yw coth ha me yw tew. Ple ma an margh a alsa ow don vy wàr y geyn? Saw in dedhyow ow yowynkneth—" Ev o kellys in hireth y gov rag tecken. Mès ev a dednas y honen wàr dhelergh dhyworth an dedhyow passys, ha miras in bàn yn sherp.

"A gothmans wheg, me a'm beus meth. Me re alowas dhe'm ostysy côwsel heb tra vÿth rag glebya aga min. Lowena, kergh gwin in mes a'n withva. Na gergh an yos-na dhyworth Gal. An gwella pyment fin dhia an Cresvor!"

An vowes êth in mes a'n rom pàn esens y whath owth ombredery. Yth hevelly an dra dhe vos dyweres. Scant nyns esa prÿs hanter-nos peswar our alena, ha nyns esens y mesva pella in rag, kynth esa cledha Tristan gansans. Jowan a viras orth y dreys, morethek y semlant. Ny ylly ev unweyth omdava gans Bèn. Yth esa ev ow cortos pymthek cansvledhen alena.

Dystowgh y feu hùbbadrylsy wàr ves, ha hedna a dhyfunas Jowan a'y alarow pryveth. Yth esa an ky ow hartha mar uhel na ylly bos clôwys Lowena ow kelwel hy sîra wydn. Selvester a savas in bàn yn lent, ha cria orth an ky, neb a scolkyas aberth i'n gornel.

"Sîra wydn! Yma marhogyon ow tos! Soudoryon vergh! Deus yn uskys!"

"Rafnoryon!" a armas an chyften, ow qwaya yn poos in mes a'n chy hag ow cria rag sordya trigoryon an dre. "Kemerowgh agas arvow! Gorrowgh oll an benenes ha'n flehes i'n treven. Lowena, kê ajy ha gwra predna an darasow. Prag na veu anowys golowva? Usons y in cùsk i'n gaslÿs?"

Gawen a dednas y vool ha fystena in mes. Jowan ha Corantyn a'n sewyas clos. Yth esa seth parys in dorn an fai hag ev êth wàr bedn dewlin

141

rag medra y warak hir. Jowan a remainyas adhelergh, moy ogas dhe dharas an chy, saw y vesyas a dhalhednas yn tydn dorn Cledha an Dagrow.

Dhe'n north-ÿst yth esa trûlergh ow skydnya an rin bys in godrevy an dre. Yth esa cloudys a bodn termynak a-ughto. Y feu taran carnow mergh clôwys i'n air, ha golow an howlsedhas a dhastewynyas dhywar gaspowsyow ha guwyow.

Y feu deray i'n dre. Tus nag o naneyl deskys na gwyskys rag batel a wrug fysky in mes a'n treven ha'n gwelyow gans bolow ha fylghyow i'ga dewla. Flehes ha benenes, radn anodhans ow ton babiow, a fystenas ajy. Wàr an dyweth y feu gwelys rew truan a ugans tiak moy bò le a'ga sav ryb Selvester ha'y dry ostyas.

"Pana jauns a'gan beus?" a wovydnas an chyften yn cosel. "Mirowgh ortans: cans bò moy anodhans. Hag y oll yw soudoryon." Ev a blegyas y dâl dre sowthan. "Saw nyns yw Sowson an re-na na morladron dhia Wordhen naneyl. Marhogyon yns y—Brethonyon! Agan linyeth ny!" Y fâss êth rudh rag ewn conar. "Pana negedhys ownek a vynsa assaultya y bobel y honen?"

Saw Jowan a labmas in bàn yn amuvys, y lagasow ow miras stag orth leder an marghlu. Ny alsa den vÿth marnas onen bos mar vrâs ha mar uhel. "Rialobran!" a grias ev.

Corantyn a anellas yn sherp, hag a iselhas y warak. "In gwir, hèn yw mab Cùnoval!"

"Re varv Arthur, yw in gwiryoneth!" Conar Selvester a drailyas heb let dhe joy. "Gwrewgh iselhe agas arvow, a dus," a grias ev a-ugh an deray.

"Nyns eus den mortal vÿth mar vrâs avello ev," yn medh Corantyn, "ha nyns yw margh i'n bÿs eqwal dhe Daranwydn. Mirowgh, yma Dûk Selùs ow marhogeth ganso, ha mebyon Cùnmal—aswonys dhybm yw kebmys fâss. Hag otena—hèn yw agan Jack an Morthol ny! A, a Selvester! Ot obma agan gwerryoryon ha'gan chyften rag an vatel. Yma govenek ow marhogeth gansans!"

An marghlu a entras i'n dre hag y feu clôwys taredna carnow ha lies cry a wolcùm oll warbarth. Jowan a bonyas rag dynerhy an stenor. "Jack! Te a wrug desmygy yn compes!"

An stenor a scrynkyas orto yn lowen. "Ha Rialobran re bia bysy abàn dherevys in mes a'n men. Mir orth an soudoryon a somonas ev dhodho. Y a gùntellas i'n ger ryb an Heyl, ha me a vetyans gansans i'n fordh."

"Pygebmys yns y?" a wovydnas Gawen, whensys dhe wodhvos.

"Dew cans," a worthebys an stenor, "hag yma moy anodhans ow cortos in Bos Porthenys, in Porth Meur hag in Bo'dener. Ny a vÿdh tryhans oll warbarth."

"Ha hanter-cans a'm tus vy ow honen," a bromysyas Selvester. "Saw pygebmys usy in servys Pengersek?"

Fâss an stenor a veu tewl. "Me a dhanvonas ëdhyn dhe aspia an pow. Ger a dhewhelas ev dhe somona spyryjyon Torr Crobm, Carn Ujek hag oll aga godehy. Yma mil vùcka ow qwardya Castel Chy Woon. Kyn fedhons ow scolkya in nywl hag in tylleryow tewl, ny vowns bythqweth sensys cowars. Remembrowgh inwedh seyth Helghyor an Nos, na yll bos ledhys dre vayn vÿth i'n bÿs.

"Ha lacka whath, ny yllyn ny aga sowthan. Ny dhewhelas marnas nebes ëdhyn dhyworth Chy Woon, hag yth esens y in tebel-stât. Nâ, a gowetha, ymowns y worth agan gwetyas."

Jowan a viras orto gans uth. "Try hans ha hanter-cans warbydn udn vil? Nyns ywa lowr. Yma othem dhyn a voy a dus."

Casek wydn a gerdhas bys dhodho. Ass o hy uthek brâs. Hy o moy ès ugans dornva in uhelder. Cawr-vest keherek, na veu gwelys hy far i'n bÿs nans yw lies cansvledhen hir. Wàr hy fâss hy a wysca vysour cas a vrons, oberys yn fin hag orth y dâl corn hir hegas. Ewn rygthy o hy hanow: Taranwydn.

Nyns o hy marhak udn jêt le uthek agessy. Rialobran, Pensevyk in Beleryon an wheghves cansvledhen, o eth troshes ogasty in uhelder. Nyns esa basnet wàr y bedn ha'y vlew o gwyls ha'y dhewlagas lybm. Y dhyw-vregh o noth ha keherek crev, hag yth o goliow a lies batel dhe weles warnodhans. Yth esa caspows a blâtyow brons adro dhodho, ha pùrpur rial o y vantel. Y anow asper o kelys in dadn vinvlew crobm, hag apert o dhyworth y lagasow yeyn na wre ry oy rag dysper Jowan.

"Nyns usy dha eryow, a vaw, ow tos naneyl dhyworth an golon na dhyworth an pedn," yn medh ev. "A wodhesta mar vohes a golonecter an Geltyon? Goslow ytho: in Mownt Badon, lu Arthur, udn vil in nùmber, a wrug omlath gans tergweyth an nyver-na a Sowson hag a wainyas vyctory spladn. Yma an nos ow tos hag ny a wra marhogeth bys in Chy Woon. A vynta remainya obma ow clattra rag own, bò a vynta jy dos genen?"

143

"Nâ, a Bensevyk," yn medh Corantyn. "Yth esta worth y vrusy yn asper. An maw-ma yw issyw a Drevelyan, ha'y goraj re selwys cledha Tristan dhyworth an livyow."

An cawr a viras yn coynt orth an maw. Pystygys der y eryow, Jowan a viras orto arta in despit. An Pensevyk a grias yn sodyn gans wharth in y lev.

"Mirowgh, a werryoryon wheg! Ass usy ev worth ow defia! Pygebmys den a vynsa gwil indella? An arlùth fai a gowsas an gwiryoneth. An maw yw colodnek yn certan. A vab Trevelyan, gav dhybm ow geryow hastyf. Gwra marhogeth rybof obma, adhyhow dhybm. Warbarth ny oll a wra herdhya an pystryor hag oll y wesyon bys i'n pyt a Iffarn y honen!"

Chaptra 19

Nos Golowan

Yth yw bre Carnen Vigh an poynt uhella in brynyow Penwyth. Lobm ha gwynsak yw ha meynek. Y hyllyr bos gwelys warnedhy lies carrek a ven growyn ow terevel in mes a eythyn dov hag a venkek. An werryoryon a wortas in top an vre ow miras orth an loor owth ascendya yn uhel in ebron an nos. Yth esa Jowan ow fysla in y dhyber hag ow trailya adro dhe weles an varhogyon dawesek: dew cans drŷs gans Rialobran; hanter-cans gan Selvester; ha hanter-cans moy cùntellys in mes a'n trevow a Vos Porthenys hag a Borth Meur.

Yth esa men hir, mar uhel avell den, ow qwardya carn brâs, an le may feu encledhys lusow a vytern ankevys pell. Jowan a viras yn rafsys pàn skydnyas a pensevyk cawrus ha sevel dhyrag an crug, tednys y gledha, rag salujy an cov a'n mytern ancoth.

Rialobran a drailyas in kerdh, hag a boyntyas gans y lawn noth tro ha'n soth-west. "Yma an loor ow tysqwedhes pedn agan fordh dhyn," yn medh ev yn cot. Yth esa fosow asper gwydn Castel Chy Woon a'ga sav wàr an vre, pòr hewel aga skeusow. "An qwestyon dhyragon," yn medh an pensevyk ow côwsel orto y honen ogasty, "yw pana vaner a yllyn ny terry der an fosow-na." Ena ev a viras orth Jack, "Te a dherevys an fosow-na yn tâ, a stenor wheg. Re dhâ martesen."

Cales o fâss an stenor. "Me a's gwrug rag dyffres ow fobel ow honen," yn medh ev dre lev cosel ha meur y vragyans.

An pensevyk a blegyas y dâl. "Yth esta ow cafos despit i'n le nag eus despit vŷth intendys."

Jack a vinwharthas yn tanow. "Ny alsa ger vŷth dhyworthys jy ow despitya, a bensevyk. Mostya ow thre goth yw an pŷth usy orth ow serry."

"I'n eur-na, pyw a wor," yn medh Rialobran, "martesen an leuv neb a's derevys a vŷdh an leuv rag hy dystrêwy!"

145

Ny worthebys Jack ha'n pensevyk a drailyas dh'y offycers. "A vebyon Cùnmal, yma an prÿs devedhys! Gwrewgh marhogeth tro ha'n soth yn uskys bys in Bo'dener, le may ma ow cortos soudoryon moy. Kemerowgh an fordh goth alena dhe'n west a Dry Carn, bys i'n tyller may ma hy ow metya gans trûlergh mùjoven an Woon Gompes. Why a dal settya orth an castel dhyworth an vùjoven, dhe'n soth.

An Evellas, Sùlyan ha Gwythno, a drailyas in kerdh rag marhogeth an vre wàr nans, hag y êth in mes a wel i'n tewolgow. Ass o hir an gortos, ha dre reson Rialobran dhe vos ow miras orth cors an loor, scant ny veu côwsys ger vÿth. Wosa prÿs an pensevyk a elwys Corantyn, Selùs ha'n offycers erel, hag y a omgùssulyas dres termyn. Pednow a vedha droppys ha shakys, ha brehow a wre sinys hag ena, wàr an dyweth, Selùs a's gasas ha lebmel arta wàr y vargh. Ev a wrug salujy y bensevyk, ha gans cans den adro dhodho, ev a dhallathas skydnya enep serth an vre tro ha'n mor.

"Yth hevel an stratejy vas lowr," yn medh Jack, ow hanter-côwsel orto y honen. Ev a welas Jowan ow miras orta, gwag y fâss, hag ev a styryas an towl dhodho. "Yma Dûk Selùs ow skydnya bys in top an âls, le may whra va kerdhes tro ha'n west. Ryb fenten Morvedh, ev a wra trailya aberth i'n pow, an nans in bàn bys in Croftow, may halla dos nes dhe Chy Woon dhia an north. I'n men-termyn mebyon Cùnmal, a vo pella fordh ragthans, a wra assaultya dhyworth an soth-west, ha nyny dhyworth an north-ÿst. Mars usy an gwir genef, ny a res gortos nebes pella, may halla agan try lu assaultya warbarth dhia an try thenewan.

Saw yn certan nyns yw an termyn marnas desmyk," yn medh Jowan. "Pandr'a whervyth, mar ny vydnyn ny drehedhes an tyller i'n keth prÿs?"

"Ass osta parys dhe vaga prederow du! Saw y fÿdh an dra-na y honen a brow dhyn. Pàn vo an escar ow settya y vrÿs wàr an kensa assailyans, y fÿdh gwelys y dylleryow gwadn. Pàn wrella dos an re erel, y a vÿdh abyl dhe wil devnyth anodhans. Bytegyns," a addyas ev, "cales vÿdh rag pynag oll a dheffa dy kensa. Dre lycklod ny a vÿdh an re-na."

Y a wrug astel aga hescows, pàn glôwsons lev Rialobran, esa a'y eseth arta wàr y gourser. Y gledha a boyntyas tro hag ebron an soth.

"Pàn wrella an cloud cudha an loor, i'n eur-na ny a vydn dyberth!"

Yth hevelly dhe Jowan bos an cloud ha'n loor pell an eyl dhyworth y gela, saw marthys cot veu an gortos erna wrussons metya. An nos êth tewl, ha der an tewolgow y a glôwas lev an pensevyk, uthek in y glorder.

146

"Lebmyn, a werryoryon. Yma castel dhe gemeres hag a vo ino dhe drettya."

Orth goles bre rônd Chy Woon, ha dres an trûlergh coth yth esa tre vian kepar ha Chy Selvester, saw y feu forsakys lies bledhen alena. Yth o hy fosow overdevys hag ow pedry, ha'y thohow codhys. Hanow an dre o Crellas Bos Chywolow.

Lagasow hewol Corantyn a veu cul pàn dheuth an magoryow tawesek aberth in y wolok, ha dhewfrik a ledanhas nebes.

"Waryowgh. Nyns on ny agan honen oll."

Rialobran a frodnas y vargh. "Pandr'a leverta, arlùth an faiys?"

"Yma bùckyas in dadn gel in Bos Chywolow."

"Contraweytyans?" a wovydnas Jowan yn anes.

"Hèn yw aga forpos." Yth esa minwharth lowen wàr anow Jack an Morthol. "Saw ny a'gan beus sowthan abarth dhyn. Glew yw lagasow Corantyn, spesly i'n nos, saw yth hevel bos lybma whath y dhewfrik. Yma an fowt gans an spyryjyon aga honen. Y talvia dhedhans omwolhy traweythyow."

"Scav yw an mater-ma dhis," yn medh Rialobran yn cot. "Ymowns y worth agan constrina dhe gemeres an dre gans nerth, ow wastya termyn nag eus dhyn."

"Prag y whrussen ny y wastya dhana?" An stenor a wharthas yn cosel. "Bÿdh esedhys wàr dha vargh, a bensevyk, ha mir orth an sport in sygerneth."

Ev a dednas an hornven dhywar y godna, y sensy er y gorden a grohen, hag a dhallathas y droyllya adro dh'y bedn. "Corantyn, ple mowns y?"

An fai a boyntyas. "Hanter-cans pâss," yn medh ev.

Jack a savas yn uhel i'n gwarthowlow, ow troyllya an hornven pùpprÿs. Dhe scaffa ha dhe scaffa an dra a rosellas. Ena, yn sodyn, Jack a'n relêssyas. An men a spladnas in golow an loor, ha gans y gorden kepar ha lost wàr y lergh, ev a neyjas in gwarak semly aberth in colon magoryow an dre.

Luhesen got a flàm a dardhas, hag y feu clôwys scrij glew ow terevel hag ow codha. Levow asper a wrug deray ha hùbbadùllya. Formys kepar ha canjeons a scùllyas in brawagh brâs, ha fia aberth i'n nos.

"Ha!" a grias Rialobran yn harow, "dha vrath yw down, a stenor. Ytho cler yw agan fordh dhyragon."

Jack a drailyas y vargh adenewan.

"Pleth esta ow mos?" a elwys Corantyn.

"May hyllyf dascafos ow hornven."

"Ny ylta jy y gafos in oll an reden-na i'n tewolgow. Gas e, nyns eus termyn gesys rag y whilas lebmyn."

An stenor a blegyas y dâl tro ha'n magoryow skeusek. "Indella re bo, a arlùth an faiys," yn medh ev warbydn y vodh. "Dieth vÿdh dhyn y goll."

An trûlergh a egoras in mes i' n woon hag yth esa an vre dhyragthans—leder dien bys in fosow brâs Chy Woon. Cry brâs uhel, garm vatel Pensevyk Beleryon, a veu clôwys ha cans briansen a worthebys gans cry kepar. Hedna a veu an sin dhe bonya wàr an escar.

Y feu apert dhe Jowan dystowgh an plit esa va ino. Yth esa own ow qwrydnya y golodhyon, rag ev a wodhya nag esa fordh vÿth gesys marnas in rag, aberth in hulla a vatel.

An company a faljas inter teyr radn. Re anodhans êth adhyhow ha den brâs, clesednek y fâss, orth aga fedn. Y hanow ev, dell esa Jowan ow remembra, o Gorheder. Jack an Morthol ha gwerryoryon erel ganso êth agledh, ha'n chif-fors anodhans a darednas yn ewn dhyragthans an vre in bàn: yth esa Rialobran orth aga fedn, Corantyn, Gawen ha Jowan wàr y lergh, ha gwerryoryon a bùb tu anodhans. Y a lesas in mes in linen, aga guwyow yn leven, parys rag an assault.

Cans bùcka a dherevys in mes a'n reden in udn uja, hag y a dowlas bùly warlergh bùly in mes a'ga thowlbrednyer. Jowan, gwydn ownek saw yn tyfun, a grobmas yn isel wàr godna y verhyk, ha'n air a veu leun a'n keser mortal a vùly brâs.

Rialobran a sconyas gwil vry a'n bùly—Jowan a welas dew ven cronkya brest an cawr heb gwil travÿth—ha'n pensevyka a gentrynas y vargh in rag tro ha'n escar. Bùcka mar uhel avell den, y semlant hackra whath ès an radn vrâssa a'y linyeth, a labmas dhyrag Rialobran, worth y vragya dre vool gawrus a ven gwer.

Taranwydn, casek Rialobran, a grobmas hy fedn. Jowan a dhegeas y lagasow in prÿs an strocas, saw ev a glôwas tros an omdhehesyans. Pàn viras arta, ev a welas an bùcka trewenys yn uthek wàr gorn vysour an gasek, ha'y vesyas marow whath ow sensy y vool. An gasek a dossyas hy fedn, dre dhespityans ogasty, ha hy a dowlas corf trogh an bùcka in mesk y gowetha.

An bùcka re bia a roweth uhel in y vêwnans, ha hedna a veu apert dhyworth an olvan a dherevys adro dhodho. Y feu deray rag tecken, ha'n werryoryon, ow percevya aga les, a dowlas aga honen aberth i'n gas.

Men a whybanas dres pedn Jowan dhyworth tyller adhelergh, le may terevys ken lu a vùckyas in mes a govva skentyl, worth aga hachya in glaw a dowlydnow adhelergh hag arag. Jowan a glôwas Gawen ow cria yn harow: "Y re drohas agan fordh kildedna!"

Rialobran a dowlas dhe ves y wuw terrys gosek, tedna y gledha glew, ha trailya i'n dyber in udn leverel, "Agan fordh ny yw in rag adar wàr dhelergh!"

"Saw ple ma Selùs ha'n re erel?" a grias Jowan, "Y a dalvia bos obma warbydn lebmyn!"

Bèn Trevelyan a sqwychyas in mes an bellwolok hag esedha arta yn sqwith in y gader vrehek. Re boos dhodho o taw an rom hag yth esa y brederow in neb tyller wàr an woon, le mayth esa y noy ha'y nith in anken brâs. Saw py le? Ny veu gefys ger vÿth dhywortans a'ga gwayansow nag a'ga thowlow—tra vÿth i'n bÿs. Uver veu y viaj dhe Ven an Toll: nyns esa den vÿth dhe weles dres mildiryow adro, ha'n gwyns yn udnek a worthebys y griow muskegys. Yth esa fienasow ha'n godhvos y vos dyweres yn tien ow tynsel y golon, ha edrygys o fatell wrug ev danvon Ned ha Nellie Hoskens in kerdh dh'aga gweliow.

Ev a viras adro i'n rom, ow whilas neppyth, tra vÿth, a ylly y vrÿs bos bysy ganso, neppyth a vynsa ry dhodho hyntyans bò inspyracyon. Ev a erviras miras orth an spot bian wàr scrin an bellwolok hag a wrug y lagata heb predery kepar dell esa ow lehe.

Ev a esedhas in bàn gans sqwych, ow talhedna breghyow an chair yn tydn, ha gwydn o mellow y dhewdhorn. Nyns esa an spot ow lehe... mès ow moghhe. An spot a wrug ledanhe dhe voy ha dhe voy erna veu oll an scrin leun a wolow. Pyctour a dhallathas formya, ha sowndys a ylly bos clôwys: horn ow crackya, criow, garmow, gweskel carnow mergh.

An pyctour a veu clerhes. Batel o; strif gosek, ma na via trueth pesys na rÿs. Marhogyon gwyls aga blew, mentylly ha caspowsyow i'ga herhyn, a swaysya aga cledhydhyow in gwayow brâs warbydn uthvilas kepar ha garoulys, y dyfelebys, loos aga crohen ha'ga lagasow kepar ha lagasow cath. Yth esa an uthvilas owth omlath gans towlbrednyer, gans bolow ha gans kellyl hir a ven.

Fygùr le a apperyas in udn varhogeth wàr verhyk loos. Yth esa ow swaysya cledha, mar vrâs avello y honen, in maner wyls, ha jowalys an dorn, meur aga nùmber, a spladnas in golow an loor. Jowan o. Hager-bobanys a godha dhyrag lymder y gledha, ha Jowan ow kentryna y vargh pella aberth i'n strif. Yth esa an maw ow patalyas yn fen, gwyls y lagasow, erna wrug an merhyk sevel, muskegys der y own, ha tôwlel y varhak aberth in mesk strif an vatel ha deray an corfow.

Bèn a labmas wàr y dreys in udn gria, saw y feu an maw dyffresys gans dew fygùr aswonys: an eyl, fai uhel; y gela, corr barvek esa ow swaysya bool dhewvin yn uthek. An fai heb fysky a dherevys y warak hir ha seth gul ha marwyl a whethas in mes anedhy yn compes.

An maw a savas in bàn. I'n keth prÿs-na ev a dowlas y honen in rag, may halla trehy dhe'n dor bùcka neb o parys dhe weskel keyn dywith an fai.

An wolok a jaunjyas, saw y fedha tros an vatel clôwys whath i'n pellder ha Bèn a welas fygùr nobyl, owrlyn du adro dhodho, y dhewla derevys may halla tedna bys dhodho an gallos rag y hus. Hèn o an den coynt ha kevrinek Henry Milliton. Saw yth o an den-ma mar bell dhyworth Henry Milliton dell o va y honen dhyworth gwyll.

Efander an vu a encressyas ha Bèn a wely fatell esa Arlùth an Tebel-art a'y sav wàr legh vrâs a ven garow, hag orth y dreys yth esa form gosel ha dyllas càn adro dhedhy. Yth esa an dyllas ow colowy in golow an loor leun. Deges o hy lagasow, hy fâss in cres, ha nyns esa arweth vÿth a'y bos ow pewa marnas derevel ha codha medhel hy brest. Hag ena wàr hy brest yth esa Jowal an Gùrun. Yth hevelly dhe Bèn bos y enebow ow qwynkya orto, hag ev a gonvedhas i'n very prÿs-na fatell wrug y bower istyna in mes rag y somona.

Govenek a'n lenwys in udn labm. Yth esa Jowan ha Peny kefrÿs ow pewa, kynth esens in peryl mortal. Saw Bèn o certan ev dhe wodhvos pleth esens. Nyns o othem dhodho marnas a'n hynt lyha, ha Jowal an Gùrun a ros hedna dhodho. Ev a omwyscas in y jerkyn yn uskys ha kepar dell esa worth y wil, sonyow an vatel a cessyas ha'n scrin a veu gwag. Ev a dhegeas an daras dre nell, ha wàr fos an rom dygoweth besyas an clock a gramyas heb trueth bys i'n hanter-nos.

Chaptra 20

Porthow Chy Woon

Pàn esa an vatel whath ow tervy gwyls, Jowan, ryb Gawen ha
Corantyn, êth in rag wàr droos bys in fosow an castel. Y a drohas aga
hens gosek der an ost mousak, esa owth hesya i'ga herhyn.

Dre nas teythyak martesen Jowan a viras wàr dhelergh, ha i'n very
prÿs-na ev a welas bùcka brâs, hackra ès y gowetha, ow terevel in mes a'n
rûth. Bregh ascornek a swaysyas ha neppyth a neyjas der an air tro ha corf
Jowan. Ev a labmas adenewan, ha knoukya Gawen dhe'n dor der y hast.
Ny veu ev uskys lowr bytegyns, ha'n tôwlyn a weskys y scoodh worth y
bystyga yn tybyta. Hanter-clamderys Jowan a godhas wàr bedn dewlin.

Ev a veu fortyn brâs. An vool a werven a'n gweskys adreus ha lebmel
dhywarnodho, saw Jowan a glôwas ow resek warnodho goos tobm
glusek. Dewla crev a'n draylyas in bàn, ha besyas, yn uskys hag yn harow,
a wrug kescar qweth sqwardys y gris-T.

"Yma an fortyn ow minwherthyn orthys," yn medh Gawen. "Mar teffa
an vool ha gweskel dell veu ervirys, te a wrussa kelly dha vregh. Saw bian
yw an trogh ha ny wra dha ladha."

Todn goynt a nerth hag a goraj a scubyas der an maw. "Tra vÿth
marnas cravas?" ev a leverys yn cosel. "Deun in rag, Gawen, me yw
parys." Dens an corr a spladnas in golow an loor, hag ev a fystenas avell
luhesen ha sedhy y vool in ken corf gwydn fug-wastys.

Gwarak Corantyn a ladhas gans pùb seth, saw ny scappyas ev hy honen
heb pystyk. Trehys veu y vregh arag ha pàn wrug Jowan y weles, ev a
dednas anal, rag goos an fai o tanow, gwadn ha dyslyw.

"Ea," yn medh Gawen yn cosel, ow tevnydhya spanell i'n omlath. "Ena
te a wel ragos dha honen gwander an faiys. Crev yw aga bolùnjeth, saw
gwadn aga goos dhe berthy an poysons nowyth spredys gans mab den
adro dhe'n bÿs. Lies huny a'y bobel re verwys, ha lies huny moy a vÿdh

marow. Ev y honen o clâv moy ès unweyth, saw artys an stenor yw meur in nùmber, hag ytho yma Corantyn whath ow pewa."

Corantyn a drailyas adro ha'y fâss, cosel dell ow ûsys, a dhysqwedhas y fienasow. Yth hevelly na ylly an bùckyas bos nùmbrys, hag y a dhallathas herdhya an dus wàr dhelergh. Soudor, ow cana cân a vatel kepar ha den muscok, a veu tednys dhywar y vargh gans ost a vrehow ascornek hag overcùbmys. Y gledha a spladnas rag tecken hag êth in mes a wel.

"Yma othem dhyn a nerth nowyth, poken ny vŷdh chauns dhyn a wainya an gas-ma," yn medh an fai.

"Ha ny a gav nerth nowyth, a gothmans." Jack an Morthol, wàr droos inwedh, a dhysqwedhas in mes a'n deray. Ev a dherevys y vorthol uthek, esa ow terlentry yn rudh.

Gawen a ujas garm a dhespityans. Bool, morthol, gwarak ha Cledha lenter an Dagrow a veu derevys in sorr. An bùckyas nessa dhedhans a hockyas pols, ha'ga hockyans a gentrynas in rag an peswar gwerryor. Mantel an stenor a grohen tew tarow a wrug seny in dadn volow ha gwelyny batel a werven. Jowals cledha Lethesow a spladna in dadn wolow an loor, ow qwil patronys i'n air. Dewdhek bùcka a godhas dhyragthans, saw pàn godha onen, y fedha try moy parys dhe gemeres y le. Nerth Jowan a dhallathas fyllel. Pàn esa ow whilas omwitha y honen heb govenek dhyworth strocas a wuw dynsak, ev a drebuchyas hag a godhas.

Jack a'n cachyas er an caselyow, worth y dhraggya wàr dhelergh .

"Kildednowgh!" a grias ev. "Kildednowgh! Y yw re ragon!"

Bùckyas a dheuth wàr aga lergh, in udn lettya aga diank, hag adhesempys ny veu fordh vŷth gesys dhedhans. Hager-fâssow vyctoryes a herdhyas warnodhans ow scrynkya a bùb tu, aga arvow derevys rag an ladhva dhewetha.

Pensevyk Beleryon a dheuth in mes a'n nos. Y gasvargh brâs a darednas dres an dor ha'y cledha galosek a hackyas agledh hag adhyhow. Bùckyas a godhas, ow scrija hag owth uja, dhyrag nerth an cawr, ha'n dus a gafas fordh rag scappya.

I'n keth prŷs, cry uhel a drohas an tewolgow, ha trettya carnow mergh a shakyas an dor. Jowan a hanajas yn sewajys pàn welas dew gourser kehaval, labol aga lyw, ow ponya an vre in bàn dhyworth an soth-west. Y o mergh mebyon Cùnmal, an evellas, hag yth esa hanter-cans den worth aga sewya. An vatel a veu moy garow ha moy gwyls. Y feu clôwys cry aral, in mes a gans briansen moy, wàr an tenewan pella a'n castel. Selùs ha'y dus o devedhys.

An spyryjyon a gildednas bys in porthow an castel. Bùly towlbredn ha guwyow a godhas kepar ha glaw dhywar an fosow brâs, saw an Geltyon, gothys ha dybyta, a herdhyas in rag.

Nebonen a grias "Helghyoryon Nos!" yn ter. "An helghyoryon! An helghyoryon!"

Kynth o va spenys sqwith, Jowan a welas bos egerys yettys poos an dinas, ha bos ow frosa in mes whegh marhak, skeusek aga mentylly ha'ga hùgollow. Yth esa lagasow aga mergh dhu ow rollya rag ewn uth a'n creaturs wàr aga heyn aga honen. An whegh helghyor a savas tecken, in udn aspia an vatel gans aga dewlagas a wolow. Ena y a fystenas aberth i'n vatel, uthek aga garmow.

Jowan a viras adro wàr an vre, may halla gweles contraweytyans in neb le, saw ny welas tra vÿth. Ev a hockyas ha plegya tâl. Cabm o neb tra, ev a'n godhya. Yth esa y vrÿs worth y warnya, saw pandr'o va? Ev a garsa godhvos, saw ny'n jeva termyn dhe ombredery. Ev a drailyas y bedn arta dhe viras orth an Helghyoryon Nos ow ponya dhe vetya gans soudoryon Selùs ha mebyon Cùnmal. Arta y abransow a iselhas in udn wovyn. "Whegh helghyor?" yn medh ev dhodho y honen. "Ple ma an seythves marhak dhana?"

Bèn a lewyas der an nos kepar ha den muscok. Ev a drailyas moy ès udn gornel wàr dhyw ros, ha'n *Land Rover* a lescas yn uthek, ha'n tiak worth y dhrivya in rag gans toth crackya codna. Yth esa Bèn ow pesy an creslu dhe vos ow patrolya ken fordhow. Pàn esa va ow passya dres airport bian Pedn an Wlas, ev a swarvyas yn crev rag goheles lowarn i'n fordh. Namna wrug an carr omwheles. Yth êth in bàn wàr an min gwelsek, ha Bèn ow whilas controllya an carr muskegys, ha'y drailya wàr dhelergh bys i'n fordh. Ev a fystenas Bosavarn Coth wàr nans, hag ena ascendya an vre serth wius wàr an tenewan pell. Ena mollethy a wrug.

Ogas dhe dop an vre yth esa nywl tew gwydn dres an fordh. Hager-vollothow a dhienkys a'y anow, rag constrinys veu dhe lent'he pàn êth ev i'n nywl. An jyn a wrug hockya, pyffya, sevel. Bèn a worras y dhorn wàr an alwheth anowy. Ny veu gorthyp vÿth.

Taw tew a herdhyas warnodho a bùp tu. Y bedn a droyllyas, ha mar uskys a veu glanhes arta. Ev a viras in mes der an skewwyns ha sowthan a'n jeva.

Gyllys o an nywl... ha gyllys o an fordh kefrÿs. Yth esa an *Land Rover* ow sevel wàr woon brysklowek. An treven, a godhvia bos ow sevel in hy ogas, o gyllys. Bèn a wodhya ev dhe dhrehedhes godrevy Lanust, saw gyllys o an dre. An radn vrâssa a'n gwelyow o gyllys inwedh, ha ny aswonas Bèn an gwelyow esa whath ena.

Yth esa an loor leun ow colowy vu ancoth. Ev a welas nansow ha cosow tew inhans, hag i'n pellder bre dew wartha lobm. Bèn a viras orth top an vre, ha'n men growyn balak avell gùrun wàr an grib adhyhow.

Ev a vinwharthas heb lowena. Ny ylly ev convedhes an pÿth o wharvedhys. Pynag oll coyntys a wrug chaunjya an vu, ev a wodhya na veu defelebys semlant Carn Ujek. Nyns esa dew dyller a'n par-na in oll an bÿs. Dres an carn aswonys yth esa golow cogh i'n ebron. Bèn a viras orto pols, ena ev a anowys an jyn.

Ny gemeras Bèn sowthan vÿth pàn dhyfunas an jyn dystowgh.

Jack an Morthol a sêsyas seth in mes a woon Corantyn hag a dhallathas maylya hy sheft cul in reden sëgh. An fai a viras orto yn ancombrys.

"Lies bledhen alebma," yn medh Jack, heb miras in bàn dhyworth y ober, "kyns ès te dhe vos genys kyn fe, me a dherevys an dinas-ma avell trigva grev rag ow theylu, ha rag gwardya kenwerth an sten. Pyw a wor gwell agesof vy gwander udnyk an castel? Nyns eus mès to sowl wàr an drehevyansow usy a'ga sav warbydn an fos adhelergh. Mars usy an spyryjyon dowtys a dra vÿth, hèn yw flàm noth. Gesowgh ny ytho gwil kelgh a dan adro dhe'n re-na usy warjy."

Ny wrug Corantyn wastya termyn vÿth, saw crobma ha gweres an stenor ow qwil y ober. Wàr an dyweth ev a settyas seth dhe gorden an warak. Corn tan Jack a brovias an flàm. An warak vrâs a ganas.

Lagasow a viras in bàn yn sowthenys orth an seth gans tan ow neyja dres fosow an dinas. Ken seth a's folyas. Colon Jowan a labmas in y anow hag ev a grias in dysper: "Nâ, nâ, why folys! Yma Peny warjy!"

"Bÿdh cosel, a Jowan," yn medh an stenor heb amuvyans. "Ny vÿdh hy pystygys. Yma cort vrâs opyn in cres an castel. Hy a vÿdh saw ena. Mara pÿdh fortyn genen, an spyryjyon a vÿdh herdhys in mes, rag y a's teves own mortal a dan. Res yw dhyn terry aberth i'n castel kyns hanter-nos, ha ny yllyn ny gwil hedna in udn gnoukya agan pedn warbydn y fosow. Na borth awher, dha whor a vÿdh saw, a Jowan. Yma Jowal an Gùrun orth

154

hy dyffres. Ny vydn Pengersek chauncya pystyk dhedhy hy na dhe'n Jowal, spesly pàn on mar ogas dhe brÿs hanter-nos, prÿs an hus."

Golow a dan a dhysqwedhas a-ugh fosow an castel ha flàm a ascendyas i'n air. Ken flàm a veu gwelys ryptho, hag udn flàm moy. Yn scon yth esa croglen a dan owth uja a-ugh an crenellys. Y feu clôwys scrijow a bain warjy ha'n Geltyon a dherevys cry frêgys a lowender.

An porthow brâs a egoras gans tros brâs an secùnd treveth hag ost a vùckyas, muskegys gans own, a fystenas in mes. Lies huny anodhans o gans tan. Y a scrijas yn uthek hag a flappyas yn tyweres orth an flabmow, erna wrussons codha ha plynchya yn idhyl wàr an dor. Saw ny veu gwelys arweth vÿth naneyl a Pengersek nag a Peny.

An spyryjyon yagh a jùnyas dhe'n vatel gans oll aga nerth, saw an Geltyon a besyas owth omlath, kyns êns bohes warbydn escar moy in nùmber. In fordh bynag y a spedyas dhe sensy aga thyller. Whegh Helghyor an Nos, canasow an drog, a swaysyas aga cledhydhyow du gans venym uthek, ow trehy hag owth hackya. Pàn wre cledha gweskel aga mentylly, ha lies cledha a wrug indella, ny vedha kefys tra vÿth in dadnans a ylly bos pystygys, ha'n lawn a horn a wre gwedhra ha browsy dhe dybmyn. Dhe voy den a ladhens, dhe voy y spladna an lagasow skeusek in dadn an cùgollow. Ny ylly den vÿth sevel wàr aga fydn.

Corantyn a grobmas y warak, ha danvon seth yn strait bys in colon an helghyor nessa dhodho, saw ny spedyas predn helyk na men flynt poynt vÿth gwell ès horn. An jevan a wharthas yn yeyn hag a gentrynas y vargh in rag. An fai a veu marthys scav ow coheles. Hedna a'n selwys pàn skydnyas an lawn tewl, in udn drehy an air le may feu pedn an fai tecken munys kyns. Cudyn a vlew arhansek-owrek a neyjas yn lent dhe'n dor. An margh du a veu trailys yn cruel adro, ha'n cledha du a swaysyas in bàn rag gweskel an secùnd treveth.

Jowan a bonyas in rag, ow kelwel yn uhel ha cledha Tristan a spladnas dystowgh in y dhorn. An jevan a wrug serthy heb let, trailya y vargh ha mos in kerdh. Corantyn a savas in bàn, ow miras gans marth orth cledha an jowals. Golow dynatur an arv o gyllys gwadn arta.

"A ylla bos gwir?" yn medh ev in udn hockya. Saw lagasow erel a'n gwelas; ken brÿs a veu scaffa agesso. Carnow brâs a weskys an gwels rypthans ha lev ter a veu clôwys: "An cledha, a vaw! Ro dhybm cledha Tristan!"

155

Jowan a viras in bàn heb leverel ger. Yth esa tenewednow brâs ewonek Taranwydn an margh a-ughto ha dorn an cawr a istynas bys dhodho heb meur a berthyans. An maw a dherevys an cledha, ha'y ry dhe'n pensevyk warlergh y dhorn. Rialobran a'n kemeras ha lyftya an dorn afinys dh'y wessyow.

"Otta!" a grias ev. "Nevhorn! Yth esoma ow convedhes lebmyn prag y feusta danvenys dhe Lethesow!" Ev a viras dhe'n dor orth an maw. "Ha lebmyn yth osta heb arv." Ev a dhyvoclas y gledha cawrus y honen. "Ot obma ow lawn ow honen—Gwithyas Howlsedhas y hanow. Me a'n re dhis, a werryor yonk. Gwith e yn tâ, rag yma geryow Merlyn ow profusa dëdh may fÿdh Beleryon in peryl arta. I'n jëdh-na, a vÿdh i'th termyn dha honen, den a wra dos dh'y gafos i'm hanow vy. Bys ena, a vab Trevelyan, an cledha a wra dha servya, kepar dell wrug ow servya vy. Me a wor dha vos crev lowr dh'y swaysya. Kebmer e!" a leverys ev, pàn esa Jowan inter dyw gùssul. "Nyns eus othem dhybm anodho na fella."

Jowan a drebuchyas in dadn boster an cledha cawrus ha Rialobran a drailyas y gourser tro ha loskvan porthow an castel. An tros ha'n deray a wrug lehe ha merwel. Strocosow a stoppyas hanter-gwrës, hag pùb lagas a viras tro ha'n pensevyk gwyls ha Cledha an Dagrow. Pàn wrug ev y dherevel dhe'n ebron, an cledha a spladnas gans golow brâs ha tan glaswydn a resa y lawn ahës. Y feu lagasow deges warbydn an splander, pàn savas Rialobran dhyrag flabmow yettys Chy Woon.

Y feu cres ha cosoleth tecken wàr an vre, heb tra vÿth dhe glôwes marnas uja dybyta an tan. Ena adrëv fos an flabmow, form a wayas. Der an porthow, yn lent hag yn avisys, heb gwil vry a'n tan nag a'n menweyth ow codha adro dhodho, y kerdhas wàr y vargh du captên Helghyoryon an Nos. Jowan a dhienas pàn welas margh ha marhak ow tos heb own hag yn tybystyk der an tan whyflyn.

"Nyns yw margh hodna in gwir," yn medh Gawen yn cosel. "Mir orth hy dewlagas. Ass usons y ow lesky! Casek Pengersek yw hy, dyowl in form a vargh. Jevan wàr jevan!" An maw a blynchyas: "Gans jevan wàr jevan bÿdh garow an gas." Linen aral a'n profecy re bia collenwys.

An jowl-gasek a gerdhas in rag ha'y marhak tarosvanus wàr hy heyn. An gasek o mar dhu avell an hanter-nos, heb reckna spot gwydn kepar hag adamant in cres hy thâl. Yth esa hy thebel-lagasow ow tywy in despit ha'n anal in mes a'y dewfrik o kepar ha mog dhyworth tansys syger.

Y a savas labm dhyworth Rialobran, esa worth aga gortos. Scovornow Taranwydn a veu plat warbydn hy crogen, ha hy a grobmas hy fedn avell godros. Cawr-garnow hernys a stankyas an dor.

Dres mynysen hir ha tawesek jevan ha pensevyk a viras orth y gela. Ena an helghyor a dherevys y dhewla i'ga manegow hag a dednas y gùgol dhywar y bedn. Y feu dhysqwedhys fâss na wrug lagasow mab den gweles kyns. Pùbonen a dhienas.

Fâss el o: semly, rial, teg dres ehen. Saw fâss a debel-el, rag yth esa drockoleth ow terlentry i'n lagasow yeyn. Ny ylly tra vÿth cudha an kernow bian ow sevel in mes hag in rag dhywar an eryow owr-grùllys. Yth esa olcan glew wàr aga bleynow lybm.

Ny besyas an vesyon mès tecken. An cledha du a sias in mes a'y woon, ha ganow an jevan a wias ow qwil scrynk coneryak.

An cledha dhyworth Lethesow a spladnas unweyth arta pàn wrug Rialobran y dôwlel i'n air. An lawn, glas y wolow, a droyllyas avàn kyns ès dhe'n pensevyk y gachya yn skentyl in y dhorn dyhow. Scrynk an jevan a veu gorthebys dre gascry uhel. Geryow defians an Vrethonyon a dhaslevas der an brynyow growyn hag aberth in tewolgow an nos.

Margh du ha margh gwydn a dheuth warbarth ha'ga harnow ow taredna in deray. Pedn crobmys Taranwydn a whilas y gosten heb errour. Corn uthek y vysour a vrons a sqwardyas an gasek iffarnak in udn egery tebeldrogh gosek in hy thenewan. Hy a drebuchyas ha trailya adenewan in udn uja, meur hy fainys. Ena, er scruth pùbonen, an goly a dhegeas dhyrag aga lagasow, hag a veu mar yagh dell o kyns, kepar ha pàn na veu bythqweth.

An Helghyor a's trailyas arta ha'y gledha a skydnyas yn scav wàr scoos an pensevyk. Ev a wrug y sensy in bàn rag dyffres y bedn heb basnet. I'n keth gwayans Rialobran a vedras yn tybyta avell gorthyp, saw scaffa veu an jevan. Ev a gildednas y arv rag lettya an cledha spladn. Bodharus veu an dhew arv owth herdhya warbydn y gela. Pàn spladnas Cledha an Dagrow unweyth arta, lawn du an Helghyor a dorras dhe dybmyn.

Rialobran a hackyas an jevan arta hag arta, owth ûsya y dhywvregh dhe ry nerth dhe'n bobm dres keyn. An cledha spladn a asas hens golow wàr y lergh.

Y feu gwelys pols vesyon uthek: pedn cornek ow lebmel dhywar an dhywscoth tewl. Wosa hedna luhesen ilyn a dhallhas an whythroryon. Y feu clôwys criow a anken dyvarow, ha garm lowen gormoledhus dhyworth an Geltyon. Ena tewolgow ha taw a godhas kepar ha meyn.

Margh du ha margh gwydn a dheuth warbarth
ha'ga harnow ow taredna in deray.

Gyllys o Helghyoryon an Nos aga seyth, kenyver onen anodhans. Ny veu gesys marnas aga mergh brawehys. Nyns esa ol vÿth a Rialobran gesys naneyl nag a'y gasek wondrys. Rag tecken imaj tarosvanus a gledha golow a grogas i'n air, an poynt wàr nans. Ena an vesyon a wedhras ha gyllys o rag nefra. Garmow a dhysper a dherevys dhyworth luyow an bùckyas. Aga lewydhyon o dystrêwys hag y o kellys. Y a asas aga arvow dhe godha yn kettep pedn, hag ow forsakya aga thus goliys dhe omsawya, y a fias dhe'n fo aberth i'n nos. Jowan a savas, meur y uth, ha ny ylly leverel ger vÿth. Corantyn a worthebys an qwestyons na ylly ev govyn.

"Cres, Jowan. Yma pùptra yn tâ gans Pensevyk Rialobran. Ev re gollenwys y dhevar, ha wàr an dyweth yma va ow mos dhe gemeres y dyller ewn in Enys Avallon—in Helow an Re Colodnek. Ny wra va dewheles, mar ny vÿdh ev ryb Arthur pàn dheffo ev arta.

"Ow tùchya Helghyoryon an Nos, y feu scrifys termyn hir alebma dystrùcsyon onen anodhans dhe vos ancow ragthans oll. Yma rain an uth gorfednys hag y feu Cledha an Dagrow a dhetermyas aga thenkys. Gwrës veu a nevhorn ha danvenys veu gans Ollgallos an Golow. Ny ylly bos fethys dre dra vÿth in mes a Debel-wlascor an Skeus."

Jowan a viras orth an cledha cawrus in y dhewla.

"Hèm yw cledha teg inwedh," yn medh an fai, "hag y coodh gwil vry anodho. A welta an geryow in tavas an Romanas gravys aberth i'n lawn. Y a lever: 'Hèm yw cledha Rialobran Beleryon, mab Cùnoval Mytern. An vran yn udnyk a wra y handla, ha ken den vÿth marnas a vo wordhy.'"

Jowan a wrug iselhe y bedn. "I'n cass-na me ny'm beus gwir dh'y sensy."

"Nâ, nâ." An fai a shakyas y bedn. "Ev a'n ros dhyso jy, rag te re brovas dha vosta wordhy."

"Saw an den-ma neb a wra dos ragtho—"

"Ny wòn, a Jowan. Hedna a vÿdh ken whedhel ha res vÿdh dhyn ny y wortos."

Y feu clôwys sownd coynt a nebonen ow passa. Jowan a drailyas hag yth esa Gawen ow sevel ryptho, ledan-egerys y lagasow ha sowthan stranj ancombrys dhe redya wàr y fâss. An corr a bassas arta; harth coynt ronk neb a shakyas oll y gorf. Gover tanow a woos a dheveras in mes a'y anow hanter-egerys wàr y varv. Ev a godhas in rag ha Jowan a aspias dorn garow a gollel ven herdhys inter y dhywscoth, in udn dackya y vantel dh'y geyn. Hèn a veu ro dyberth dhyworth bùcka kyns ès merwel. An maw a savas yn tyweres pàn fyllys dewlin Gawen in dadno.

"Gwra ow sensy, a vab," ev a hanajas. "Gwra ow sensy in bàn!" Jowan a gemeras y vregh dhyhow, Corantyn y vregh gledh, ha warbarth y a dhug poster an corr.

"Gromercy dhywgh, a gothmans," ev a whystras. "Ow whans re beu pùpprÿs, pàn dheffa an ancow dhe'm recevya, me dhe sevel rag metya ganso ha dhe vos hautyn. Ny wrama merwel wàr ow heyn, adar wàr ow threys." Yth esa an bêwnans ow sygera in mes a'y lagasow pùb mynysen hag ev a bassas arta, tormentys brâs. Arta an goos a resas in mes a'y anow hag ev a drewas in dysdain. "Me yw contentys," yn medh ev, cot y anal, rag ev a veu othem brâs a air. "Yth esoma ow merwel avell gwerryor hag in mes cothmans lel. Jowan?" An ger a dheuth kepar ha pàn gafas an corr y honen oll gans Jowan. "Maw colodnek: pàn ven gyllys, gorr vy i'n castel. Re bo ow horf kemerys gans an flabmow. Hèn yw ow whans. Ny allama perthy an tybyans a grug worth ow fosa wàr nans." Pedn an corr a blegyas wàr y vrest ledan ha'n corf a godhas inter aga dewla.

"Gawen!" a grias Jowan, saw dall o lagasow an corr, ow miras heb gweles orth an dor.

"Gawen gwerryor re'gan gasas," yn medh Corantyn, whar y lev. "Gweres vy dh'y dhon. Res yw dhyn collenwel y whans dewetha."

Y a dherevys an soudor bian, hag a'n dug der an porthow, esa whath ow lesky, aberth i'n castel. In despit dhe'n gwres brâs ha peryl an tan, an castel o leun solabrÿs a dus ow whilas Pengersek. Onen a'n byldyansow an fos ahës a remainyas heb lesky, saw ny via marnas nebes mynys erna dheffa an flabmow rag y dhevorya.

Y a settyas corf Gawen a'y wroweth i'n chambour leun a vog. Y a'n maylyas in y vantel hag a settyas y vool lel veurgerys wàr y vrest. Corantyn êth wàr bedn dewlin rag degea y lagasow. "Farwel, a gothman coth," yn medh ev yn cosel ha trailya ha kerdhes yn spenys in mes. Jowan a viras tecken orth an corf bian heb côwsel ha'y lagasow a lenwys a dhagrow—ny ylly ev cafos ger vÿth. Ena ev inwedh a asas an chambour.

"Collel i'n keyn," a styryas Corantyn. "Saw contentys o va wàr an dyweth." Ev a dhysqwedhas an flabmow esa solabrÿs ow talleth lyckya an to sowl. "Hèm o y whans dewetha."

Jack a dednas y lagasow dhyworth an wolok. "Yma an castel gwag. Nyns usy naneyl Pengersek na'n vowes obma. Ny re whythras pùb cornel. Yth esa taclow rag nygromans i'n chy an yet, saw hèn o pùptra. Ny re beu tùllys gans cast mar goth avell an termyn y honen, ha pana gòst!" Ev a viras arta orth corf Gawen. "Nyns yw gesys marnas nebes mynys." "Saw y a res bos obma!" Yth esa calmynsy ûsys Corantyn y honen nebes frêgys. "Ny lever Men an Toll gow. Ev a boyntys yn apert obma, dhe gastel Chy Woon."

Jowan a drailyas adenewan, brêwys y vrÿs. Wosa pùptra, tùll an pystryor a's fethas. Oll an fienasow, an vatel... Gawen... pùptra re bia yn uver. Plepynag esa va, Marhek—Arlùth an Tebel-art—a gafas an vyctory.

'Plepynag esa va?' an tybyans a dheuth dhodho adhesempys. A wrug an men tellys aga thùlla? O va inspyracyon bò cala dhe dhalhedna? Ny wodhya, saw govenek a neb sort o va. O ev y honen an udn den a verkyas bos neppyth coynt ow tùchya tenewan an vre? Ev a wodhya lebmyn. Yth esa neppyth ow lackya i'n vu.

"Nâ!" a grias ev, "cabmgemerys owgh why! Why oll yw cabmgemerys! Ny leverys Men an Toll gow vÿth. Nyns esa an men ow tysqwedhes castel Chy Woon màn. Yth esa ow poyntya dresto dhe Goyt Chy Woon!" Ev a drailyas ha ponya dhyworth an castel, ha Jack ha Corantyn a'n sewyas.

"Mirowgh!"

In dadn wolow yeyn an loor yth esa bedh men coth Coyt Chy Woon ow qwitha y vystery uthek, le mayth o va kelys bys i'n eur-na.

"Ytho," a hanajas Corantyn, "yth esof ow talleth convedhes. Arlùth an Tebel-art a ûsyas y bystry dhe geles y honen, ha ny ow wastya termyn rag kemeres an castel. A ny vynsa ev kelmy hus a'n par-na dhe neppyth a gresy ev na ylly bos dyswrës?"

"Helghyoryon an Nos," yn medh Jack. "Re sten Ictis, an pensevyk a'gan servyas yn tâ!" Ev a drailyas wàr dhelergh dhe'n dinas, in udn gria uhella gylly. "A werryoryon! Dh'agas mergh! Dh'agas mergh!"

"Prag a wrussa Pengersek dêwys tyller avell an Goyt rag y ceremony?" a wovydnas Jowan.

Fâss Corantyn o heb amuvyans pàn worthebys. "An Goyt yw tyller rag an re marow."

Chaptra 21

Devedhys yw an Prÿs...

Marhek, Arlùth Pengersek, a viras in bàn dhyworth y lavur, kepar dell esa an varhogyon ow taredna an vre wàr nans bys dhodho. An flabmow dhyworth fosow leskys castel Chy Woon a vedha dastewynys wàr gaspows ha wàr gledha, hag yth o bleynow an guwyow poyntys glew a dan. Own a dhysqwedhas rag tecken in y lagasow tewl. An own a bassyas, pàn welas ev tyller an loor. Minwharth a davas cornellow y anow. Y dharbaryans o gwrës. Nyns o res lebmyn marnas gortos an hanter-nos, nebes mynys whath.

Yth esa kelgh a dhewdhek fygùr adro dhe'n dobmen esa an Goyt ow sevel warnedhy. Kepar ha menegh êns, loos aga gon ha cùgol, hag y owth elvedny kepar ha pàn vêns gwelys dre nywl a domder hâv.

An werryoryon êth in rag tro ha'n bedh coth. Yth esa an men brâs warnodho ow spladna yn coynt in golow an loor. An fygùr tewl warnodho o kepar hag imaj gwrës a dhuven. Yth esa form gosel a Peny Trevelyan a'y groweth orth treys an pystryor. Yth o hy dyllas arnowyth kelys in dadn bows rych a samit gwydn, ha'y blew melen o spredys wàr an men growyn yeyn adro dh'y fedn. Yth esa Jowal Cùrun Lethesow wàr hy brest, hag ev whath kelmys dh'y jain. Hanter-cudhys o an jowal dre goloven lieslyw a ethen stranj, esa ow troyllya yn lent in bàn dhyworth peswar vessyl coynt ogas dhe bedn an vowes.

An varhogyon a dheuth nes dhe'n fygùrys i'ga hùgollow, neb a remainyas a'ga sav heb own ha heb gwaya.

Arhadow asper a veu clôwys: "Gwrewgh marhogeth ortans!"

An gwerryor henwys Gorheder, ferv y fâss clesednek, a gentrynas y vargh in rag, strait bys i'n fygùr nessa dhodho. Ev a swaysyas y gledha crybbys wàr dhelergh rag ladha. Ena cry a own a dhienkys in mes a wessyow Jowan.

Dell hevelly, margh ha marhak a bassyas der an form darosvanus yn tien, kepar ha pàn vêns y gwrës a nywl. Y feu clôwys crack lybm, flerynsy wherow loskven a dhrehedhas aga frigow. Margh ha marhak a godhas dhe'n gwels, mog ow tos in mes anodhans. Y a wortas heb gwaya wàr an dor. An fygùr kepar ha managh a sevy mar dawesek ha mar dhyvuf avell kyns.

Corantyn a frodnas y vargh yn sherp, esedha in bàn yn serth i'n dyber ha tôwlel y dhorn i'n air. "Sevowgh! Moy a bystry!"

"Ass osta skentyl," yn medh Pengersek in udn vinwherthyn yn plesont, ha'y lev ow mockya yn whar. "Wolcùm owgh why, wolcùm owgh why oll. Why a gav an fortyn dâ a weles an dra-ma ow wharvos. Ny vewgh why gelwys, saw wolcùm owgh bytegyns."

"Me a gav fortyn dâ pàn wrama gweles dha gorf pedrys ow maga an briny." Dûk Selùs, asper y lagas, a gowsas.

Pengersek a viras orto yn syger. Scant nyns o bern dhodho an gwerryor. Pengersek a gowsas kepar ha scolvêster ow rebûkya scoler, drog y fara, hag yth esa wherowder poos in y eryow. "Den dyweres kepar ha te... ha crŷs dhybm, dyweres osta... y codhvia dhodho warya y vanerow pàn usy ow côwsel orth y welhevyn."

"Y welhevyn!" yn medh an gwerryor in udn drewa.

"Pays, a gothmans," yn medh Corantyn. "Nyns usy ev marnas ow whilas gainya termyn."

"Ha nyns yw nameur anodho gesys, a Arlùth an Faiys," a leverys Pengersek dhodho. Y lagasow a wandras dres fâssow y eskerens. "A, hèn yw fâss aswonys dhybm: Jack an Morthol," yn medh ev yn smoth. "Ny wrussons metya nans yw termyn hir. An prŷs-ma me a'm bŷdh an vyctory."

Arlùth an Tebel-art a ombrederys tecken. "Ytho hèm yw styr profecys Beleryon. Onen a wersyow muscok Merlyn, mars esoma ow perthy cov yn ewn. ' Bŷdh Kemyskys Osow.' Res yw dhybm meneges fatell veuma nebes ancombrys ow tùchya an linen-na. Res yw dhywgh acordya bytegyns an gwersyow dhe vos egerys pùb fordh. Nyns yw an vyctor dewetha campollys inhans. Bys lebmyn te re wrug pùptra in udn fydhya te dhe vos ev. Ass yw hedna gesedhus!

"Yth hevel dhybm fatell o arv Tristan, Cledha an Dagrow, a dhestrias Helghyor an Nos, ha why tus colodnek, a dhanvonas maw pûrek dhe Lethesow rag gwil ober ragowgh, nag ewgh why whensys dhe wil agas

honen." Y wolok a dhrehedhas Jowan, neb a viras orto gans cas ha despit.
"Te a wrug yn tâ, a vab. Ober colodnek in gwir, saw gyllys yw an cledha.
Ny yll ev dha weres lebmyn."

Arlùth an Tebel-art a wharthas orth an torment wàr fâss an maw. Ev a
wrug sin dramatek, ow scubya y dhorn cledh ha wosa hedna an dorn
dyhow in gwaregow brâs, ha'n fygùrys in dyllas managh êth mes a wel.

"Udn let kemerys in kerdh," a leverys ev in udn vinwherthyn, "saw
nyns yw hedna a les dhywgh. Ow nygromans ha hus Nos Golowan a yll
agas overcùmya yn kettep pedn."

Y voys a jaunjyas hag ev a sorras. "Esowgh why ow cresy a alsa Marhak
Pengersek bos lettys gans flehes, gans folys ha gans covow gwadn a
hembrynkysy coth? Mirowgh orthyf! A wrug avy coth'he dres an
cansvledhydnyow hir? Scant udn vledhen kyn fe. A ny gefys vy tyntour,
nectar a yowynkneth bys venary? Ny wra ow horf vy nefra gwedhra
kepar ha delyow crebogh an kydnyaf."

Jack an Morthol a viras stag orth an pystryor, hag yth esa trueth in y lev
pàn leverys yn cosel, "Nâ, Marhak, nyns usy dha gorf ow qwedhra. In le
a hedna yma dha vrÿs duhes ha gwedhrys. Te o unweyth den nobyl hag
onest, saw dha natur re beu cabmys der artys an Tewolgow ha gans draght
plos an Pyt. Ea, te re dhesmygyas an kemysk ha maga y gevrinow, saw
nyns usy tyntour an bêwnans genes jy na fella, Marhak. An tyntour a'th
pew jy!"

"Hèn yw lowr!" yn medh Pengersek dre uj. "Re varv an Cornek, lowr!
Osta hardh dhe'm tauntya, te stenor, nag os moy ès cov gwadn, dasvewys
der an mayn a brofecy a flows!"

Govenek a labmas aberth in colon Jowan. Ny wor ev màn! Ny wor ev
pyw yw Jack in gwiryoneth. Yma va ow tyby ev dhe verwel lies
cansvledhen alebma!"

An pystryor a gafas y lev a vostow arta. "Mirowgh orthyf vy.
Gwelowgh agas Mêster, rag me a vÿdh dyvarow in gwir! Me yn udnyk a
bew an kevrin, ha ganso, an power a dheseth dhe nebonen na yll merwel
bys venary. An ober a gansvledhydnyow yw collenwys. Lebmyn, pàn vo
gallos an tegyn-ma dhybm, ny vÿdh othem na fella dhybm a' n tyntour.
Me a vÿdh Mêster an bÿs, an howl ha'n loor, Mêster an Creacyon yn tien.
Ny vÿdh an islonk dhybm na fella ken ès shanel ryb an fordh. An Nev,
esowgh ow côwsel mar wordhy anodho, ny vÿdh dhybm ken ès cloud
brottel. Satnas ha'gas Duw dyspuyssant a wra obeya dhybm.

"Hag ow tùchya agas strivyans colodnek wàr ow fydn, uver yw. A nyns yw scrifys Nos Golowan bos power pystryor, pystryores ha jevan dyfreth dhyrag Magùs gwiryon kepar ha me?"

Jack a dherevys y dhorn rag cafos y vilprëv a hornven ha fyt a dhysper êth dres y fâss. Ev a remembras, an pŷth o gyllys. Kellys o i'n reden tewl an dre vian forsakys. Jowan a dednas y vrehel, hag yth esa othem ha fienasow in y lev. "Jack, yw an gwir dhodho?"

"Gwir yw an taclow a lever ev," a worthebys Jack yn fethys. "Ha hèn yw an reson na vynsa assaya hus a'n par-na marnas peder nos i'n vledhen." Ena ev a gowsas in udn whystra. "Ha heb y hornven, nag yw onen vŷth a'n powers campollys ganso, dyspuyssant yw duw codhys kyn fe, heb côwsel a greftor sempel kepar ha me."

An maw a egoras y anow rag y gontradia, saw lettys veu. Son sodyn wheg a darednas in y scovornow. Ny ylly den vŷth leverel ableth esa ow tos, saw an ebron a grenas orth y glôwes, ha'n loor a veu goos.

Fâss Pengersek o vysour vyctoryes. "Kensa clogh an hanter-nos! An dewdhegves a welvyth ow lavur collenwys, ha kepar dell esowgh why ow sevel yn tyweres, indella why a whel cùrunys mêster nowyth an Creacyon!" Y vës a boyntyas wàr nàns tro ha form dhyvuf Peny ha tro ha Jowal hanter-kelys an Gùrun.

"Nâ!" a grias Jowan, in udn lebmel dhywar y verhyk. An pystryor a dherevys dorn, yn clor ha dre dowl. Neppyth a weskys wast an maw; neb fors dywel, neb a'n towlas, ow tiena, wàrlergh y gilben. Ev a wrowedhas yn gron, owth hanaja rag ewn berr-anal. Aves dhe hedna an maw o heb pystyk, rag bys i'n prÿs-na whath yth esa Jowal an Gùrun ow qwitha issyw Trevelyan. Arlùth an Tebel-art a dherevys y dhywscoth ha trailya in kerdh.

An tressa clogh a sonas yn trist, ha pàn esa y dhaslev ow merwel, son nowyth a veu clôwys. Son serrys, neppyth inter uj ha scrij: olvan hir gwragh, esa ow terevel hag ow codha, saw owth encressya pùpprÿs.

Dha wolow spladn a dhewynyas der an nos: dewlagas cawrus, uthek, ow ponya an vre in bàn bys dhedhans. An uthvil a hûas, dre gonar, ha'n vergh a wrug gryhias rag own, aga marhogyon owth assaya aga rewlya.

An pympes clogh a sonas.

Dyvuf in cres an deray, Arlùth Pengersek a grùllyas y dhewdhorn hag a wrug kernow trailys dhe'n dor, bës bian ha bës arag istynys in mes. Cudydnow an mog oylek coynt a dhallathas dystaga aga honen dhyworth an goloven esa ow rosella yn syger aberth in ebron, hag y a droyllyas kepar ha serf adro dhe enebow fast Cùrun Lethesow.

An air a dhascrenas orth son an wheghves clogh, ha'n tros a veu scrij uthek, dywodhaf. Olcan a sqwattyas olcan, ha'n secùnd fygùr uhel a omdhysqwedhas dystowgh wàr ven cappa Coyt Chy Woon...

Form vrâs Bèn Trevelyan.

Chaptra 22

... saw nyns yw Devedhys an Den

An dhew dhen wàr ven cappa Coyt Chy Woon a viras an eyl orth y gela heb côwsel dres form dhyvuf an vowes. Yth esa an goloven vousak a vog golow whath ow troyllya in bàn ha'n colorys lieslyw a nabmas fâss an tiak kepar ha pàn ve hager-vysour.

Pengersek a wayas kensa. Mar uskys avell luhesen y dhorn deges a scubyas in bàn hag egerys palf wàr vàn. Y feu clôwys sownd kepar hag eskelly crohen ow qweskel. Goverow a dewolgow a frosas dhywar an dorn opyn bys i'n tiak. Jowan a glôwas y vriansen ow strotha rag own.

Ny blynchyas Bèn saw ev a whythras dre galmynsy dynatur kepar dell swarvyas an hager-fros in hanter-fordh, sùgnys wàr nans aberth in Jowal spladn glân an Gùrun. An jowal a wrug terlentry rag tecken. An pystryor a viras yn anhegol orth an tiak, rag ny wodhya pandr'a dalvia dhodho gwil nessa. Minwharth a dhallathas lesa dres fâss Bèn.

Golow nowyth a spladnas orto, kepar dell esa Jowal Cùrun Lethesow ow tasserhy. Dhywar vrest Peny in mesk an hager-vog yth esa splander an jowal ow sordya. Nyns o an golow lyw emerôd an termyn passys, saw golow gloryes a'n purra gwydn, ow tevy dhe spladna ha dhe spladna Dhyrag golowder an jowal an mog oylek a lehas ha mos in mes a wel gans hanajen gosel.

Yth esa splander an jowal whath ow tevy, saw i'n prÿs cot kyns ès y vos re spladn dhe viras orto, Jowan a welas semlant y ôwnter dhe jaunjya. Yth esa barv ow formya wàr an challa crev. Y vlew a veu hirra, hag yth esa cùrun sempel orth y sensy in y le. Yth o geryow scrifys wàr an gùrun, mès tyller an jowal wer o gwag. Yth esa mantel rudh tewl ow cregy dhywar y dhywscoth. I'n prÿs cot-na an tiak dhia Eglos Beryan a veu gwrës Trevelyan, Arlùth dewetha Lethesow.

Pùbonen a drailyas y lagasow in kerdh kepar dell dardhas Jowan Cùrun Lethesow ha gwil tanflàm galosek glew—howl nowyth wàr an nor, a wrug dëdh golowys a'n nos. Crystalys wàr dop brynyow Beleryon abell a spladnas benothow. An woon forsakys a dewynyas gans lyw gwydn, ha'n skeusow a veu pyttys dywoles.

Jowal an Gùrun a loscas dhe voy ha dhe voy spladn. Ena in leunder dewetha y allos ev a dorras dhe vilyow a dybmyn. Arlùth Pengersek, in udn skewya y lagasow adrëv y dhorn derevys, a grias unweyth, trebuchya wàr dhelergh ha codha yn fethys dhywar an men cappa. Tewolgow a gudhas an woon arta, ha nyns esa golow dhe weles marnas an loor ha flabmow an castel leskys.

In stât inter hus crev an pystryor ha kerensa dh'y vêster teythyak, Jowal Lethesow a dhestrias y honen in udn dôwlel y bowers galosek in bàn ha wàr ves, dhywar gorf an vowes, bys in peder cornel an ûnyvers, may fe kellys rag nefra.

An dewdhegves ha'n dewetha a'n clegh stranj a sonas hag a verwys in udn dhascrena. An ebron a drebuchyas ha'n loor a dhauncyas kepar dell wrug an Termyn troyllya wàr dhelergh warnodho y honen an treveth dewetha. An lu a werryoryon êth in mes a wel, kepar ha pàn na vowns bythqweth. Nyns esa tan ow flyckra adrëv fosow codhys castel Chy Woon, ha ny veu ol vÿth gesys a'n vatel. Yth esa golowys Boscaswal Wartha ow spladna i'n pellder, ha golowys glew a wolowtiow dyvers a scubyas dres an tewolgow abell. Yn lent Jowan a worras y dhorn in bàn dhe dùchya an goly gwrës dre vool an bùcka, saw hèn o gyllys inwedh heb gasa ol vÿth.

Bèn, in y form y honen arta, a shakyas y bedn ha plynchya kepar ha pàn na wodhya pleth esa ev. Ev a bassyas dorn sqwith dres y fâss ha miras in maner wag orth Jowan, Corantyn ha Jack. Y a viras orto yn sowthenys heb leverel ger vÿth. Cov ha reson a dhewhelas, ha'n tiak a godhas wàr bedn dewlin. Yn whar ev a dherevys pedn Jeny orth hy chersya bys in y vrest ledan.

Peny a egoras hy lagasow, delyvrys wàr an dyweth dhyworth an bÿs a hunrosow, may feu hy danvenys dhodho dre gân-hus Arlùth an Tebel-art. Nyns esa y bystry worth hy helmy na fella, saw avlas cot a remainyas— vesyon scav na vynsa bythqweth gasa hy remembrans.

I'n kensa le ny welas hy fâss hy ôwnter ow miras orty dre fienasow, saw fâss Arlùth Trevelyan daskenys. Kepar dell wandras hy lagas, hy a welas an re erel, kepar dell êns y i'n hanter-bÿs a Hus Uhel ha Coth. Yth esa hy broder ow sevel, yn ervys ha gwyskys in mantel, ha hy a welas an golow a vatel ow spladna in y lagasow. In y dhewla, maylys gans horn, ev a sensy cledha cawrus noth, ha wàr an cledha yth esa lytherow gravys, in udn resek an lawn ahës kepar ha pàn vêns bew.

Dew goweth y vroder a hevelly dhedhy bos gwyskys in golow gloryes. Uhel ha bryntyn, y a viras orty gans kerensa ha gans cufter. Heb dowt vÿth onen anodhans o Corantyn Nadelyk, dyscudhys yn apert avell Arlùth galosek an Faiys, pàn wre an linyeth deg-na, an bobel gotha in mesk an poblow, gwandra i'n nor in nyver brâs. Lebmyn an bobel o mar lehes, nag o gesys marnas nebes foesygyon in brynyow dygoweth hag in dysertys ancoth, hag y ow cortos, hir dres ehen aga ferthyans, erna dheffa aga thermyn arta. Hag in y lagasow, a hevelly dhedhy kyns dhe vos gwag ha heb golok, hy a welas oll an tristyns a'y dermyn passys, joy an present termyn, ha'n govenek rag an termyn dhe dhos.

An coweth aral o Jack an Morthol, saw nyns o aswonys dhedhy marnas y fâss ha'n morthol brâs rag ev a omdhysqwedhas dhedhy in y form deythyak y honen, avell Weland mab Wad. I'n termyn eus passys ev o duw an govyon hag oberoryon olcan; gov dhe'n *Aesir* vrâs, duwow coth Asgard. An côta gwrës a grohen tarow gans y gùgol cornek o gyllys rag an present termyn, ha'y gorf marthys galosek o gwyskys in mantel hag in caspows. Keherek o y dhywvregh noth, ha wàr y bedn yth esa basnet brâs cornek.

Hy a brederys bos golow medhel ow colowy dhywortans oll, hag yth hevelly dhedhy nag esa hy a'y groweth wàr an growyn garow a ven brâs coth, saw wàr wels medhel ryb wÿdh uhel delyowek. Hy a welas sterednow ow tauncya i'n ebron, hag oll adro dhedhy yth esa levow ow cana i'n tavas stranj-na na vedha ancoth dhedhy nefra namoy. An geryow côwsys gans Corantyn a dheuth wàr dhelergh dhedhy—Goos an Hanter-Faiys—ha hy a gonvedhas.

Ny dhuryas an vesyon marnas tecken. Ena, kepar dell wrug hy dyfuna yn tien, hy a glôwas yeynder an men ow sygera der hy dyllas, ha hy a grenas. Hy howetha o unweyth arta kepar dell êns y aswonys dhedhy pùpprÿs. Yth esa an woon ow tywy in dadn wolow an loor, ha'n gwyns ow chersya hy blew gans besyas mygyl.

Orth goles an veyn goth Arlùth an Tebel-art a styrryas, hag ev a savas yn tiantel wàr y dreys. Dyglon o y lagasow, saw yth esa atty ha venjans ow tewynya in dadn an crehyn poos. Ev a wayas kepar ha nader drog hy gnas, kybya collel grobm ha lybm in mes a'y wrugys, ha lebmel in bàn may halla dry an lawn wàr nans wàr gorf dyweres an vowes.

Y feu clôwys sownd sherp ha wheg, kepar ha corden telyn ow qwary, ha gwarak vrâs Corantyn a ganas unweyth moy. An pystryor a ujas gans pain, rag an seth a dackyas y dhorn dhe'n garrek, ha'n gollel a godhas in mes a'y vesyas dyfreth.

"Tan hedna, a vab an pla!" a grias Jack, in udn lebmel in rag, morthol in y dhorn. Ev a bottyas an gollel in kerdh i'n reden hag a dhraylyas Arlùth an Tebel-art dhyworth an Goyt, ow fria an dorn gwenys yn harow. Pengersek a dhienas gans pain, saw dybyta o an stenor i'n tor'-na, ha heb tregereth vŷth. Ev a dowlas an pystryor wàr an dor ha tedna an snod afinys dhywar y bedn ha'n grugys a bower dhyworth y wast. Kemerys veu an pentakyl dhywar y godna, ha towlys wàr an dor. Udn bobm a'n morthol a'n torras dhe dybmyn. An brewyon a wrug golowy gans tomder gwydn rag tecken, kyns ès neyja dhe ves, ow sia hag owth uja i'n nos. Wàr an dyweth an snod a owr, esa seyth jowl an seyth planet warnodho, a veu mortholys erna veu crugyn heb form, sqwattys y jowal. Tosow a vog a dherevys dhywarnodho, hag a veu scùllys der an gwyns.

Jack a drailyas pàn welas dhia gornel y lagas neppyth ow qwaya. Yth esa ow sevel yn ownek pols dhywortans coweth an pystryor, an gasek iffarnak dhu, esa hy lagasow glew ow colowy in maner dhiantel.

"Ytho," yn medh an stenor in dadn y anal, "te re scappyas dhyworth dystrùcsyon an helghyoryon. Well, ow melder hautyn, diank dhyworthyf vy!"

An gasek a bottyas in badn hy threys delergh rag fia, saw an morthol, tôwlys uthek kewar, a's gweskys yn leun wàr steren an adamant in hy thâl. Ha tra varthys, an morthol a neyjas strait wàr dhelergh abeth in dorn Jack. Kepar dell wrug an margh iffarnak fyllel ha codha dhe'n dor, indella hy form a wrug gwrynya ha lehe. Hy a veu gwrës parody stranj hag uthek a'n fygùr a dhen. Y feu gwelys pols pòr got kern ha dewla ewinek, ha wàr an dyweth, y feu gwrës serpont du, neb a scolkyas in kerdh i'n eythyn, ha mos in mes a wel rag nefra.

Jack a viras yn serrys orth an pystryor wàr an dor, dyweres i'n tor'-na heb daffar y bower. Y lagasow ownek a viras stag orth an stenor, hag orth an morthol brâs in y dhorn.

"An pÿth a spedyas Mjöllnir, morthol Thor, dhe wil," yn medh Jack, "y
fÿdh collenwys gans an morthol-ma kefrÿs. Mir, a Pengersek! Mir orth
morthol Weland Gov, tôwlys i'n keth furv der an keth dorn.

"A, a Marhak! Cansvledhydnyow alebma me a omladhas genes hag me
a'th fethas. Ha te a'm prederys marow termyn hir. Godhvyth er dha wu
nag oma naneyl mortal na'n jowl a welys inof. Godhvyth lebmyn ow
bosama Weland mab Wad, onen a dhuwow an *Aesir*, ha me a vydn
kerdhes wàr an nor in form mab den, erna wrella an *Aesir* dasserhy."

Ny leverys Pengersek tra vÿth. Ev a hevelly bos chaunjys dhyworth
den uhel ha semly dhe ganjeon coth ha gwedhrys, in gron warbydn an
veyn a Goyt Chy Woon, kepar ha pàn ve ow whilas goskes i'ga hothenep.

Bèn Trevelyan a dherevys y nith dhywar ven an cappa ha'y hùmbronk
dh'y hothmans. I'n tor'-na ev a viras yn town in lagasow Corantyn heb
own, heb mystrest, ha dalhedna y dhorn ev, meur y rassyans, saw heb
leverel gow. Ev a borthas revrons ogasty tro ha Jack hag a bendroppyas
rag dysqwedhes y rassow kyns ès y vyrla in y dhywvregh.

In mes wàr an mor, yth esa gorhel du ow colya, kyn na ylly hy bos
gwelys dhywar an vre. Yth esa golyow an lester ow crackya hag ow
whedhy, ha'n pedn arag a herdhyas der an todnow ewonek, ow mos yn
uskys warbydn an gwyns ha'n tid. An lester a dheuth mar ogas dhe'n tir
in dadn Âls Portherys, na ylly bos gwelys marnas an chif-wernow dhia an
tir, saw nyns esa morva an horn let vÿth rag gorhel kepar ha hebma. An
lester, drog y dhargan, a forsakyas an todnow, in udn dherevel rag
slynkya dres an treth ha dres an carregy hag ascendya an sawen, ow mos
bys in Chy Woon.

Der an nos y few clôwys lev brâs ha tewl:

"DEVEDHYS YW AN PRŸS,
        SAW NYNS YW DEVEDHYS AN DEN!"
"DEVEDHYS YW AN PRŸS,
        SAW NYNS YW DEVEDHYS AN DEN!"
"DEVEDHYS YW AN PRŸS,
        SAW NYNS YW DEVEDHYS AN DEN!"

An pystryor a olas rag ewn uth. Ev a droyllyas hag a drailyas, ow rollya
i'n doust, muskegys ha heb govenek, ow whilas fordh diank.

171

An gorhel tewl, whedhys y wolyow, a jaunjyas y form hag a veu radn a
gloud tew, esa ow fystena bys in Chy Woon, degys gans gwyns crev, a
alsa lyftya an whythroryon dhywar an vre. An cloud a lesas in mes eskelly
brâs a grohen du warbydn ebron an lorgan. An eskelly a veu plegys arta
hag a wrug lehe dystowgh. An cloud a godhas aberth ino y honen rag
formya corn denewy, esa ow troyllya hag ow pargesy a-ugh men cappa
Coyt Chy Woon. An corn a droyllyas wàr nans, in udn omdedna kepar ha
pàn ve sùgnys aberth i'n legh vrâs.

"Trailyowgh agas keyn," a grias Jack yn sherp, "mars owgh whensys
gwitha yagh agas brŷs!" Y eryow a veu obeyys heb let, saw ev y honen a
drailyas heb own y fâss tro ha'n Goyt.

Yth esa den yonk esedhys wàr an legh vrâs, ha'y dreys cregys yn syger
dres an min. Y grohen o a lyw an cober ha'y fâss a dhysqwedhas ges
sardonek. Du ha crùllys tydn o y vlew, ha'y lagasow, trailys in bàn orth
an gornel, a re hynt a vockyans dh'y vejeth.

"Ow bedneth dhis, a Weland." Y voys o scav ha plesont, ha'y dhyw-
vregh a scubyas ales in sin re vrâs, ha gesus.

"Ha'm bedneth vy dhyso, a Satnas," a worthebys Jack yn omrewlys. Y
lagasow a sensys an person aral in y wolok. "Yma an peswar-ma i'm gwith
vy. Me a gomond dhis: na gebmer marnas a vo dhis."

Pryns an Tewolgow a dherevys y dhywscoth ha minwherthyn, heb
drog. "Nyns eus othem dhis perthy own, a vab Wad. Me re dheuth rag
kemeres onen. Ny vanaf kemeres mès onen. Nyns eus qwarel vŷth
intredhof vy ha te, nag intredhof vy ha'th company jy. In gwiryoneth, dha
vyctory jy re beu a brow dhyn oll."

Jack a inclinyas y bedn avell gwestyon, ha'n den yonk a styryas. "Te a
wel, mar teffa Marhak ha spedya i'n nos-ma, ev a via meur moy es godros.
Me ow honen a via in peryl. Ny vynsa dha linyeth dha honen nefra derevel
na fella in Asgard. Y fia an Crist ha'y Das aga honen in dadn an godros."

Ev a viras wàr nans orth an pystryor, esa a'y wroweth mar serth ha mar
dhyvuf avell imaj codhys a ven. Yth esa lagasow Pengersek ow miras heb
gweles orth ùnyvers re bia y bossessyon ogasty, hag a vedha alebma rag
pell dhyworth y dhewla.

"Fiys yw y allos ha me a bew y enef. Ev a'n gwerthas dhybm
cansvledhydnyow alebma in menydhyow an Sarsyns, le may whrug ev
desky y debel-artys. Yth o an gendon dhe be termyn hir alebma. Skentyl
o ha fel. Ev a'm tùllas unweyth, hag a scappyas dhyworth ow whythrans,

saw ny yll den vÿth dowtya y golonecter. Ev a wodhya yn tâ an peryl a dhewheles dh'y bow genesyk. Hèn o martesen an brâssa gwary wàrbydn jauns in istory an bÿs. Preder a'n gwystlow: y enef y honen bò an Ûnyvers. Saw ny wrug ev consydra hebma: an Ûnyvers yw sojeta dh'y rewlys y honen, ha ny a dal aga gwitha bò ny a vÿdh destries. Yma othem a gespos. An dâ ha'n drog a res kes-exystya ha bos eqwal an eyl dh'y gela. "Marhak a vydna chaunjya an kespos-na. Gallos nowyth kepar ha'y bower ev a wrussa shyndya an kespos, ha'n Ûnyvers martesen a vynsa defygya wàr an dyweth."

"A via Marhak gwrës power kepar ha hedna in gwiryoneth?" yn medh Jack yn tyvuf. "Mar peusta mar brederus, prag na wrusta gwil dhyn gweres? Yw res dhybm cresy y hylly ev diank mar bell dhyworthys? Bò a veu ev obma rag gwil dha arhadow jy saw heb soweny? Martesen ny wren ny godhvos an gwiryoneth nefra, rag leverys yn tâ yw, Satnas, te dhe vos Arlùth an Gowyow."

Pryns an Tewolgow a wharthas worth y vockya, hag ethen a dhallathas troyllya adro dh'y gorf, worth y geles dhyworth aga lagasow ha hy ow tevy tewl, du hag uthek. An ethen a dhevoryas an men brâs coth ha'n canjeon truethek orth y woles, in udn lesa yn uskys dhe lenky oll an vre. Y feu clôwys taran der an tewlder, ha wheth sodyn a wyns a scrijas dres top an vre, mar alosek may whrussa dhe udn duw kyn fe trebuchya.

An loor a veu defendys dhe ves, hag in udn uja tewolgow a skydnyas oll adro, saw Corantyn ha'n try esel a deylu Trevelyan a savas yn fast, heb own in dadn with Weland Gov. Y feu clôwys levow, kellys ha heb enef, i'n duder gwyls. Ena an gwyns ha'n nos a's gasas unweyth arta in dadn loor cres an hâv.

Gyllys o an pystryor, hag otta, ow kildedna tro ha' n west, an cloud brâs, a dherevys y honen in bàn rag tecken, ow neyja avàn kepar ha collel gawrus, parys dhe weskel. Ha wosa hedna dhyrag gwyns fresk dhia an soth, an cloud a grenas, a dedhas hag êth dhe goll.

173

Gerva

adamant diamond
airednor airman
airgelgh atmosphere
angovedhadow incredible
anhegol incredulous
anvarwoleth immortality
anwhythradow unfathomable
anyen instinct
arbenigor specialist, expert
assailyans attack, onslaught
assaultya to attack
athlêt athlete
bai bay
balak, pl. *balogow* overhanging
 rock
bey buoy; *bey carya* breeches buoy
Brethon, pl. *Brethonyon* Briton,
 Brython
Breton Breton
brosweyth embroidery
Calesvol Excalibur
canjeon wretch
carr clâvjy ambulance
carrek valak, pl. *carregy balak*
 outcrop of rock
cascry war cry
casek dhenethy brood mare
caslosten battle skirt
caslÿs military camp
cawrus gigantic
chif-cyta chief city, capital
chy ros wheel house (of a ship)
clesednek scarred

Comyssyon Commission
Coraneth pl. Fairies, Little People
cordalûr corduroy
corn denewy funnel
corn tan tinder box
cothenep antiquity, timelessness
covscrifa to register
cramyans (archaeological) creep
crehyllyans concussion
crenellys pl. battlements
cris-T T-shirt
crow an godra the milking shed
dasknias to chew the cud, to
 ruminate
degemeryth radar radar receiver
delfyn, pl. *delfynyow* dolphin
dewvin two-edged
dieskydnyas descendant
dobloun, pl. *doblouns* doubloon
 (obsolete Spanish gold coin)
dorge earthwork, earth wall
dornas handful
downvor open sea
duven jet (lignite, a black stone)
dybos unimportant
dybowes restless
dydro direct
dyffresyans defence
dygig fleshless, skinny
dymensyon dimension
dynatur unnatural
dyvlesys offended, disgusted
dyvocla unbuckle

dyvuf motionless
dywith defenceless
dywodhaf intolerable
elydnek angular
emerôd emerald
escarus hostile
ewynek clawed
eythynek gorse bush
fai, pl. *faiys* elf
fordh lonow droveway
frêgys tattered, ragged
frigwhetha snort, sniff
fryglos path leading to church
fusen rocket
gadlyng vagabond
garnsy jersey, jumper
garoul, pl. *garoulys* gargoyle
genva (horse's) bit
gesedhus ironic
godn hir shot gun
gohelus elusive
gorthsaf resistance
gosrudh crimson, blood red
grôt, pl. *grôtys* groat (obsolete
   fourpenny coin)
gryhias to neigh, to whinny
gwardya to guard
gwarthevyas warlord, overlord
gwarthowl, pl. *gwarthowlow* stirrup
gweder lywys stained glass
gweder whedhy magnifying glass
gwerven greenstone
gwihal to creak
gwithjy storehouse
Gwithva Vretednek British Museum
gwius winding
gwydn-las light blue
gwydnrew numbness
gwyll itinerant, tramp
gwyscores (female) wearer
gwythy pl. veins

hanter-anterya to half-bury
hasen dans lew dandelion seed
helvargh hunter (horse)
hendhyscans archaeology
hendhyscansyth, pl. *hendhyscans-
   ydhyon* archaeologist
henep, pl. *henebyon* ancient
   monument
hewel visible
hirgren oval (adj.)
hornven ironstone
igam ogam zig-zag; *restrys avell
   igam ogam* staggered
jowellor jeweller
jyn godra milking machine
kes-exystya co-exist
keveth owraval marmalade
kevrin secret (adj.)
kevrin secret, mystery
kewniek mossy, mouldy
keynvor ocean
kilvagh alcove
knofen gôcô coconut
leel local
lisak muddy
liv, pl. *livyow* flood
loscus caustic, ardent
loven sofa
lydnus adj. liquid
mab an lagas the pupil of the eye
magùs magus, mage
menegva index (of a book)
merhyk pony
milprëv amulet, charm
mirach mirage
morthol dororieth geology hammer
Morvleydhas pl. Sea Wolves
mùllak large buoy
nevhorn sky-iron
nygromans magic, sorcery
olcan metal

overdevys overgrown
overweles oversee, overlook
padellyk neyja flying saucer
pednscav dizzy
pentakyl omwhelys inverted
    pentacle
pluvwydn white-feathered
Pobel Vian Small People, Fairies
podnek dusty
polsa pulsate, flash
polsor pendulum
poltrygas pl. leggings
ponyans ebylyon gymkhana
prai prey
prydyth poet
pûrek snotty
pykernek conical
pystria to enchant, to bewitch
ragistorek prehistoric
reouta majesty
rygolys rutted
samit samite
Sarsyn, pl. *Sarsyns* Saracen
Sarsynes Saracen woman

scrifdhesk bureau
sensor holder
skeuslyw shade (of colour)
spadhvargh gelding
sqwychel switch
stubmys bent, crooked
talpen pommel
tapit tapestry
tavasoges scolding woman, nag
tavor tentacle, feeler
technologyeth technology
terras, pl. *terracys* terrace
towlbren, pl. *towlbrednyer* catapault,
    sling
tôwlyn, pl. *tôwlydnow* missile, thing
    thrown
tro-askel helicopter
truflys trivialized
tryhornek triangular
tyntour bêwnans elixir of life
vogalednow pl. vowels
whejus nauseous
wrestya to twist, to wrest

Henwyn Tylleryow

Âls Portherys Portheras Cliff
An Woon Gompes the Gump
Araby Arabia
Bo'dener Bodinnar
Bo'legh Boleigh
Bos Porthenys Bosprenis
Bosavarn Coth Cot Valley
Boscaswal Wartha Pendeen
Boscawen an Woon Boscawen-ûn
Bre Tyny Bartinney Hill
Breten Britain
Cabmas an Garrek Loos Mount's Bay
Camlan Camlann
Carn Ewny Carn Euny
Carn Golva Carn Galva
Carn Honybal Hannibal's Carn
Carn Ujek Carn Kenidjack
Carnen Vigh Watch Croft
Carrek Tâl Creeg Tol
Castel Chy Woon Chûn Castle
Castel Pengersek Pengersek Castle
Castel Tredhin Treryn Dinas
Chapel Carn Bre Chapel Carn Brea
Com Lulyn Newlyn Combe
Crellas Bos Chywolow Bosullow Trehyllys
Croftow Crofto
Crows an Wragh Crows-an-wra
Cyta Lethesow Lethowsa, capital of Lyonesse
Dauns Meyn Merry Maidens
Dewnans Dumnonia

Din Kernowyon Tintagel Castle
Eglos Beryan Buryan
Enys Avallon Isle of Avalon
Ewrop Europe
Golowty Carn Brâs Longships Lighthouse
Golva Vian Little Galva
Goodh Olcan Godolphin
Goon Aj'Idnyal Gunajynyal
Ker Bosvran Caer Bran
Ker Trigva Caer Trygva
Lanust St Just
Lethesow Lyonesse
Loundres London
Marhas Vian Marazion
Melyn Droghya Vellan-Drokkia
Men an Toll Mên-an-Tol
Men Lewgh Runnel Stone
Men Scrifa Men Scryfa
Molvre Mulfra
Mor Atlantek Atlantic Ocean
Morvedh Morvah
Mownt Badon Mount Badon (*Mons Badonicus*)
Nans Bos Porthenys Bosporthennis Valley
Nans Mornow Lamorna
Park Crellas Parc Crellas
Pedn an Wlas Land's End
Penlegh Penlee Point
Porth Cornow Porthcurno
Porth Enys Mousehole
Porth Goonhyly Sennen Cove

Porth Meur Porthmeor
Porth Nansmornow Lamorna Cove
Porth Wragh Praa Sands
Ragenys Raginnis
Senan Sennen
Syllan Scilly Islands
Tireth an Skeusow Land of
  Shadows
Toll Pedn Tol Pedn

Torr Crobm Trencrom Hill
Tredhin Treen
Trehelghyor Veur Trehelya Veor
Trehelghyor Vian Trehelya Vean
Trùrû Truro
Try Carn Dry Carn
Whel Ding Dong Ding-Dong Mine
Wordhen Eriu, Ireland

Lightning Source UK Ltd.
Milton Keynes UK
12 November 2009

146165UK00001B/150/P